爱阅读课程化丛书/快乐读书吧
爱阅读

唐·吉诃德

[西]塞万提斯/著
立　人/编译

U0913027

无障碍精读版
课外阅读佳作，爱阅读课程化丛书

分级阅读点拨·重点精批详注·名师全程助读·扫清阅读障碍

天地出版社 | TIANDI PRESS

图书在版编目（CIP）数据

唐·吉诃德 /［西］塞万提斯著；立人编译．—成都：天地出版社，2017.1（2024.5 重印）
（爱阅读）
ISBN 978-7-5455-2419-2

Ⅰ．①唐… Ⅱ．①塞… ②立… Ⅲ．①长篇小说—西班牙—中世纪 Ⅳ．① I551.43

中国版本图书馆 CIP 数据核字（2016）第 282979 号

TANG · JIHEDE

唐·吉诃德

［西］塞万提斯 著　立 人 编译

—— 阅读·成长 ——

出品人　杨 政

项目统筹　田佰根　王 猛　万可彪　赵亚珍
监　　制　刘俊枫　王莉莉
营销策划　田金香　吴 淼
责任编辑　蔡龙英
绘　　图　王 珊
装帧设计　宋双成
排版制作　书香文雅
责任印制　白 雪

出版发行　天地出版社
（成都市锦江区三色路 238 号　邮政编码：610023）
（北京市方庄芳群园 3 区 3 号　邮政编码：100078）
网　　址　http://www.tiandiph.com
电子邮箱　tianditg@163.com

印　　刷　天津鑫恒彩印刷有限公司
版　　次　2017 年 1 月第一版
印　　次　2024 年 5 月第四次印刷
开　　本　700mm × 1000mm　1/16
印　　张　16　　彩插　0.375
字　　数　252 千
定　　价　24.80 元
书　　号　ISBN 978-7-5455-2419-2

版权所有◆违者必究
咨询电话：（028）86361282（总编室）

第十章　桑丘的计谋

第十五章 智救骑士

第二十章 铜盆疑案

第二十六章 杜尔西娜娅小姐

第三十四章 骑士之死

总序

北京书香文雅图书文化有限公司的李继勇先生与我联系，说他们策划了一套“爱阅读”丛书，读者对象主要是中小学生，这套书可以作为学生的课外阅读用书，希望我写篇序。作为一名语文教育工作者，为学生推荐优秀课外读物责无旁贷，在最近“双减”政策的大背景下，也更有意义。

一、“双减”以后怎么办?

前不久，中共中央办公厅、国务院办公厅印发了《关于进一步减轻义务教育阶段学生作业负担和校外培训负担的意见》，对义务教育阶段学生的作业和校外培训作出严格规定。这是一件好事。曾几何时，我们的中小学生作业负担重，不少孩子不是在各种各样的培训班里，就是在去培训班的路上。孩子们“学”无宁日，备尝艰辛；家长们焦虑不安，苦不堪言。校外培训机构为了增强吸引力，到处挖墙脚；有些老师受利益驱使，不能安心从教。他们的行为破坏了教育生态，违背了教育规律，严重影响了我国教育改革发展。教育是什么？教育是唤醒，是点燃，是激发。而校外培训的噱头仅仅是提高考试成绩，让孩子在中高考中占得先机。他们的广告词是“提高一分，干掉千人”，他们大肆渲染“分数为王”。在这种压力之下，孩子们面对的是“分萧萧兮题海寒”，他们不得不深陷题海，机械刷题。假如只有一部分孩子上培训班，提高的可能是分数。但是，如果大多数孩子或者所有孩子都去上培训班，那提高的就不是分数，而只是分数线。教育的根本任务是立德树人，是培根铸魂，是启智增慧，是让学生德智体美劳全面发展，是培养社会主义建设者和接班人，是为中华民族伟大复兴提供人才，而不是培养只会考试的“机器”，更不能被资本绑架。所以中央才“出重拳”“放实招”，目的就是要减轻学生过重的课业负担，减轻家长过重的经济和精神负担。

“双减”政策出台后，学生们一片欢呼，再也不用在各种培训班之间来回奔波了，但家长产生了新的焦虑：孩子学习成绩怎么办？而对学校老师来说，这是一个新挑战、新任务，当然也是新机遇。学生在校时间增加，要求老师提升教学水平，科学合理布置作业，同时开展课外延伸服务，事实上是老师陪伴学生的时间增加了。这部分在校时间怎么安排？如何让学生利用好课外时间？这一切考验着老师们的智慧，而开展各种课外活动正好可以解决这个难题，比如：热爱人文的，可以参加阅读写作、演讲辩论、学习传统文化和民风民俗等社团活动；喜爱数理的，可以参加科普科幻、实验研究、统计测量、天文观测等兴趣小组；也可以参加体育比赛、艺术（音乐、美术、书法、戏剧）体验和劳动教育等实践活动。当然，所有的活动都应以培养学生的兴趣爱好为目的，以自愿参加为前提。学校开展课后服务，可以多方面拓展资源，比如博物馆、图书馆、科技馆、陈列馆、少年宫、青少年活动中心，甚至校外培训机构的优质服务资源，还可组织征文比赛、志愿服务、社会调查等，助力学生全面发展。

二、课外阅读新机遇

近年来，“新课标”“新教材”“新高考”成为语文教育改革的热词。前不久，我看到一个视频，说语文在中高考中的地位提高了，难度也加大了。这种说法有一定道理，但并不准确。说它有一定道理，是因为语文能力主要指一个人的阅读和写作能力，而阅读和写作能力又是一个人综合素养的体现。语文能力强，有助于学习别的学科。比如：数学、物理中的应用题，如果阅读能力上不去，读不懂题干，便不能准确把握解题要领，也就没法准确答题；英语中的英译汉、汉译英题更是考查学生的语言表达能力；历史题和政治题往往是给一段材料，让学生去分析、判断，得出结论，并表述自己的观点或看法。从这点来说，语文在中高考中的地位提高有一定道理。说它不准确，有两个方面的理由：一是语文学科本来就重要，不是现在才变得重要，之所以产生这种错觉，是因为在应试教育的背景下，语文的重要性被弱化了；二是语文考试的难度并没有增加，增加的只是阅读思维的宽度和广度，考查的是阅读理解、信息筛选、应用写作、语言表达、批判性思维、辩证思维等关键能力。可以说，真正的素质教育必须重视语文，因为语文是工具，是基础。不少家长和教师认为课外阅读浪费学习时间，这主要是教育观念问题。他们之所以有这种想法，无非是认为考试才是最终目的，希望孩子可以把更多时间用在刷题上。他们只看到课标和教材的变化，以为考试还是过去那一套，其实，考试评价已发生深刻变革。目前，考试评价改革与新课标、新教材改革是同向同行的，都是围绕立德树人做文章。中共中央、国务院印发的《深化新时代教育评价改革总体方案》明确指出："稳步推进中高考改革，构建引导学生德智体美劳全面发展的考试内容体系，改变相对固化的试题形式，增强试题开放性，减少死记硬背和'机械刷题'现象。"显然就是要用中高考"指挥棒"引领素质教育。新高考招生录取强调"两依据，一参考"，即以高考成绩和高中学业水平考试成绩为依据，以综合素质评价为参考。这也就是说，高考成绩不再是高校选拔新生的唯一标准，不只看谁考的分数高，还要看谁更有发展潜力、更有创造性、综合素质更高，从而实现由"招分"向"招人"的转变。而这绝不是仅凭一张高考试卷能够区分出来的，"机械刷题"无助于全面发展，必须在课内学习的基础上，辅之以内容广泛的课外阅读，才能全面提高综合素养。

三、“爱阅读”助力成长

这套“爱阅读”丛书是为中小学生量身打造的，符合《义务教育语文课程标准》倡导的“好读书、读好书、读整本书”的课改理念，可以作为学生课内学习的有益补充。我一向认为，要学好语文，一要读好三本书，二要写好两篇文，三要养成四个好习惯。三本书指“有字之书”“无字之书”和“心灵之书”，两篇文指“规矩文”和“放胆文”，四个好习惯指享受阅读的习惯、善于思考的习惯、乐于表达的习惯和自主学习的习惯。古人说“读万卷书，行万里路”，实际上就是要处理好读书与实践的关系。对于中小学生来说，读书首先是读好“有字之书”。“有字之书”，有课本，有课外自读课本，还有“爱阅读”这样的课外读物。读书时我们不能眉毛胡子一把抓，要区分不同的书，采取不同的读法。一般说来，有精读，有略读。精读需要字斟句酌，需要咬文嚼字，但费时费力。当然也不是所有的书都需要精读，可以根据自己的需要决定精读还是略读。新课标提倡中小学生进行整本书阅读，但是学生往往不能耐着性子读完一整本书。新课标提倡的整本书阅读，主要是针对过去的单篇教学来说的，并不是说每本书都要从头读到尾。教材设计的练习项目也是有弹性的、可选择的，不可能有统一的“阅读计划”。我的建议是，整本书阅读应把精读、略读与浏览结合起来。精读重在示范，略读重在博览，浏览略观大意即可，三者相辅相成，不宜偏于一隅。不仅如此，学生还可以把阅读与写作、读书与实践、课内与课外结合起来。整本书阅读重在掌握阅读方法，拓展阅读视野，培养读书兴趣，养成阅读习惯。

再说写好两篇文。学生读得多了，素养提高了，自然有话想说，有自己的观点和看法要发表。发表的形式可以是口头的，也可以是书面的，书面表达就是写作。写好两篇文，一篇“规矩文”，一篇“放胆文”。“规矩文”重打基础，“放胆文”更见才气。“规矩文”要求练好写作基本功，包括审题、立意、选材、构思等，同时还要掌握记叙文、议论文、说明文、应用文的基本要领和写作规范。“规矩文”的写作要在教师的指导下进行。“放胆文”则鼓励学生放飞自我、大胆想象，各呈创意、各展所长，尤其是展现自己的应用写作能力、语言表达能力、批判性思维能力和辩证思维能力。“放胆文”的写作可以多种多样，除了写大作文，也可以写小作文。有兴趣的还可以进行文学创作，写诗歌、小说、散文、剧本等。

学习语文还要养成四个好习惯。第一，享受阅读的习惯。爱阅读非常重要。每个同学都应该有自己的个性化书单，有的同学喜欢网络小说也没有关系，但需要防止沉迷其中，钻进“死胡同”。这套“爱阅读”丛书，就给中小学生课外阅读提供了大量古今中外的名家名作。第二，善于思考的习惯。在这个大众创业、万众创新的时代，创新人才的标准，已不再是把已有的知识烂熟于心，而是能够独立思考，敢于质疑，能够自己去发现问题、提出问题和解决问题，需要具有探究质疑能力、独立思考能力、批判性思维和辩证思维能力。第三，乐于表达的习惯。表达的乐趣在于说或写的过程，这个过程比说得好、写得完美更重要。写作形式可以不拘一格，比如作文、日记、笔记、随笔、漫画等。第四，自主学习的习惯。我的地盘我做主，我的语文我做主。不是为老师学，也不是为父母长辈学，而是为自己的精神成长学，为自己的未来学。

愿广大中小学生能借助这套“爱阅读”丛书，真正爱上阅读，插上想象的翅膀，飞向未来的广阔天地！

2021 年 10 月 15 日

写于京东大运河畔之两不厌居

阅读领航

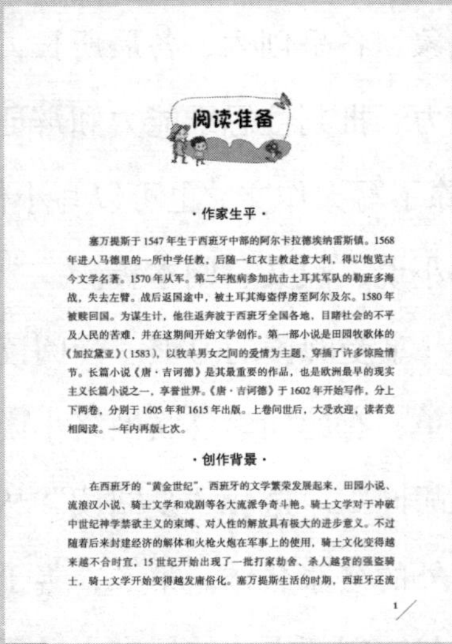

阅读准备

·作家生平·

塞万提斯于1547年生于西班牙中部的阿尔卡拉德埃纳雷斯镇。1568年进入马德里的一所中学任教，后随一红衣主教赴意大利，得以饱览古今文学名著。1570年从军。第二年抱病参加抗击土耳其军队的勒班多海战，失去左臂。战后返国途中，被土耳其海盗俘虏至阿尔及尔。1580年被赎回国。为谋生计，他往返奔波于西班牙全国各地，目睹社会的不平及人民的苦难，并在这期间开始文学创作。第一部小说是田园牧歌体的《加拉黛亚》（1583），以牧羊男女之间的爱情为主题，穿插了许多惊险情节。长篇小说《唐·吉诃德》是其最重要的作品，也是欧洲最早的现实主义长篇小说之一，享誉世界。《唐·吉诃德》于1602年开始写作，分上下两卷，分别于1605年和1615年出版。上卷问世后，大受欢迎，读者竞相阅读。一年内再版七次。

·创作背景·

在西班牙的“黄金世纪”，西班牙的文学繁荣发展起来，田园小说、流浪汉小说、骑士文学和戏剧等各大流派争奇斗艳。骑士文学对于冲破中世纪神学禁欲主义的束缚、对人性的解放具有极大的进步意义。不过随着后来封建经济的解体和火枪火炮在军事上的使用，骑士文化变得越来越不合时宜，15世纪开始出现了一批打家劫舍、杀人越货的强盗骑士，骑士文学开始变得越发庸俗化。塞万提斯生活的时期，西班牙还流

1

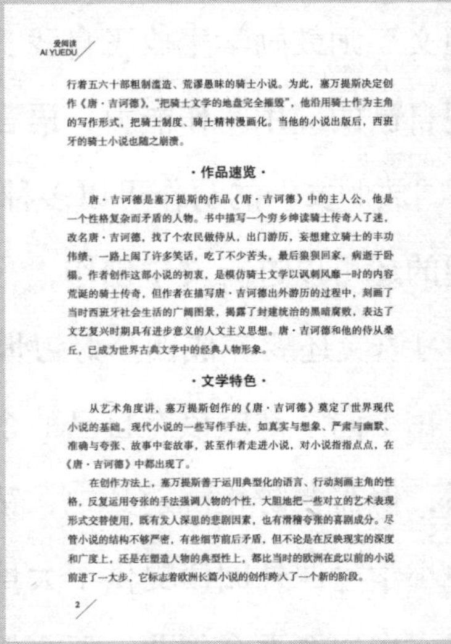

爱阅读 AI YUEDU

行着五六十部粗制滥造、荒谬愚昧的骑士小说。为此，塞万提斯决定创作《唐·吉诃德》，“把骑士文学的地盘完全摧毁”，他沿用骑士作为主角的写作形式，把骑士制度、骑士精神漫画化。当他的小说出版后，西班牙的骑士小说也随之崩溃。

·作品速览·

唐·吉诃德是塞万提斯的作品《唐·吉诃德》中的主人公。他是一个性格复杂而矛盾的人物。书中描写一个穷乡绅读骑士传奇入了迷，改名唐·吉诃德，找了个农民做侍从，出门游历，妄想建立骑士的丰功伟绩，一路上闹了许多笑话，吃了不少苦头，最后狼狈回家，病逝于卧榻。作者创作这部小说的初衷，是模仿骑士文学以讽刺风靡一时的内容荒诞的骑士传奇，但作者在描写唐·吉诃德出外游历的过程中，刻画了当时西班牙社会生活的广阔图景，揭露了封建统治的黑暗腐败，表达了文艺复兴时期具有进步意义的人文主义思想。唐·吉诃德和他的侍从桑丘，已成为世界古典文学中的经典人物形象。

·文学特色·

从艺术角度讲，塞万提斯创作的《唐·吉诃德》奠定了世界现代小说的基础。现代小说的一些写作手法，如真实与想象、严肃与幽默、准确与夸张、故事中套故事，甚至作者走进小说，对小说指指点点，在《唐·吉诃德》中都出现了。

在创作方法上，塞万提斯善于运用典型化的语言、行动刻画主角的性格，反复运用夸张的手法强调人物的个性，大胆地把一些对立的艺术表现形式交替使用，既有发人深思的悲剧因素，也有滑稽夸张的喜剧成分。尽管小说的结构不够严密，有些细节前后矛盾，但不论是在反映现实的深度和广度上，还是在塑造人物的典型性上，都比当时的欧洲在此以前的小说前进了一大步，它标志着欧洲长篇小说的创作跨入了一个新的阶段。

2

阅读准备

“作家生平”，走近作家，一睹作家风采；“创作背景”，了解作品创作的时代背景；“作品速览”，把握故事全貌、主题意蕴；“文学特色”，发掘作品深刻的文学价值，以增进理解，提高阅读效率。

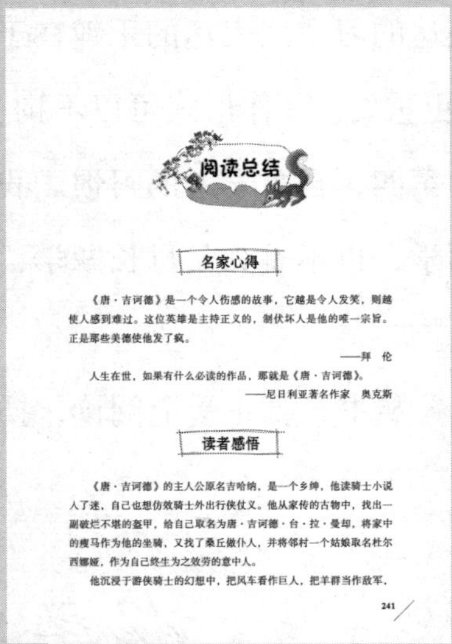

阅读总结

名家心得

《唐·吉诃德》是一个令人伤感的故事，它越是令人发笑，则越使人感到难过。这位英雄是主持正义的，制伏坏人是他的唯一宗旨。正是那些美德使他发了疯。

——拜　伦

人生在世，如果有什么必读的作品，那就是《唐·吉诃德》。

——尼日利亚著名作家　奥克斯

读者感悟

《唐·吉诃德》的主人公原名吉哈纳，是一个乡绅，他读骑士小说入了迷，自己也想仿效骑士外出行侠仗义。他从家传的古物中，找出一副破烂不堪的盔甲，给自己取名为唐·吉诃德·台·拉·曼却，将家中的瘦马作为他的坐骑，又找了桑丘做仆人，并将邻村一个姑娘取名杜尔西娜娅，作为自己终生为之效劳的意中人。

他沉浸于游侠骑士的幻想中，把风车看作巨人，把羊群当作敌军，

241

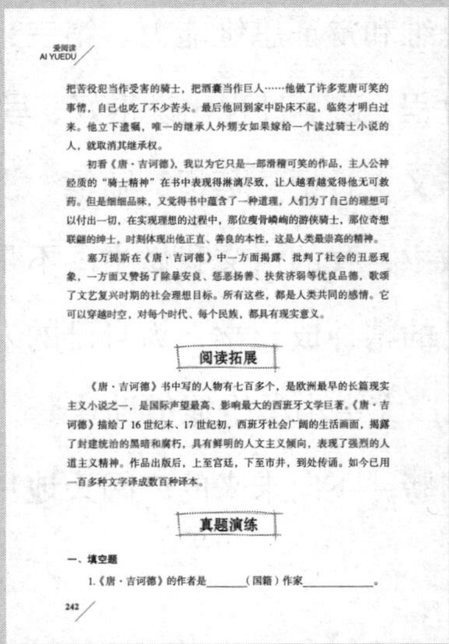

爱阅读 AI YUEDU

把苦役犯当作受害的骑士，把酒囊当作巨人……他做了许多荒唐可笑的事情，自己也吃了不少苦头。最后他回到家中卧床不起，临终才明白过来。他立下遗嘱，唯一的继承人外甥女如果嫁给一个读过骑士小说的人，就取消其继承权。

初看《唐·吉诃德》，我以为它只是一部滑稽可笑的作品，主人公神经质的“骑士精神”在书中表现得淋漓尽致，让人越看越觉得他无可救药。但是细细品味，又觉得书中蕴含了一种道理，人们为了自己的理想可以付出一切，在实现理想的过程中，那位瘦骨嶙峋的游侠骑士，那位奇想联翩的绅士，时刻体现出他正直、善良的本性，这是人类最崇高的精神。

塞万提斯在《唐·吉诃德》中一方面揭露、批判了社会的丑恶现象，一方面又赞扬了除暴安良、惩恶扬善、扶贫济弱等优良品德，歌颂了文艺复兴时期的社会理想目标。所有这些，都是人类共同的感情。它可以穿越时空，对每个时代、每个民族，都具有现实意义。

阅读拓展

《唐·吉诃德》书中写的人物有七百多个，是欧洲最早的长篇现实主义小说之一，是国际声望最高、影响最大的西班牙文学巨著。《唐·吉诃德》描绘了16世纪末、17世纪初，西班牙社会广阔的生活画面，揭露了封建统治的黑暗和腐朽，具有鲜明的人文主义倾向，表现了强烈的人道主义精神。作品出版后，上至宫廷，下至市井，到处传诵。如今已用一百多种文字译成数百种译本。

真题演练

一、填空题

1.《唐·吉诃德》的作者是______（国籍）作家____________。

242

阅读总结

“读者感悟”，看看别人怎么想；“阅读拓展”，帮你丰富文学知识，增强艺术感受力；“真题演练”，考查阅读本书后的效果，是对阅读成果的巩固和总结。习题具有一定的延伸性和扩展性，对于没有回答上来的问题，读者可以借此发现阅读上的不足，心中带着疑问，为下一次的精读做好准备。

接受文学名著的滋养，读写贯通，读为写用，读写双升

第一章　癫狂的骑士

名师导读

吉哈纳是怎么成为一名骑士的？他在成为一名骑士之前做了哪些事情？他的性格是决定他成为骑士的主要原因吗？这些答案让我们在下文中寻找。

有一个叫吉哈纳的西班牙绅士，他住在一个名叫台·拉·曼却的村子。①吉哈纳绅士五十来岁，体格强健，身材颀长，面颊瘦削，惯于早起，喜欢打猎。像这一类绅士大多有自己的长枪，有一面古老的盾牌、一匹瘦马及猎狗。虽说是绅士，吉哈纳的生活并不那么富裕。家里只有一个四十多岁的女管家，一个能下地锄草、套马上街、家里家外什么都干的杂役。一个不到二十岁的外甥女是他唯一的亲人。

吉哈纳每天的生活都很清闲，不知从何时起，迷上了骑士小说，甚至到了手不释卷、废寝忘食的地步。别人读小说，只是把它当作一种消遣，对小说的情节和人物并不当真。②这位吉哈纳绅士却与众不同。他对骑士小说中的荒唐故事深信不疑，对小说中的骑士佩服得五体投地。渐

①外貌描写——此处细致地刻画了主人公的特征，为下文做铺垫。

②过渡句——这句话在承接上文的同时，引出下文中对吉哈纳的与众不同的介绍。

3

名师导读　指引你快速知晓章节内容，提高阅读兴趣。

名师点评　名师妙语，见解独特，视角新颖。

唐·吉诃德
TANG · JIHEDE

精华赏析

本章主要讲的是唐·吉诃德为了伸张所谓的正义而去解救被押解的罪犯，却反遭洗劫的故事。本章动作描写突出，使文章充满乐趣。

延伸思考

当唐·吉诃德意识到自己犯了错时，他是如何做的？从解差的行为中可以看出什么？

相关链接

主仆二人一路走走停停，遇到了许多有趣的事情。在本章最开始，当两人看到被押送的罪犯时，唐·吉诃德的正义感油然而生，这也是他身上的闪光点。但由于骑士道精神的影响以及他的自大，使他的许多行为看起来荒唐又癫狂。

81

精华赏析　评点章节要旨，发人深省。

延伸思考　开拓思维，启迪智慧。

相关链接　在轻松阅读中开阔视野。

Contents

目录

·作家生平·

塞万提斯于1547年生于西班牙中部的阿尔卡拉德埃纳雷斯镇。1568年进入马德里的一所中学任教，后随一红衣主教赴意大利，得以饱览古今文学名著。1570年从军。第二年抱病参加抗击土耳其军队的勒班多海战，失去左臂。战后返国途中，被土耳其海盗俘虏至阿尔及尔。1580年被赎回国。为谋生计，他往返奔波于西班牙全国各地，目睹社会的不平及人民的苦难，并在这期间开始文学创作。第一部小说是田园牧歌体的《加拉黛亚》(1583)，以牧羊男女之间的爱情为主题，穿插了许多惊险情节。长篇小说《唐·吉诃德》是其最重要的作品，也是欧洲最早的现实主义长篇小说之一，享誉世界。《唐·吉诃德》于1602年开始写作，分上下两卷，分别于1605年和1615年出版。上卷问世后，大受欢迎，读者竞相阅读。一年内再版七次。

·创作背景·

在西班牙的“黄金世纪”，西班牙的文学繁荣发展起来，田园小说、流浪汉小说、骑士文学和戏剧等各大流派争奇斗艳。骑士文学对于冲破中世纪神学禁欲主义的束缚、对人性的解放具有极大的进步意义。不过随着后来封建经济的解体和火枪火炮在军事上的使用，骑士文化变得越来越不合时宜，15世纪开始出现了一批打家劫舍、杀人越货的强盗骑士，骑士文学开始变得越发庸俗化。塞万提斯生活的时期，西班牙还流行着五六十部粗制滥造、荒谬愚昧的骑士小说。为此，塞万提斯决定创作《唐·吉诃德》，"把骑士文学的地盘完全摧毁"，他沿用骑士作为主角的写作形式，把骑士制度、骑士精神漫画化。当他的小说出版后，西班牙的骑士小说也随之崩溃。

·作品速览·

唐·吉诃德是塞万提斯的作品《唐·吉诃德》中的主人公。他是一个性格复杂而矛盾的人物。书中描写一个穷乡绅读骑士传奇入了迷，改名唐·吉诃德，找了个农民做侍从，出门游历，妄想建立骑士的丰功伟绩，一路上闹了许多笑话，吃了不少苦头，最后狼狈回家，病逝于卧榻。作者创作这部小说的初衷，是模仿骑士文学以讽刺风靡一时的内容荒诞的骑士传奇，但作者在描写唐·吉诃德出外游历的过程中，刻画了当时西班牙社会生活的广阔图景，揭露了封建统治的黑暗腐败，表达了文艺复兴时期具有进步意义的人文主义思想。唐·吉诃德和他的侍从桑丘，已成为世界古典文学中的经典人物形象。

·文学特色·

从艺术角度讲，塞万提斯创作的《唐·吉诃德》奠定了世界现代小说的基础。现代小说的一些写作手法，如真实与想象、严肃与幽默、准确与夸张、故事中套故事，甚至作者走进小说，对小说指指点点，在《唐·吉诃德》中都出现了。

在创作方法上，塞万提斯善于运用典型化的语言、行动刻画主角的性格，反复运用夸张的手法强调人物的个性，大胆地把一些对立的艺术表现形式交替使用，既有发人深思的悲剧因素，也有滑稽夸张的喜剧成分。尽管小说的结构不够严密，有些细节前后矛盾，但不论是在反映现实的深度和广度上，还是在塑造人物的典型性上，都比当时的欧洲在此以前的小说前进了一大步，它标志着欧洲长篇小说的创作跨入了一个新的阶段。

第一章　癫狂的骑士

名师导读

吉哈纳是怎么成为一名骑士的？他在成为一名骑士之前做了哪些事情？他的性格是决定他成为骑士的主要原因吗？这些答案让我们在下文中寻找。

有一个叫吉哈纳的西班牙绅士，他住在一个名叫台·拉·曼却的村子。①吉哈纳绅士五十来岁，体格强健，身材颀长，面颊瘦削，惯于早起，喜欢打猎。像这一类绅士大多有自己的长枪，有一面古老的盾牌、一匹瘦马及猎狗。虽说是绅士，吉哈纳的生活并不那么富裕。家里只有一个四十多岁的女管家，一个能下地锄草、套马上街、家里家外什么都干的杂役。一个不到二十岁的外甥女是他唯一的亲人。

吉哈纳每天的生活都很清闲，不知从何时起，迷上了骑士小说，甚至到了手不释卷、废寝忘食的地步。别人读小说，只是把它当作一种消遣，对小说的情节和人物并不当真。②这位吉哈纳绅士却与众不同。他对骑士小说中的荒唐故事深信不疑，对小说中的骑士佩服得五体投地。渐

❶外貌描写

此处细致地刻画了主人公的特征，为下文做铺垫。

❷过渡句

这句话在承接上文的同时，引出下文中对吉哈纳的与众不同的介绍。

渐地，他失去了理性，想入非非要去做个游侠骑士，披着盔甲，扛着长枪，漫游世界，还要按照小说里游侠骑士的生活准则，克服一切艰难险阻，消灭一切邪恶和暴行，成就功业，名垂千古。

❶时间描写

写出吉哈纳热爱骑士小说的程度，骑士精神在他心里日益根深蒂固，为后文他的骑士生活做铺垫。

①总而言之，他是那么沉迷于这类书籍，以致从黄昏读到黎明，从日出读到日落。这般废寝苦读终于耗尽了他的脑汁，使他失去了理智。他的脑袋里装满了从书上看来的什么魔法、打架、挑战、对阵、伤残、调情、恋爱、忧喜以及其他种种难以想象的荒诞至极的胡言乱语，而且内心深处还以为读到的那些瞎编出来的异想天开的东西全都确有其事。对他来说，除此之外，世界上再也没有信史可言。他认为熙德·鲁伊·迪亚斯确实曾经是一位非常优秀的骑士，但又觉得他无法同只一挥宝剑就腰斩了两个凶蛮巨人的火剑骑士相比。他更赞赏卡尔皮奥的贝尔纳尔多，因为他曾经运用赫丘利两臂扼杀地神之子安泰俄斯的计谋，在龙塞斯瓦列斯将有魔法护身的罗尔丹置于死地。他还特别称颂巨人莫尔干特，因为傲慢无礼的巨人族成员中只有他温文尔雅。不过，他尤为推崇蒙塔尔万的雷纳尔多斯，特别是看到他走出城堡一路劫掠，并从异国他乡盗回来了传说是纯金铸造的穆罕默德像的时候。对于无情无义的小人加拉隆，他则真是想踢上几脚，果能如此，他宁愿赔掉管家，甚至再搭上外甥女。

❷细节描写

吉哈纳为自己的骑士生活做准备。“布满锈迹霉斑的盔甲”“擦拭干净”“修复”，这些都显示出吉哈纳对骑士生活的向往。

就这样，为了实现自己的理想，他着手进行了一系列准备。②他从老屋的角落里找到祖辈留下来的，不知过了多少世纪，布满锈迹霉斑的盔甲，将之擦拭干净并尽量加以修复。不过，他发现了一个重大缺陷：头盔只是个带檐的护顶，没有面盔。他用硬纸做了一个面盔，装在顶盔上，看上去是一只完整的头盔了，可是只用剑试剁了两下面盔就碎了。这位绅士心疼得差点儿趴下，因为做这个纸面盔足足花去了他一个星期的时间。后来，他又用铁皮条做衬重新做了一个，便不敢再检验，权且就当它是坚固的面盔了。

读书笔记

接下来，他去看了看自己的那匹瘦马。那头牲口尽管蹄子早已经裂成了不止八瓣，毛病多得不得了，可他却觉得，即便是亚历山大的布塞法罗和熙德的巴维埃卡也难以与他的瘦马匹敌。于是，他花了整整四天的时间给自己的坐骑取名。他想，主人是大名鼎鼎的骑士，没有出色的名字太委屈它了，一定得有一个响亮的名字跟它主人的地位相配。就这样，他绞尽脑汁，设计了否定，否定了再设计，经过反复构思，最终确定了叫“驽马难得”。“驽马”倒是名副其实，这匹马瘦得皮包骨头，蹄子上也布满裂纹。不过主人认为这是它的过去，现在它是一个游侠骑士的坐骑，当然应该是一匹稀世难得的好马，所以“驽马难得”这个名字再恰当不过了。

读书笔记

趁着给马取名的兴致，绅士又为自己——一个即将诞生的游侠骑士取了名。这可花了他整整八天时间，到了第九天终于决定自称“唐·吉诃德”。鉴于以往英勇的骑士们会把国名附加在姓上以示爱国的习惯，这位“唐·吉诃德”先生也决定把自己家乡的地名附加在姓上，于是这位骑士的全名就成了：唐·吉诃德·台·拉·曼却。他觉得，这样一来可以明明白白地昭示出自己的身家故里，而把籍贯冠于名字之前也是对家乡表示敬重的一份心意。

读书笔记

读书笔记

铠甲都已经擦拭干净了，护顶也改成了头盔，坐骑有了名字，自己也确定了名字，可以说做游侠骑士的准备工作已基本就绪。可是一想到红花绿叶、英雄美人之类的典故，这位唐·吉诃德先生便又感到有些美中不足。游侠骑士怎能没有意中人呢？没有意中人的游侠骑士好比是无叶无果的枯树，没有灵魂的躯壳。他心里琢磨着，让那些被征服者跪在意中人面前说："尊敬的小姐，我奉鼎鼎大名的骑士唐·吉诃德之命，来此听候您的差遣。"这是多么惬意的事啊！想到这些，唐·吉诃德简直有些飘飘然了。很快，意中人就定下来了。她是邻村的一位姑娘，唐·吉诃德曾经暗恋过她，而这位姑娘对此事却毫无所知，就是知道了，恐怕也不会把它当成一回事。①不过，这丝毫不影响唐·吉诃德的热情，他给自己的心上人取了一个带有贵夫人意味的名字——杜尔西娜娅·台尔·托波索。他觉得这个名字新颖、独特，而且跟他以及他为所有东西取的名字都很匹配。

❶细节描写 刻画了吉哈纳对爱情的渴望与憧憬，表现出一个"英雄"内心的追求。

精华赏析

本章主要讲的是主人公吉哈纳受骑士小说的影响，沉湎于骑士精神，于是着手为实现自己的骑士理想做准备。

延伸思考

通读本章节，从主人公吉哈纳日夜沉迷骑士小说，从而幻想成为一名骑士的过程中，试分析吉哈纳的性格特征。

相关链接

本章通过对主人公吉哈纳的描述，向读者呈现了一个对骑士小说十分痴迷的人物形象。从他给自己改名字以及对周围人的态度和心理活动中可以看出，他对于骑士精神的追求已经达到一种癫狂的状态，让读者对主人公身上即将发生的故事产生浓厚的兴趣。同时作者在吉哈纳对于爱情的追求这件事情上，进行了细致的描写，可以充分感受到他对爱情的向往。本章着重描写了吉哈纳的性格特征，让读者对他的形象有了一个大致的认识。

第二章　骑士出走

名师导读

唐·吉诃德是怀着一颗什么样的心出发的？他在路途中又会遇到什么样的挑战和困难呢？他是否能够到达他的目的地呢？

所有的一切都已准备妥当，我们的绅士决定开始去实现自己漫游世界的冒险计划。骑士的神圣职责叩击着他的心灵，[①]只要想到那么多冤屈需要申雪，那么多不义需要匡正，那么多强暴需要铲除，他就觉得时间已经不容自己迟疑耽搁，一刻也不能等待了。

①排比　写出唐·吉诃德拥有一颗除暴安良的正义之心。

唐·吉诃德在一个夏日的早晨瞒着家人、邻居，戴着自制的头盔，挎上盾牌，拿着长枪，骑上驽马难得，悄悄从院子后门出去，跑到了郊外。一切顺利，唐·吉诃德不禁心花怒放，英雄可有用武之地了！就在这春风得意的当儿，一件非同小可的事，差点让他掉转马头，回到那单调沉闷的“城堡”。因为他突然想到自己是一个没有封授的骑士，按骑士道的规则，这就意味着自己没有资格和任何骑士交战。即使有了骑士头衔，作为新出道的骑士，也只能穿素白的盔甲，在凭本事建立相应的功业之前，盾牌上不

读书笔记

能刻画任何徽记。凡此种种使他犹豫起来，他真的有点儿六神无主了。[①]但是游侠骑士的疯狂已压倒一切，痴迷最终还是战胜了理智，他打定主意，只要碰到个什么人就请他为自己封授，这在那些使人神魂颠倒的骑士小说里，也并非没有先例。想到这些，他那颗掉到井底的心，又被提了上来，放回到心窝。于是他一边念着骑士小说的精彩章节，一边信马而行，只希望能早点儿出现奇遇和险境。

[②]这样漫无目的地走了几乎一整天，结果令他失望不已。到了傍晚时分，他也没有碰到任何可以施展拳脚的机会，人和马倒是精疲力竭，饿得要死。就在落日西沉、人困马乏的窘迫之际，他看见离大路不远有一家客店，就好像找到了指引他走向福地殿堂而不是普通门户的明星一样，于是拍马就往那边赶了过去。倒不是因为找到了休憩之所，而是我们这位骑士大人的所思所见，已无一不是骑士小说中所描写的情境。

[③]就说这个普普通通的客店吧，唐·吉诃德就把它当成了一座有着四个塔楼和银光闪闪的尖顶的堡垒、吊桥、堑壕以及书上描绘的其他种种附属设施一应俱全的城堡。以至快到门前时他勒住马缰绳，为的是等待城门号角响起，传报骑士来临。可是等了半天没有动静，驽马难得急不可耐地要往马房跑，因为它已闻到草料的香味了。主人只得由着马向门口跑去。快到门口就碰到两位女客，他以为是两位美貌的小姐在城堡门口待命。恰在这时，一个在麦茬地里放猪的猪倌吹响了召集猪群的号角，唐·吉诃德立刻觉得终于听到了传报他莅临的信号，于是，喜不自胜，径直冲到客栈门口的两位女士面前。看到他那副又是

❶心理描写

此处写出他的痴迷战胜理智，再次回应主题，骑士精神占据了他的内心。

❷叙述

表明这一天的游历不尽如人意。

❸叙述

强调了唐·吉诃德离奇的思绪，他随时准备为正义而战。

读书笔记

读书笔记

矛又是盾的打扮，那两位女客被吓得想要退回到客栈里去。唐·吉诃德明白她们是因为害怕才要逃走的，所以他掀起面盔，对两个惊慌失措的女客说道：

“两位尊贵的小姐不用害怕，不必回避也不必担心会被冒犯，我唐·吉诃德信守骑士之道，非礼莫行也。我从来不会对任何人失礼，更不用说是对名门闺秀啦，两位的气度风范已经表明了你们的身份。”

话语真是又斯文又和悦，但两位女客不过是普普通通的下层妇女，听他这文绉绉的、不着边际的言语再看看他古里古怪的模样，忍不住大笑起来。见此情景，唐·吉诃德颇感茫然，于是说道：

“端庄为淑女之美德，无端浪笑有失典雅。此话并非要让两位扫兴和气恼。在下的本心是要为二位效劳。”

❶对比衬托

对比衬托的修辞手法，反映出唐·吉诃德言行的滑稽可笑。

[1] 唐·吉诃德令人费解的言辞和古怪模样使两位女客笑得更加厉害，我们的骑士却因此而越发恼火。正在这时，店主出来了，他是个性情平和的大胖子。他见来客蒙着脸，配备的长枪、盾牌、盔甲、缰绳等又都不伦不类，也差点儿笑出声来。但他认为来客毕竟是有一整套装备，还是小心为妙，于是忍住了笑，恭敬地说：

“绅士先生，阁下想必是来投宿的，本店床位已满，其他东西倒还充足。”

唐·吉诃德却把店主当成堡垒的长官，引诗道：

读书笔记

我的服装是甲胄，
我的休息是斗争，
我的床铺是硬石头，

我的睡眠是长夜清醒。

店主一听，不要床位，这还不好办吗，于是答道：

①“这么说来，阁下的床铺一定是坚硬的山岩，而睡眠则为彻夜苦守喽。既然这样，请您下马吧！我这小店可保你整年不睡，不用说一夜了。”

他边说边揪住了鞍镫上来扶唐·吉诃德下马。唐·吉诃德很吃力地下了马，因为从早到晚他滴水未沾。接着，按照唐·吉诃德的吩咐，店主把马安顿到马房，又返回来看看客人还有什么吩咐。这时候两位女客则已经同唐·吉诃德热乎起来了，正帮唐·吉诃德脱掉盔甲、护胸、护背。可是，那只仿造的头盔却怎么也脱不下来，系紧头盔的绿带子打的是死结，要想摘下来，只有剪断才行。可唐·吉诃德死也不让，因此头盔就只好整夜扣在脑袋上，模样古怪至极，那滑稽可笑的怪样真是难以想象。由于戴着头盔，拿了东西吃不到嘴里去，还得请别人帮忙，但只要不割断他头盔的带子，什么麻烦他都能忍受。②现在唯一让他惦记的就是还没有封授骑士，没有骑士的称号而从事冒险是名不正言不顺的。没有正式入道，就不能光明正大地行侠仗义。

就这样，唐·吉诃德满怀心事地好不容易吃完了那简陋而又麻烦的客饭。随后，唐·吉诃德找到店主，把他叫到马房，关上门，便“扑通”一声双膝跪在地上请求道：

❶语言描写

店主的回答充满对唐·吉诃德的嘲讽。

❷细节描写

唐·吉诃德严格要求自己每走一步都要像一个真正的骑士。

注释

简陋：简单粗陋；不完备。

读书笔记

“尊敬的先生，我是个游侠骑士，一心想周游世界，猎奇冒险，拯救苦难之人，以尽骑士本分，所以急着要个骑士头衔。我求您明天封授本人骑士名号，今晚我就在堡垒的小礼堂守夜，看护我的盔甲。”

店主是个狡猾的家伙，早就怀疑唐·吉诃德大脑有问题，有精神病。听了这番话，店主更相信了自己的判断，决计迎合他，借此逗笑取乐。于是就对唐·吉诃德说，他的理想很伟大，且相貌堂堂，风度文雅，是一个高贵的绅士，有这样的抱负理所当然。他还说，他本人年轻的时候也曾从事过那一光荣行当，漂游四方、寻奇历险，到过马拉加的竿网渔场，里亚兰的岛屿，塞维利亚的寺庙领地，塞哥维亚的集市，巴伦西亚的橄榄园，格拉纳达的环城路，桑卢卡尔的海滩，科尔多瓦的马驹山，托莱多的小酒店以及其他好多地方。凭着轻捷的腿脚和灵巧的双手，他做过许许多多惊天动地的事情，勾引过寡妇，染指过少女，蒙骗过孤儿，竟至闻名于西班牙全国的大小法庭，最后退隐于这座城堡，靠自己的积蓄和别人的钱财安然度日。悉心接待各色各等游侠骑士，只是出于对之情有独钟。当然，也因为他们会为报答他的好心而同他分享自己的财物。最后他说自己的城堡里没有小礼堂，小礼堂已经拆掉，准备翻新，在堡垒的院子里看守盔甲，意义一样，明天一早就可举行封授仪式，到那时，唐·吉诃德将成为全世界最名副其实，最货真价实的骑士。①他还问唐·吉诃德身上带钱没有。唐·吉诃德说，一文钱也没带，游侠骑士的传记里没有读到骑士需要带钱，所以分文未带。店主开导他说书上没写，不等于骑士就不带钱，可以肯定书

读书笔记

❶细节描写

此处可以看出唐·吉诃德的迂腐。

上写的游侠骑士其实个个都带着足够的盘缠，还有干净衬衣、软布、治伤油膏什么的。他还暗示唐·吉诃德，不带侍从的骑士很少，一些必需品都是由侍从带着的。

唐·吉诃德心领神会，答应谨记那些教诲。①他感谢店主的劝告，并听从店主的安排，到客店旁的一个大院里去看守盔甲。他把盔甲一件一件堆在井水槽里，自己挎着盾牌，端着长枪在四周来回巡行。店主则把这位客人有疯病的事告诉了店里的旅客。晚上皓月当空，如同白昼，大家远远地看见唐·吉诃德专心致志地看守着那堆破烂盔甲，感到不可思议。深夜，意想不到的情况发生了，一个住店的骡夫要给骡子饮水，想把水槽上的盔甲挪开。唐·吉诃德见他跑过来，大声喝道：

②“喂！你，你是什么人，你这胆大包天的骑士，莽撞的骑士！这副盔甲的主人是带剑骑士里最勇敢的，你竟敢来碰亘古以来最为骁勇的骑士的盔甲，你可要想好，如果不想因为自己的冒失而丢掉脑袋的话，就给我放在那儿，别动。否则，就准备拿性命来赔偿吧。”

不幸的是，这个骡夫并没有把骑士的警告当回事（若是当真就好了，可以免受皮肉之苦），他拎起盔甲上的皮带，把盔甲扔出去几丈远。唐·吉诃德看到这情景，两眼直愣愣对着苍天，心里想着自己的意中人杜尔西娜娅，自言自语道：

“我的小姐啊！在您勇敢的骑士心灵初次蒙辱的时刻，快来助我一臂之力吧，但愿我能在这样一个紧要关头得到您的护佑！”

③他一面说，一面放下手上的盾牌，双手举起长枪对

❶叙述

唐·吉诃德听从了店主的劝告。

❷语言描写

滑稽可笑的语言突出了唐·吉诃德的荒唐。

❸细节描写

刻画出唐·吉诃德内心毫无畏惧。

读书笔记

准骡夫的脑袋，狠狠打了下去，一下就把骡夫打得狼狈不堪地昏倒在地，倘若再挨一击的话，也就无须去找医生了。随后，他捡回被扔掉的盔甲，把盔甲堆好，重又跟原先一样镇定自若地踱起步来，继续巡视。一会儿，又来了一个骡夫，他对刚刚所发生的事情一无所知，只是想让自己的骡子饮水。他刚刚过去抓起那些披挂以便腾出水槽，就被唐·吉诃德一枪打中。这回虽然没让第二个骡夫脑浆迸裂，但也打得他晕头转向。客店里的人都闻声赶来，骡夫们看到同伴受伤就在远处捡石子向唐·吉诃德掷去。可唐·吉诃德坚守阵地，寸步不离，嘴里还大声叫骂，[①]说骡夫们不仁不义、阴险狡诈、居心叵测，堡垒长官纵容他们，可见也是混蛋，要是自己已封授骑士的称号，决不轻饶他们。

①叙述 表现了唐·吉诃德的荒唐，他完全沉浸于骑士小说的情节中。

这理直气壮的言辞让骡夫们害怕起来，店主也受够了这位骑士的胡闹，他觉得他的客人把玩笑开得太大了，决定尽快了断，趁着还没出更大的乱子，赶紧把那倒霉的骑士封号授予他。他先劝住了骡夫，让人抬走了伤员，然后对唐·吉诃德说，因为没有小礼堂，所以封授也就不讲究仪式了。他告诉唐·吉诃德，封授仪式的关键在于用手掌拍一下颈窝，再用剑拍一下肩膀，在荒郊野地就可举行。至于看守盔甲的程序，有了就行，不在乎时间长短，两个钟头就足够了，而他已经做了四个钟头了。唐·吉诃德信以为真，发誓道："那就请快封授吧！有谁再不识时务，胆敢冒犯，一定杀个片甲不留。当然，长官您关照的人可以酌情饶恕。"

读书笔记

这位"堡垒长官"听了他的话心惊肉跳，不免有些担忧。于是赶忙拿了本账簿，找了个男孩举着蜡烛跟着，还带上先前的两位女客，一起来到唐·吉诃德面前。他让唐·吉诃德双膝跪下，堡垒长官——也就是店主对着账簿念念有词如同在虔诚地祷告一般。念了几分钟，又举手在唐·吉诃德的脖子上狠狠打了一巴掌，再用骑士自己的剑使劲拍了一下骑士的肩膀。在整个过程中，嘴里还一直都在念经似的嘟嘟囔囔。随后，他又让那两个女人中的一个为其系上佩剑。①那女人手脚麻利而又小心翼翼，那仪式中的每一个步骤都让她感到好笑，好不容易才强忍住没有笑出声来，只因为刚刚见识过那位新骑士的壮举，不敢不憋着。为他系好佩剑之后，那好心的女人说道：

❶细节描写：用女人的行为反衬出唐·吉诃德行为的可笑。

"愿上帝保佑阁下成为幸运的骑士，无往而不胜。"

唐·吉诃德问那女人叫什么名字，因为从那以后他要记着谁对自己有恩，还因为他打算把自己将要通过臂膀的威力赢得的部分荣耀奉献给她。

那女人极其谦恭地回答说自己叫托洛莎，父亲是托莱多的修鞋匠，家住桑丘·别纳亚商场大街。她还说，无论到了什么地方，她都愿意听他差遣并把他视为主顾。

②唐·吉诃德求她务必自重，从那以后，要在名字前面冠以尊称，自报"唐·娜托洛莎"。那女人满口应承了下来。

❷叙述：表现了唐·吉诃德的自以为是。

另外一个女人帮他安上了马刺，两个人又进行了跟前面完全一样的谈话。他问她叫什么名字，她回答说叫"莫利内拉"，父亲是安特凯拉的一个安分的磨坊主。他也请求她使用尊称，就叫"唐·娜莫利内拉"，同时还做了一连串关于效劳和报答的许诺。

读书笔记

这一整套前所未有的仪式匆匆地、草草地结束之后，唐·吉诃德就觉得已经到了跃马出游的时刻，于是他立即鞴好驽马难得，翻身跨了上去。接着又拥抱了客店老板，对他说了许多稀奇古怪的话语，感谢他封其为骑士的大恩大德，诸如此类，难以尽述。店主巴不得他早点儿走，于是连声答应，言辞虽然简短，其绝妙程度却毫不逊色，最后竟然连住店费也不跟他算，就急急忙忙地把他打发走了。

精华赏析

本章主要讲述的是唐·吉河德刚踏上骑士征途所经历的一些故事。文中勾勒出主人公一系列荒唐可笑的举动。

延伸思考

主人公唐·吉诃德在客店遇到了哪些事？他是如何被封为骑士的？

相关链接

当吉哈纳穿上盔甲，骑上瘦马，走出家门的这一刻，乡野村夫吉哈纳就从此消失无踪了，取而代之的是活在自己的骑士幻想中的唐·吉诃德。他眼中所见之景无一不在他心中被修饰、被扭曲，他把小店当成城堡，把农妇当作尊贵的淑女，把客店老板当作堡垒长官。他不仅严格要求自己的一言一行符合游侠骑士的标准，还要求别人也遵循骑士小说中的一切规则。唐·吉诃德就此迷失了自己。

第三章　第一次探险

名师导读

唐·吉诃德从客店出来后，又会遇到哪些困难呢？在这个漫漫征途中，他又是怎样继续前行的呢？他会遇到哪些人呢？

唐·吉诃德走出客店的时候，天刚放亮。他为终于受封为骑士而志得意满，喜不自胜，真可谓人逢喜事累死马。不过，他忽然想到店主的一些忠告，决定先回家一趟，照店主说的，置办一些出门的必备用品，特别是现金和衬衣，还得找个侍从。至于找谁，他已打定主意，就雇街坊里的一个农夫，他虽穷，又有孩子，但做骑士的侍从却很合适。主意一定，他就驱策着驽马难得朝自家所在的村子走去。马恋旧槽，走得轻快，仿佛蹄不沾地一般。

他正边走边盘算着，忽然听到右边树林里传来阵阵哭声，不禁精神一振，自语道：

“感谢上帝，这么快就给我送来一个可让我尽责的良机。这喊声不论是发自男人还是女人，肯定是弱者，一准是有人要我去援救。”

说着就掉转马头，循声而前。进了树林没几步，他

读书笔记

读书笔记

就见一棵橡树上拴着一匹母马，另一棵橡树上则绑着一个十五岁的孩子，孩子的上衣被剥去了，正在哭喊着：

“好主人啊，我再也不敢啦，我对上帝发誓，下次一定改过，保证以后看羊多加小心。”

小孩的主人——一个粗壮的农夫正挥着一条皮腰带死命地抽打小孩，边打还边呵骂和数落，教他“少嚼点儿舌根，多长点儿眼色”。唐·吉诃德见状怒喝道：

❶语言描写　回应前文，刻画出唐·吉诃德锄强扶弱、打抱不平的骑士精神。

①“给我住手！你这大胆无礼的骑士，竟然虐待不能自卫的孩子，算什么本事！你骑上马，拿起长枪（拴马的树边还真的杵着一杆长枪），我要好好地教训教训你。”

这个农夫原来也有一杆长枪倚在拴马的橡树上，但忽然见到一个浑身披挂的人举枪在他头上挥舞，怕性命难保，忙停住手，小心解释道：

“绅士先生，这小子是我雇来看羊的用人，看管着一群羊。但他心不在焉，每天丢一只，也许是不老实。我教训教训他，现在他却反说我没安好心想借此赖掉欠他的工钱，这不是弥天大谎吗？”

唐·吉诃德道：“你这下流的东西，竟在我面前说这孩子撒谎，头顶上的太阳可以做证，我要用这杆长枪戳你一个窟窿，快把工钱如数付给他，不然即刻要你的命。”

农夫低下头去，二话没说解开绳子，放下了那个孩子。

唐·吉诃德问清了农夫共欠小孩九个月的工钱，总计六十三个瑞尔，就要农夫马上还钱，如果他还不想死的话。

读书笔记

注释
数落：列举过失而指责，泛指责备。

① 农夫战战兢兢地说：“绅士先生，碰巧今天我没带钱，让安德瑞斯跟我回家去拿，我保证一个子儿也不少他的。”

那孩子却竭力反对：“到他家去吗？那就倒大霉了！背着人他还不活剥了我，说什么我也不会去的。”

② 唐·吉诃德道：“不会的，他不敢的，我的命令他必须照办。只要他凭自己封授的骑士称号起个誓，我就放他走，保证他把钱付给你。”

“尊敬的先生，您要明察，我主人不是骑士，更没有被授过骑士的封号，他是财主胡安·阿尔杜多。”

农夫却在一旁忙不迭地说：“安德瑞斯小兄弟，你跟我回去，我凭骑士的一切称号发誓，一定把钱付给你，不但分文不少，还可加点儿小费。”

唐·吉诃德说：“小费就不必了，只要你如数付清工钱我就满意了，你得记清自己的誓言。不然，不要怪我手下无情，我一定回来找你算账，即使你藏得比壁虎还隐秘，我也会找到你的，因为我是专打抱不平的唐·吉诃德·台·拉·曼却。你们走吧，不要忘了誓言！不然的话，一定会受到我刚刚说过的惩罚。”说完，踢了一下驽马难得，一阵风似的跑了。

农夫目送唐·吉诃德出了树林，不见了踪影，便转身对安德瑞斯说：

③ “过来吧，我的宝贝，那位除暴安良的勇士吩咐过了，我现在就把欠你的都还你，你太讨厌了，所以我要多欠你点儿，好多多地还你。”说完一把抓住孩子的胳膊，又重新把他绑在橡树上，把他抽得死去活来。

而唐·吉诃德这位骑士中的勇士正在自鸣得意，自己

❶语言描写

“战战兢兢”表现出农夫内心的恐惧。

❷语言描写

此处突出了唐·吉诃德既有着正义的一面，又有迂腐的一面。

读书笔记

❸语言描写

此处可以看出农夫的手段残忍，内心险恶。

读书笔记

终于在骑士的道路上迈出了值得骄傲的一步。他兴奋地自言自语道：

“绝代佳人杜尔西娜娅，你是世界上最有福气的女人，拜倒在你脚下的英雄唐·吉诃德·台·拉·曼却今天刚被封授为骑士就阻止了一起穷凶极恶的暴行，从冷酷无情的恶棍手里夺下皮鞭，拯救了一个无辜挨打的孱弱的孩子。”

正说着，他来到一个十字路口，立即想起游侠骑士每逢遇到岔路都要考虑一番何去何从的问题。他当然也得依规行事，所以就驻足思索了片刻。想好了之后，他决定撂下缰绳让驽马难得自己做主，那马便信步往自己的马房奔去。走了五六里路，就见前面来了一队人马。后来得知那是到穆尔西亚去买丝的六个商人。他们都打着阳伞，有四个用人骑马随行，三个骡夫步行跟从。唐·吉诃德远远望见，立刻认为碰上了奇遇及一次替天行道的机会。他总是千方百计地套用书上看来的情节，觉得这场景同书中的情景极其相近，打算照样演练一番。于是他振作精神，紧握长枪，把盾牌遮在胸前，在路中心勒住马。见一行人走近了，他拉开嗓门，用居高临下的口气说：

读书笔记

[1]“站住，你们听着，普天下所有美女都比不上台·拉·曼却的杜尔西娜娅·台尔·托波索女王，谁不承认，谁就别想从我这里过去！”

❶语言描写 唐·吉诃德的无理取闹，为他在后文付出惨重代价做了铺垫。

那些商人听了这番不着边际的话，再看他的古怪模样，立刻明白了他是疯子。不过，他们倒也不急，想看看到底要他们承认什么。他们当中一位喜欢热闹而又颇为机灵的主儿跟他逗趣说：

“绅士先生，我们从来没有看见过你说的美人，让我们怎么承认呢？”

①唐·吉诃德答道：“看见了，就是明摆的事实，你们承认就不稀奇了。关键是要没看见就相信，死心塌地维护真理，如果你们不这样，就是狂妄自大，我就要和你们决个高下。现在，按骑士道的规矩，你们就请一个一个地过来吧，若不然，就照你们这种人的恶习一起过来也行，我在此恭候，真理自在我的这边。”

那个商人说：“骑士先生，承认了没有耳闻目睹的事，我们于心不安，你哪怕拿个画像给我们瞧一瞧也行，画像上即使她是独眼龙是伤疤脸，我们就是为了讨您的好，也会尽力恭维的。”

②唐·吉诃德勃然大怒道：“混蛋，你竟信口亵渎我那位绝世美人，我决不饶你！”说着就斜托长枪，怒气冲天地奔向那个商人。眼看商人要遭灭顶之灾了，可就在这节骨眼儿上，驽马难得马失前蹄，一跤跌倒把主人从头上抛了出去，在野地里滚了几丈远，想爬起来，无奈长枪呀，盾牌呀，踢马刺呀，头盔呀，铠甲呀全都错了位，碍手碍脚的，让他爬不起来。唐·吉诃德边挣扎边喊道：

“不要跑，奴才！胆小鬼！贼囚徒，等着！是马把我摔了，不是我的错！”

一行人中有一个赶骡子的并非善主的小伙子，看他这个可怜虫跌倒了还口出狂言，忍不住手痒，打算让他尝尝皮肉之苦。于是，他走上前来，夺过长枪，折成几段，随手拿起一段，照着唐·吉诃德劈头盖脸地一阵猛打。唐·吉诃德虽有一身铠甲，却还是被打得像碾过的麦子一

①语言描写

骑士精神在主人公心里已根深蒂固。

②语言、动作描写

这里可以看出唐·吉诃德理性的丧失，性格鲁莽。

读书笔记

读书笔记

样。骡夫的雇主们大声嚷着让他别再打了，赶快住手，可是他正在兴头上，不把火气泄完哪肯罢休。他捡起矛杆的残段，逐节地在那个倒在地上的倒霉蛋身上捣成碎片。唐·吉诃德眼看着棍子暴风雨般地打在自己的身上却不肯住口，仍在诅天咒地，斥骂那些在他看来全是匪徒的人们。

小伙子打累了，方才扔下半截棍子与一队商人重新上路。

唐·吉诃德想爬起来，却怎么也动弹不得，他想到要用“惯技”：[1]回忆一下在他读过的书中有什么情节可以让他好受些。于是，他那不同常人的脑海里立即涌现出了巴尔多维诺斯在山里被卡尔洛托打伤以后遇到曼图亚侯爵的故事。这是每个孩子都知道，青年人不陌生，老头子老太太津津乐道并且深信不疑的故事。尽管如此，其真实程度绝对不会超过穆罕默德的那些非凡业绩。不过，他觉得这个故事和眼前的情况一模一样，所以就开始忍着巨大的疼痛在地上打起滚来，边滚还边有气无力地背诵绿林骑士受伤后吟咏过的诗句：

❶心理描写 盲目根据虚无的骑士事迹来安慰自己。

你在哪里啊，我的夫人？
你对我的痛苦无动于衷。
是你不知真情，
还是心思已与前不同？

读书笔记

他就这样背诵着那首歌谣，一直背到：

噢，你呀，曼图亚侯爵大人阁下，

我的娘舅啊，尊贵的骨肉至亲！

他刚刚背到这里，他的街坊，一个老乡运麦子上磨坊，回来赶巧路过此地，看到地上躺着一个嘴里胡言乱语的人，就走上前去问他是什么人，为什么叫得那么惨，哪儿不舒服。①唐·吉诃德肯定是把那人当成自己的娘舅曼图亚侯爵，对他的问题置之不理，继续演绎着歌谣里的故事，诉说自己遇到了不幸，皇帝的儿子跟自己的老婆偷情，讲得跟书里完全一样。听了那些胡话，农夫惊讶不已。接着，他取掉了唐·吉诃德那早被棍棒打烂了的面罩，擦去其脸上糊着的尘土。刚一露出眉眼，他就认了出来，原来是吉哈纳先生——他变疯为游侠骑士之前想必就叫这个名字。于是老乡小心地把他胸前背后的铠甲除下，以便看看他身上是否有伤，但是，既没有见到血迹也没有发现伤口。那人费了好大劲儿才把他抱上了自己的驴子，把兵器、铠甲和长枪的断柄捆成一堆放在驽马难得背上，一只手牵着那牲口的缰绳，一只手揪着自家毛驴的笼头，朝着村中走去，一路上都在琢磨唐·吉诃德说出来的那些胡言乱语。与此同时，被人打得趴在驴背上的唐·吉诃德心里也在不停地翻腾，不时还发出震天的长吁短叹，闹得那位农夫又赶紧问他哪儿不舒服。

唐·吉诃德真好像见了鬼啦，总是能够记起套得上他的情况的故事。那会儿，他抛开了巴尔多维诺斯，又想起了被安特凯拉要塞司令罗德里戈·德·纳尔瓦埃斯捉住之后，带回要塞关起来的摩尔人阿宾达拉埃斯。②所以，当农夫再一次问他哪里不舒服时，他竟用了摩尔俘虏对罗

❶细节描写

从唐·吉诃德的行为可以看出他完全脱离现实，沉迷于不切实际的幻想中。

读书笔记

❷解释说明

表现了唐·吉诃德的疯癫与荒唐，农夫的感受更是印证了这一点。

德里戈·德·纳尔瓦埃斯的陈词做了回答，跟他从豪尔赫·德·蒙特马约尔写的《狄亚娜》中读到的完全一样。他把那个故事套用得跟真事似的，说出的那一大串蠢话气得农夫直喊晦气。不过，那农夫倒是因此而知道自己的街坊真的疯了，一心只想赶快进村，免得为唐·吉诃德的长篇大论上火。临了，唐·吉诃德对他说道：

“罗德里戈·德·纳尔瓦埃斯先生，请阁下记住，我刚刚提到那位美人哈丽珐如今成了国色天香的杜尔西娜娅·台尔·托波索，我过去、现在和将来已经、正在和将要创建的传世骑士伟业，全都是托她之名。”

对此，农夫答道：

“先生，您可要看清楚，恕我直言，我既不是罗德里戈·德·纳尔瓦埃斯也不是曼图亚侯爵，我是佩德罗·阿隆索，您的街坊。您哪，既不是巴尔多维诺斯也不是阿宾达拉埃斯，而是忠厚的绅士吉哈纳先生。”

“我知道自己是谁。”唐·吉诃德反驳说，“我还知道自己不仅可以成为刚才提过的那些人，还抵得上法兰西十二骑士乃至世界九大豪杰。因为，我的业绩将会超过他们每一个人和他们的总和。”

他们就这样边走边说，不知不觉到了村口。

精华赏析

本章主要讲的是唐·吉诃德从客店出来后的遭遇，先是因救人而充满喜悦，扬扬自得；紧接着又因向他人挑衅而惨遭殴打，最后被农夫搭救。情节步步深入，引人入胜。

延伸思考

从树林出来后，唐·吉诃德遇到了哪些事？最后他又是怎样回到村子的？试分析。

相关链接

在客店备受打击和嘲笑的唐·吉诃德并没有放弃自己的追求，反倒义无反顾地继续他的漫漫征途。他被封为骑士后，整个人十分得意，且一心想要做出一番事业来展现自己的能力。在他对待农夫殴打小孩这件事情上，可以看出他是一个既有正义感又自大狂妄的人。由于他做任何事情都想效仿骑士之举，所以他在遇到商人时的荒唐举动使他遭了殃。读者可以充分感受到他完全沉迷于自己的世界，与现实世界脱了节。

第四章　家中休整

名师导读

唐·吉诃德回到家后又遇到了哪些事情？他的家人和朋友对他的骑士书籍怎么处理的呢？他又会有什么行动呢？

到村口已经是夜色朦胧，这位老乡不愿意让人看见这位落难绅士的狼狈样子，于是在村口磨蹭了一阵，执意等天黑了才进村。

等到天全黑了，老乡才把毛驴赶进村，到了唐·吉诃德家门口。这时候，唐·吉诃德家里已经闹翻了天，只听里面闹嚷嚷的。村上的神父和理发师都在，两人都是唐·吉诃德的好友，女管家正高声说话：①“您瞧我们先生是遭了什么祸了吧？三天不见他的人影儿了，马呀，长枪呀，盾牌呀，盔甲呀都不见了。我想起来了，我曾听他说要做什么游侠骑士，走遍世界。都是被那些倒霉的骑士小说闹的。”

❶语言描写　这句话交代唐·吉诃德成为骑士的经过，与前文呼应。

唐·吉诃德的外甥女也在一旁对理发师说：

“尼古拉斯师傅，您可不知道，我舅舅读骑士小说能一口气读两天三夜。看完后，书一撂就拔剑对墙乱砍，砍得精疲力竭，就说自己杀了四个巨人，还说累出来的汗水是战斗中受伤淌出来的鲜血。接着，喝下一大罐凉水，身上舒服了，心里也平静了下来，于是就说那水是他的博学多才的魔法师朋友给他送来的琼浆。不过，都怪我不好，没早把舅舅这些疯疯癫癫、荒唐的言行告诉你们。早点儿想想办法，也就不至于到现在这种地步了。还有那些满篇胡言的书，我真后悔没有及时把那些害人的书烧光。"

神父说：[1]"明天一定要对他的书进行公审，判处火刑，免得其他人跟他一样中毒。"

❶语言描写 众人已看出骑士小说的危害。

听了这番对话，那老乡才明白了唐·吉诃德的病根儿，连忙高声叫门："快开门啊，诸位大人，身负重伤的巴尔多维诺斯老爷和曼图亚侯爵老爷来了，安特凯拉要塞司令、英勇的罗德里戈·德·纳尔瓦埃斯押解着被活捉了的摩尔人阿宾达拉埃斯老爷来了。"

大家闻声，一齐拥到门口。唐·吉诃德连下驴的力气都没有了，只是说道：

"大家别乱，皆吾马之过，害我差点儿重伤致死。你们先抬我上床，再想办法请女法师乌尔干达来给我治伤吧。"

"你们瞧，"管家数落道，"巧了吧，我这心里还真把老爷的病根儿给说准啦！您就快进屋吧，就是那个乌尔干达不来，我们也能把您治好。依我说，那些骑士书真该死，我要说这话，而且要没完没了地说下去，瞧它们把您给害成什么样了！"

读书笔记

大家七手八脚把他抬上床，检查全身，一点儿伤痕也

注释

七手八脚：形容人多手杂，动作纷乱。

读书笔记

没找着。唐·吉诃德解释说，自己刚和大半个世界都难以找到的十个无法无天的巨人交战，个个高大凶猛，可是坐骑让他摔了一大跤，身上都是跌撞的暗伤。

神父说："居然还说有什么巨人，我凭十字架发誓，明天一定把那些小说烧个干净。"

人们提了好多问题，唐·吉诃德概不回答，只是说当务之急是吃点儿东西睡觉。安顿好唐·吉诃德以后，神父向农夫详细询问了他遇到唐·吉诃德的经过。农夫从头到尾讲了一遍，包括唐·吉诃德刚被发现的时候和回来路上说过的胡话。这一切更加坚定了神父的决心。

读书笔记

第二天一早，神父就约了理发师到唐·吉诃德家来。唐·吉诃德还在睡觉，他那些害人的书都在书房里。外甥女拿出了书房的钥匙，大家都进了书房，只见里面有一百多部精装的大书，还有一些小册子。女管家赶忙拿来了一盆圣水和洒圣水的东西，以驱邪逐鬼。

神父让理发师把书一一递给他查看，也许有几本能够免除火刑。外甥女和女管家都主张一本不留，神父还是心有不忍，决定先看看书名再说结果。最后依照神父的意思，仅留下几部内容、文笔尚佳的，其他也来不及细查，统统从窗口抛到了后院里，准备付之一炬。

读书笔记

几个人正忙得不亦乐乎，突然听见唐·吉诃德大叫大嚷："快来啊，快来啊！勇猛的骑士们，需要你们大显身手的时候到了，别让朝廷上的骑士占了这次较量的上风！"大家慌忙丢下手上的活儿，赶了过去。只见唐·吉诃德已经起床，一边嚷嚷，一边挥剑乱砍，样子是那么精神，就好像压根儿没有睡过觉似的。大家一起上去抱住他，硬把他拖上床。等稍稍安静了一点儿后，他对神父说："这番比武，竟让朝廷上的骑士得胜，真是奇耻大辱也。”

神父说："老哥，安静点儿，命运由天定，今天输了明天赢。此刻，你该注意身体。也许你就要时来运转了。”

唐·吉诃德说：[①]“罗尔丹那混蛋用橡树棍子打得我好苦，完全是出于忌妒，因为他知道我一个人就足以打掉他的嚣张气焰。不管他魔法有多高，等我起床，不还以颜色，我决不罢休。现在给我吃东西吧，这是当前最紧急的，至于报仇，时机未到。”

❶语言描写

唐·吉诃德的话语表现出他还未从自己的幻觉中清醒过来。

他吃了些食物，又睡着了，大家瞧他如此痴狂，都惊诧不已。

当晚，女管家把扔在后院的书及家里所有的书全部烧掉了，包括有些值得保存的，真应上了一句老话：有时候好人替坏人受罪。

[②]神父和理发师为了铲除朋友的病根，就把那间书房的门用砖头砌了个严实。过了两天，唐·吉诃德起床后，去他的书房，却找不到门，便去问女管家。女管家早就胸有成竹，她对唐·吉诃德说："现在这座房子里没有书房，也没有了书，是魔鬼亲自出马，一股脑儿把它们全拿走了。”

❷行为描写

说明神父和理发师很关心朋友。

外甥女在一旁补充道："不是魔鬼，是个魔法师。腾云而来，骑着大蟒，下到书房。一会儿就穿出屋顶走了，只留下一缕青烟。青烟散尽，书呀房呀就都没有了。这个家伙还留下话说，他和这些书的主人有私仇，名叫什么穆尼阿冬博士。”

唐·吉诃德说："大概是弗瑞斯冬。这个人是个博学的魔法师，是我的死对头。他通过法术，预知受他庇护的一位骑士将来要跟我决斗，而且会输在我手里，所以就千方百计找我的麻烦。走着瞧吧，命中注定的事，谁也违抗

读书笔记

躲避不了。谁要碰我一根头发丝，我就先把他的胡子揪光拔净。”

看他说得上了火，女管家和外甥女便不再吭声了。

接下来的十多天，唐·吉诃德好像安稳了许多，没有表现出要外出胡闹的意思。①那些日子里，他只是与神父和理发师大谈世上最迫切需要的是游侠骑士，而这个重任就落在了他的头上，并声称骑士道会在他的身上得到复苏。神父时而跟他争论几句时而又随声附和，如果不是用这种办法，根本就不可能摸清他到底在打什么主意。

❶细节描写 此句可以看出主人公是一个理想主义的化身。

也就是在这几天当中，他游说街坊中的那个农夫做一名游侠骑士的侍从。这个农夫应该说是个好人，不过他没有什么脑子，禁不住唐·吉诃德天花乱坠的言语诱惑，于是决心抛下老婆孩子做唐·吉诃德的侍从，跟他出去冒险。唐·吉诃德让他放宽心，告诉他可能会有意外的奇遇，如果征服个把海岛，就让他做海岛总督。一番话，让这个一辈子没有见过多少世面的农夫——桑丘·潘沙想入非非。

读书笔记

紧接着，唐·吉诃德就开始筹钱，他连卖带当，把家里的东西全都折腾光了，总算筹到了一笔小小的款子。与此同时，他向朋友借了一个圆盾牌，修补好了头盔，定下了出行日期。他让桑丘也准备一下随行物品，特别嘱咐他带一只褡裢袋。桑丘一口答应了，只是说出门整天走路，吃不消，家里正好有头灰驴，能不能把驴也带上。唐·吉诃德踌躇了一下，因为他搜索了满腹书稿，也想不起来骑士小说里有游侠骑士带驴的情节。不过最后还是允许桑丘骑上他的驴，以后可以找机会给他换个更为体面点儿的坐骑。譬如说，碰上个无礼的骑士，就可以把他的马抢来换

读书笔记

掉驴子。他还遵照客店老板的忠告备齐了衬衣以及其他想得到的物品。

①万事俱备，在一个漆黑的夜晚，桑丘没同妻儿道别，唐·吉诃德也没跟女管家和外甥女打个招呼，主仆二人约好，避开了各自家人和街坊的耳目，神不知鬼不觉地离开了村子。一夜走出了老远，家人即使要找，也不知从何找起了。

❶细节描写 桑丘受了唐·吉诃德的诱惑，也跟他一样不顾身边人的感受，踏上了荒唐的征途。

精华赏析

本章主要讲述的是唐·吉诃德的骑士之行第一次受挫，被人痛打一顿回到家中之后，他的家人和朋友瞒着他把所有骑士小说付之一炬，但他重整旗鼓之后带着仆人再次上路了。

延伸思考

骑士书籍被烧毁之后，唐·吉诃德是怎样的态度？他又是如何对待家人的呢？

相关链接

经历过一次征程的唐·吉诃德回到了家乡。当时的人们对于骑士精神非常厌弃和不满，人们对唐·吉诃德的执迷不悟感到可笑和惋惜，但从他的回答中可以感受到他的坚持，这也促成了他的第二次出征。在这次出征前，他利用花言巧语诱惑一个无知的农夫与他同行，由此可见唐·吉诃德对于骑士生活的吹嘘还是能够吸引一些单纯无知之人的。

第五章 第二次探险

名师导读

唐·吉诃德和仆人会有怎样的遭遇呢？还会和哪些人交战呢？交战之后的结果又如何呢？

读书笔记

清晨，和煦的阳光照耀着他们，主仆两人并不感到疲惫。桑丘神气活现地骑在驴背上，像一位大主教，肩背褡裢袋，一心想着海岛总督的位置。

唐·吉诃德选的还是他头一次出行时的方向和路线，即蒙铁尔原野。只是这一回不像前一次那么辛苦，因为清晨时分斜射的阳光并不让人觉得那么难耐。

这时候，桑丘·潘沙对他的主人说道：

“游侠骑士先生，您别忘了我，海岛不论多么大，我都会管理好的。”

唐·吉诃德答道：“那还用说，桑丘·潘沙，我的朋友，你该知道这是古代游侠骑士的规矩。只要你我都留着性命，也许在六天之内，我就能征服一个带有附属国的王国，到那时，我就封你做个附属国的国王。”

①桑丘说：“假如您说的奇迹变成事实，我做了国王，

❶对话描写　桑丘没有信仰追求，他只想拥有一定的权力和财富。

那我老伴儿华娜，泰瑞萨就是王后了。可我总觉得她没有当王后的福分，顶多当个伯爵夫人，那还得靠老天爷的帮忙。”

唐·吉诃德说：“那你就叫老天爷安排吧，不过你至少也得做个总督才行，别太没志气了。”

①“不会的，我的老爷。”桑丘说，“特别是有着像您这么了不起的东家，您会交给我一个适合我，我也担当得起的差事的。”

①语言描写 桑丘恭维唐·吉诃德，希望他能给自己一个适合的工作。

正走着，前方郊野上出现了三四十架风车。唐·吉诃德一见就对桑丘说：“朋友，红运当头了，天道的安排好过了咱们的心愿。你瞧，那边出现了三十多个大得出奇的巨人。我要去跟他们较量一番，把他们杀死。这是正义的战争，是为上帝而战，当然咱们还可以得到战利品。”

读书笔记

桑丘左看右看，疑惑地问道：“哪有什么巨人啊？”

“就是那些长胳膊的。你看，那些巨人的胳膊差不多二哩瓦长呢！”

“您可要看清楚啊，那不是巨人，是风车！我的主人，您仔细瞧瞧，长长的胳膊是风车的翅膀，让风吹动了好带动石磨运转。”

唐·吉诃德道：“你太不懂行情了，没有冒险的经验。他们是巨人毋庸置疑。你如果害怕，就到旁边做祷告去，看我单枪匹马与他们拼一拼，不怕他们人多势众。”

读书笔记

在虔诚地向梦中情人杜尔西娜娅小姐祷告之后，唐·吉诃德握紧盾牌，拿定长枪，飞马向第一架风车冲杀上去。“哗啦”一声，这一枪又猛又准，刺穿了风车的翅膀。翅膀在风里转得正猛，由于巨大的惯性，死死钳住了

读书笔记

长枪，把它连同唐·吉诃德这位勇猛的骑士沿着巨大的圆周运动的轨迹向上抛去，“巨人”的力量与骑士的勇猛通过长枪在较劲。没等唐·吉诃德抽出长枪，只听“咔嚓”一声，长长的枪柄断成了两截，可怜的骑士也连人带马被扫出了老远。桑丘看见主人在地上翻滚了七八个回合才停住，知道事情不妙，拍着毛驴，赶上去救驾。跑到跟前一看，主人已动弹不得了。看来驽马难得把他摔得实在是够狠的。

桑丘惊叹道：“天啊！上帝保佑！我说那是个风车，您怎么就不信呢？凡事要仔细点儿才好。”

①唐·吉诃德上气不接下气地说：“甭说了，桑丘朋友，胜败乃兵家常事。这一定是我的冤家对头把巨人变成风车，来阻止我们的胜利，给骑士脸上抹黑。但是，要相信，邪恶之法是敌不过正义之剑的。”

①语言描写 写唐·吉诃德不接受现实，依旧坚持自己的说法，对身体的疼痛也不管不顾。

桑丘听了，一脸无奈地说：“就不知道天意怎么样了。”他扶起主人。唐·吉诃德又骑上了差点儿害他跌折了腿的驽马难得，顺着马德里到塞维利亚的大道往前走。他还指望能碰上更多的奇事。不过他现在心里很不痛快，没了长枪，就好像断了一只胳膊，于是与桑丘商量说：

“我一路上看见许多橡树，树枝又粗又壮，我想折它一根，就像书上的那位绰号叫‘大棍子骑士’的，我将凭着一根树枝大显身手，而你也将庆幸自己竟然亲眼见到并成为那几乎不可能有人相信的事情的目击证人。”

读书笔记

注释

大显身手：充分显露自己的本领。

①桑丘说："还是叫老天爷安排吧。我看您歪着身子，准是摔得很痛吧，您怎么哼也不哼一下。说老实话，我要有一点儿疼，都会大声哼哼。"

唐·吉诃德瞧他这侍从傻乎乎的，忍不住笑了，他声明说，这个他尽可以随意，因为还没有看到有哪本骑士小说上规定侍从不能哼痛。桑丘提醒唐·吉诃德该吃饭了，主人说这会儿不想吃，但桑丘什么时候想吃就可以吃。得到允许之后，桑丘就在驴背上尽可能地坐得舒服一些，接着就从褡裢袋里拿出早已准备好的东西，非常悠闲地跟在东家的后面，边走边吃起来，还时不时地举起酒囊有滋有味地咂上一口，真是连马拉加最为安逸的酒店老板见了也会眼红的。就这样，他边喝边走，把主人的许诺全都抛到了九霄云外，觉得出来闯荡世界尽管危险，倒也并不辛苦，反而相当自在。

他们当夜在树林里过了一宿。唐·吉诃德折了一根树枝做新的枪柄。他不想吃东西，也睡不着觉，只顾想念意中人杜尔西娜娅。按照他的那些书上说的，骑士们在荒山野岭过夜的时候，都是通宵达旦地思念自己的心上人的。②而桑丘却早已用带来的干粮和酒把肚子填得饱饱的，倒头便睡，以至于第二天早上阳光射到他脸上都没醒，直到主人把他喊醒。

唐·吉诃德还是没有进食，他决计靠甜蜜的相思来滋养自己以维持生命。他们又走上前往拉比塞峡口的道路。走到下午三点，远远看见了山峡，唐·吉诃德告诫桑丘说："桑丘兄弟，这里险境奇事应接不暇，可是你记着，我就是遭了天大的危险，你也不可以拔剑护卫。如果对手

❶对比

反衬出唐·吉诃德勇敢无畏的精神。

读书笔记

❷细节描写

通过桑丘——一个典型现实主义者，衬托出唐·吉诃德的不切实际。

是下等人，你可以帮一帮，如果是骑士，怎么也不可以相帮，那是违法的。要帮，也得等封授了骑士的称号才行。”

桑丘答道：“先生放心，我一定照办。当然，我如果要保卫自己的身体，就讲究不了这些规则了。”

①正说着，路上来了两个圣贝尼多教会的修士，他们骑着两匹高大的骡子，一身黑衣还戴着面罩，撑着阳伞。在他们后面有一辆马车，有四五个骑马的人和两个步行的骡夫跟从。车上是一位到塞维利亚去的比斯夫人，两个修士虽和她同路，其实并不是一伙，可是唐·吉诃德一见他们，就对自己的侍从说：

> ❶细节描写　对修士外貌与着装进行描写，为后文其被当作魔法师做了铺垫。

“如果我没看错，前面这几个黑黑的家伙一定是魔法师，他们用这辆车劫走了一位公主，我得前去除暴安良。”

“这将会比风车的事情还糟。”桑丘说，“您要看清楚，老爷，那是两个圣贝尼多教会的修士，车里大概是个过路的人。您听我说，您看清楚了再动手，千万不要鬼迷心窍。”

②“我跟你说过，桑丘，”唐·吉诃德反驳道，“你对侠道懂得太少。我讲的句句是真，你就瞧着吧。”

> ❷语言描写　“反驳”一词可以看出主人公的自以为是，不能接受不同的意见。

说罢他往前几步，迎着两个修士当路站定，等这一伙人走近了，高声喊道：

“你们这些妖魔鬼怪，快把你们车上抢走的高贵公主留下，不然，你们将咎由自取，等着送死吧。”

两个修士停住骡子，吃惊地看着唐·吉诃德，回答说：“绅士先生，我们不是妖魔鬼怪，我们是赶路的修士。这辆车是不是劫了公主，我们也不知道。”

唐·吉诃德哪容得他们分辩，踢动驽马难得，向前面的修士冲去。看他来势凶猛，一个修士自己滚下了骡子，另一个则踢着骡子望风而走。

读书笔记

桑丘见修士倒在地上，就抢上前去剥他的衣服。两个骡夫跑来，问他为什么脱人家的衣服。桑丘说，这衣服是他主人的战利品。骡夫听不懂他说什么，冲上去推倒桑丘，把他的胡子拔得一根不剩，又劈头盖脸地猛踢了他一顿。跌倒的修士见桑丘昏死过去，吓得面无人色，急忙爬上骡子，向着同伴跑的方向，一溜烟地逃走了。

这时的唐·吉诃德正远远地和车上的那位夫人谈话：

“美丽的夫人，您自由了，我凭这条铁臂，把抢劫您的强盗打得一败涂地。①您受了恩，不用别的报酬，只需到托波索见一位叫杜尔西娜娅的小姐，把我救你的事告诉她。”

❶语言描写

显示出唐·吉诃德的神志不清，荒唐而可笑，同时可以看出他对意中人的忠贞。

夫人的随车侍从听唐·吉诃德说不让他们走，要他们到什么托波索去，于是就上前揪住他的矛杆，对唐·吉诃德说：

“滚开，你这倒霉的骑士，我对创造了我的上帝起誓，如果不让车走，我就杀死你。如果胆敢拔出剑来，我马上就给你颜色看。”

唐·吉诃德答道：“你就瞧着吧。”

于是他拔出剑，挎着盾牌，直向那个侍从砍去。一心要把他劈成两半，那个侍从也举起剑，用坐垫挡着身子迎战。

②两位猛士短兵相接，打斗激烈。暴怒的侍从抢先一步劈下利剑。这一剑凶猛异常，要不是歪了一些，有铠甲护着，肯定会将唐·吉诃德的上半身劈为两半，而骑士的

❷动作描写

侍从的手段之凶狠，让唐·吉诃德受到重创。

读书笔记

冒险也就会画上句号。也许有更伟大的事业等着唐·吉诃德，他冤家的剑偏了方向，砍在唐·吉诃德的左肩，半边的盔甲连带一大块头盔和半个耳朵，丁零当啷落了一地，让骑士狼狈不堪。

遭了毒手的唐·吉诃德火冒三丈，他重新挺直身子，两手握剑，恶狠狠地回敬了一剑，由于砍得正，砍得猛，尽管隔着垫子，侍从的头顶上依旧像砸下了一块巨石，顿时七窍流血，从骡背上翻落到地上。唐·吉诃德跳下马，用剑指着他的眼睛，要他投降，不然就砍下他的脑袋。那人惊魂未定，一句话也说不出来。唐·吉诃德当时已经完全失去了理智，就在侍从眼看要遭到不测的当儿，车上的几个女人哆哆嗦嗦地赶上来，要求唐·吉诃德宽大为怀，饶他性命。唐·吉诃德正色道：

❶语言描写……唐·吉诃德一心想着向他的意中人表忠心。

①“诸位美人，我愿遵命。不过有一个条件，那就是，这位骑士必须到托波索村走一趟，以我的名义拜见举世无双的杜尔西娜娅，并听从她的发落。”

几个惊慌失措的女人们不敢多想，尽管并没有弄清唐·吉诃德的要求，也没有打听杜尔西娜娅到底是什么人，还是满口答应让她们的侍从遵命而行。唐·吉诃德终于发出了特赦令：“既然有你们担保，我就不为难他了。”

精华赏析

唐·吉诃德带着仆人桑丘再一次踏上骑士征程，途中，唐·吉诃德鬼迷心窍地“行侠仗义”，赢得了骑士生涯的第一次胜利。文中的细节描写是本章的亮点。

延伸思考

从唐·吉诃德的行为和态度中可以看出他是一个怎样的人？他的仆人桑丘又是怎样的人？

相关链接

本章对主仆两人的性格进行了描述。从两人的对话中可以看出，桑丘是一个没有信仰、只想追求荣华富贵的俗人，这与理想主义的唐·吉诃德形成了鲜明的对比。在本章的最后，唐·吉诃德终于赢得了一次胜利，这使他的自信心和虚荣心获得前所未有的满足。

第六章　玛赛娜

名师导读

桑丘会一直信任主人唐·吉诃德吗？在漫长征途中，他们又会遇到哪些人呢？

---

❶动作描写　桑丘想要做官的心情无比急切。

[1]在挨了骡夫们一顿不轻的拳脚之后，桑丘这时已经缓过气来，并在一边看见主人打完仗又要上马，于是就赶紧上前去扶住鞍镫。桑丘不等唐·吉诃德骑上去就双膝跪倒，抓住他的手，亲吻了一下说道：

“我的主人，您这场苦战赢来的海岛，就交给我管辖，那个海岛就是再大，我相信自己也有能力管得起来，决不会比任何一个管过海岛的人差到哪儿去。”

❷语言描写　唐·吉诃德对桑丘做了承诺，表现出他的自信。

唐·吉诃德说：“桑丘老弟，你要明白，刚才的一仗是在岔路口碰上的，不是赢取海岛的奇遇。这样的厮杀得不到什么，无非是破个脑袋，赔只耳朵。[2]你得有点耐心，奇遇还会有的，会有总督让你当的，还可能当更大的官呢。”

桑丘对此千恩万谢了一番，再一次吻了主人的手和铠甲的下摆，接着扶主人上马，自己也骑上驴子，一同上路。

唐·吉诃德没再搭理车上的女士们，也没有同她们道别，纵马疾驰，转眼间就钻进了旁边的一片树林。桑丘跟在后面放开毛驴紧追，但是驽马难得跑得太快了，他还是被落下很远。看到这种情况，他就大声喊叫，让主人等一等他。唐·吉诃德勒住驽马难得，一直等到自己的侍从气喘吁吁地赶上来。桑丘一到他的跟前就说道：

①“老爷，我觉得咱们应该找个教堂躲一躲才是。刚才那个修士被您打成了那个样子，他们肯定会马上到圣兄弟团去报案并让人来把咱们捉起来。如果真是那样，我敢说，要想逃脱牢狱之灾可就难上加难喽。”

“你就闭嘴吧。”唐·吉诃德呵斥道，“游侠骑士诛戮再多也不会吃官司，你在什么地方看见过还是读到过有骑士吃官司的事情？”

“我不懂什么猪鹿不猪鹿，”桑丘答道，“我一辈子都没有见过一个。我只知道圣兄弟团专管乡间打架斗殴，至于别的，我不掺和。”

“不必担心，朋友，”唐·吉诃德说，“即使落到迦勒底人的手里，我也会把你救出来，何况是圣兄弟团。②不过，说实话，你见过天底下有比我更勇敢的骑士吗？在攻击的威猛，耐力的持久，杀伤的机智和制胜的计谋等方面超过我的人，你在故事书里看到过吗？”

“老实说吧，”桑丘答道，“我一个大字也不认识，压根儿就没读过什么书。不过，比您更冒失的东家，我这辈

❶语言描写

说明桑丘还未被胜利冲昏头脑，仍能理智地面对现状。

❷排比

加强语气，强调了唐·吉诃德的自以为是。

注释

气喘吁吁：形容呼吸急促，大声喘气。一般指人劳累到极点时的状态。

读书笔记

子倒是还没有伺候过，但愿上帝保佑别因为这种冒失而落到我刚刚说的那种下场。现在我要跟您老人家说的是赶快治治伤吧，您的那只耳朵流了好多血，我的褡裢袋里倒是带着纱布和一点儿白色药膏。”

“如果我早想到配制一瓶大力神油的话，”唐·吉诃德说，“那些东西就全都可以省了。那种神油，只要用上一滴，立马见效，比什么药都灵。”

“您说的是什么瓶子什么油啊？”桑丘·潘沙问道。

①“我脑子里记着那种神油的配方，”唐·吉诃德说，“有了它，就不必担心死呀，活的啦，更无须顾虑会有因伤送命的事儿。等我配好以后交给你，一旦看见我在战斗中被人劈两半（这种事情常有），只要趁着血还没有凝固的时候，把掉到地上的那一半捡起来轻轻地合到还留在鞍座上的那一半上去就成了，可是要对准、对齐。然后，只需要给我灌上两口我刚刚提到过的那种神油，你就会看到我变得像苹果一样鲜亮。”

❶语言描写 唐·吉诃德对自己记得的那个神油配方很有信心，认为有了它就不用担心生死问题。

桑丘道：②“伟大的主人，若是真有那种东西，我从此不想做海岛总督了。我会任劳任怨、尽心尽力地服侍您，您只要传授给我神油的方子，就可作为我所有辛苦的酬劳。有了它，不管到什么地方，少说也会卖到两个瑞尔一盎司吧，不再需要别的什么，也就可以堂堂正正、舒舒服服地过一辈子了。您说几时教我呀？”

❷语言描写 表明了桑丘是一个典型的享乐派。

唐·吉诃德说：“别急，朋友。我打算教你更了不起的奥妙，你会得到更大的益处。现在还是先包扎伤口吧，我这耳朵痛得受不了，比我想象的要厉害得多。”

桑丘从褡裢袋里拿出软布，脱下了主人的半边面盔。

唐·吉诃德看到自己的头盔，气得发疯，一手按住剑，对天发誓要报这一剑之仇。桑丘听了说："主人，您不要忘了，那位骑士如果听您的吩咐，到托波索见杜尔西娜娅小姐，也算是尽了本分，如果不再犯罪，他就不应再受惩罚了。"

唐·吉诃德答道："你这话很对，很及时，我报仇的誓言就此作废。不过我要重发一个誓，我一定要从别的骑士头上再抢一只头盔来，而且和我的这只一样好。桑丘，你别以为我只是随便说说，在这件事情上是有例可循的：曼博里诺的那顶头盔就有过跟这完全一样的经历，让萨克里潘特付出了高昂代价。"

桑丘说："我的先生，发这种誓对良心不好，对身体不利，再说，这一路上，哪有人戴头盔啊！难道真的要像您发誓说的那样，仿效曼图亚那个老疯子，自找那份睡不宽衣、夜不入村以及其他种种不便和苦头？[①] 您可要想好，这一带根本没有披甲戴盔的人过往，只能见到脚夫、车夫，这类人不仅不用头盔，很可能这辈子都没听说过那种玩意儿。我只求上天保佑我们走好运，把那已经赔了好大本钱的海岛早早弄到手。"

"我说桑丘，你还担心什么，就算没有海岛，还有丹麦王国或者索布拉迪萨王国呢，拿下一个给你，一样很合适。不过这些都是将来的事，现在先吃点儿东西，找个城堡过夜。唉，这该死的耳朵疼得厉害。"

"我这儿只有一个葱头、一点儿奶酪和几块面包。"桑丘回答道，"不过，这哪是您这样英勇的骑士该吃的东西呀。"

读书笔记

❶语言描写

桑丘依旧想着他的海岛，他没有精神上的信仰。

读书笔记

“你真是外行啊。”唐·吉诃德说，“告诉你吧，桑丘，游侠骑士以能连着一个月不吃东西为荣，即使吃的话，也是有什么吃什么，这些事情全都写在书里，只可惜你没读过，我可是读了好多。[1]我读过的书虽然很多，但是在所有那些书里，就是没有讲到游侠骑士吃饭的事情，偶尔提及也只是讲到出席专为他们举办的盛大酒宴，平常日子里只好忍饥挨饿。当然，不可否认，他们也得吃东西，也有与生俱来的需求，否则是没法活的，因为说到底，他们也是跟你我一样的人嘛。不过，也该知道，他们一生大部分时间是在荒山野岭游荡，身边没有厨师，家常便饭也就只能是你刚刚说过的那类粗陋之物了。所以，桑丘，我的朋友，是我乐而为之，你就不必瞎操心了，千万别胡思乱想，不该把游侠骑士想象得不近人情。”

❶侧面烘托 唐·吉诃德读了许多无用之书。

读书笔记

“那就请您原谅啦，”桑丘答道，“我嘛，早就说过，大字不识，既不了解也没有习惯骑士行当的规矩。从今往后，我就在褡裢袋里为大人您装上各种干果，因为您是骑士。至于我自己嘛，因为不是骑士，就准备点儿别的味美而实在的东西。”

“桑丘，”唐·吉诃德反驳说，“我不是说除了你说的干果，游侠骑士就不能吃别的东西。我的意思是，他们经常用那类东西以及野菜来填饱肚子。他们都知道到哪儿去找野菜，我也知道。”

读书笔记

“辨认野菜是个本事，”桑丘说道，“依我看，说不定哪一天就会用得着那门学问呢。”

桑丘边说边从褡裢袋里拿出了干粮，和主人亲热地吃起来。但是，由于急着要找过夜的地方，他们匆匆忙忙地把那可怜的晚餐干咽了下去，然后就跨马上驴，想赶在天黑之前找个村落。这时候太阳已经下山了，他们并没有找到城堡，只看见几间牧羊人的茅屋，只好前往投宿。桑丘感到很沮丧，主人却喜不自禁，因为露宿一次，就是修炼一份骑士道的功德。

读书笔记

唐·吉诃德受到牧羊人的热情款待。桑丘尽可能地安顿好了驽马难得和自己的毛驴，随后就循着架在火堆上的锅里飘出来的羊肉香气走去。草地的篝火上煮着一锅羊肉，香气四溢，牧羊人把几张羊皮铺在地上，摆出朴素的饭菜，邀请两位客人同吃。

那些牧羊人并不知晓什么游侠骑士和侍从，各自不声不响地吃着，好奇地打量着两位客人。他们俩也很自在，胃口也很好，拳头大的羊肉一块块往肚里塞。唐·吉诃德吃饱了，抓起一把牧羊人拿出的橡树籽，大声议论道：

读书笔记

“古人的时代是黄金的时代，是幸福的时代，是天下归公、有福同享、有难同当的时代，没有私心，没有丑恶，没有强暴。人们只凭举手之劳就能获得日常果腹之需，枝繁叶茂的橡树慷慨地结出美味的果实供人享用。清泉、流水，丰沛充盈，芳冽明澈，取之不尽，勤奋聪慧的蜜蜂群聚于岩隙树洞，无私地将自己甜美的辛劳收获源源不断地奉献给所有的人。高耸的栓皮栎树殷勤地褪下轻薄的皮层，供人绑缚于草草立起的梁柱之上，筑成挡风遮雨的居室。

①“适当其时，天下太平安宁，人们友善和睦，大地母亲的仁厚脏腑尚未被钩犁的沉重铁铧贸然垦掘，其膏腴的胸膛处处繁育出供其子女生息及享乐所需之万物。那个

❶语言描写　唐·吉诃德在追忆黄金时代的同时表达了对现实的不满。

读书笔记

时候确有纯真美丽的少女徜徉于田野河滨。她们或拖着辫子或披散着秀发，所谓的衣物只不过恰好遮掩着古往今来应羞耻之心的要求而必须遮掩之处罢了。她们的装饰也不似今天，没有那可以抬高身价的绫罗绸缎，只不过是用牛蒡和青藤的绿叶编织的花环。即使这样，其华贵与娇艳，绝不亚于当今我们那些凭借闲情逸致翻出千奇百怪花样的服饰装扮起来的仕女宫娥。那个时候，人们注重的是自然涌自灵魂深处的爱心，无须花言巧语作为掩饰。真诚与淳朴之中绝无欺诈、蒙骗和奸猾的踪影。正义保存着自己的本色，尚未受到私心杂念的公然干扰和亵渎，还没像今天这样遭到损坏、践踏和侵犯。随意判案的观念也没在法官的脑海中形成，因为当时根本就没有审讯和受审的规矩。如我所说，不论是在什么地方，独处的女人及其贞操都会得到尊重，不必担心会遭到别人的放浪和邪念的侵袭，她们的失身完全出自心甘情愿。

读书笔记

“可是，如今在咱们这个该诅咒的时代，没有一个女人会感到安全，即便是再造一座克里特迷宫将之藏匿起来也没有用处，因为，在那该死的诱惑驱使下，情欲的臭气，或透过墙缝，或随着清风，终将把她们浸染，致使一切幽闭措施化为乌有。[①]鉴于世道的变迁和人心的险恶，为了扭转世风，才兴起了游侠骑士这一行当，以保护少女，救助寡妇，接济孤儿和贫弱。各位牧羊老哥，我就是干这一行的，我和我的侍从多承你们盛情款待，诚挚地感谢你们的美意。”

①语言描写 此处道出了游侠骑士兴起的原因，也表明了唐·吉诃德想要锄强扶弱，伸张正义的理想。

唐·吉诃德因为看到牧羊人给他吃橡树籽，想起古代，想起黄金时代，所以异想天开地说了一套废话，弄得牧羊人丈二和尚摸不着头脑。一个牧羊人说：

“游侠骑士先生，为了让您能够真正感受到我们欢迎您的由衷诚意，我们想请一位同伴为您唱上一段曲子，使您舒心，让您高兴高兴。那个小伙子又多情，又聪明，琴弹得好，歌也唱得好，还是让他唱歌给您解闷吧。”

读书笔记

那位小伙子没让人家三请四邀，就坐在一棵砍倒的橡树上，拨动三弦琴，唱起了动听的歌。唱完了，唐·吉诃德还想请他再唱，桑丘却要睡觉了。唐·吉诃德说：“也好，你歇着去吧，不过要先替我重新包扎一下伤口，我耳朵疼得厉害。”

牧羊人看见伤口，就叫唐·吉诃德放心，说他有个非常灵验的偏方。他说完就摘下几片迷迭香叶子，送到嘴里嚼烂了调上点儿盐，敷在唐·吉诃德的耳朵上。那人非常肯定地告诉唐·吉诃德，无须再用别的药了。果然，一会儿就不疼了。

读书笔记

不一会儿，从村上来了几个运送粮食的小伙子，说村上有名的牧羊学士格里索斯托莫死了，因为爱上了富翁的女儿玛赛娜。听说他留下遗嘱，要把他葬在第一次碰到那姑娘的地方，明天牧羊伙伴们就要在那地方举行别致的葬礼。接着牧羊人又把姑娘如何如何美丽，学士如何如何多情，原原本本地向好奇的唐·吉诃德道了个明白，还劝唐·吉诃德明天一定要去参加葬礼。唐·吉诃德答应了。桑丘·潘沙早就听烦了牧羊人的啰唆，就赶紧催促主人进到牧羊人的草棚子里去睡觉。

[1] 唐·吉诃德钻进了窝棚。那一夜余下的时间里，他模仿玛赛娜情人的样子，心中一直思念着自己的意中人杜

❶对比手法

显示出主人活在幻想中，仆人活在现实中。

读书笔记

尔西娜娅。桑丘·潘沙在驽马难得和自己的毛驴中间找了个地方倒头便睡，绝对不像失恋的情人，倒像个挨过无数拳脚的倒霉鬼。

第二天一早，几个牧羊人就叫醒了唐·吉诃德跟他们一同去参加葬礼。唐·吉诃德马上喊起桑丘，鞴好驴马，上了路。路上又碰到几个身穿黑羊皮袄，头戴柏树枝和苦桃枝花环，手里拎着粗粗的冬青棍子的牧羊人，他们也去参加葬礼，他们看到唐·吉诃德这身装束，就断定他精神不正常，于是故意逗他：

“游侠骑士先生，我觉得您献身的事业是天下最艰苦的，比修行的修士还要苦，不过我也觉得游侠骑士干的一些事很糟糕，比如性命攸关的时候，把自己交给什么意中人庇护。我看不如把向意中人消磨的那点儿时间，来尽基督徒应尽的本分。”

读书笔记

唐·吉诃德说道：“修士是平平安安地向上天祈求世人的幸福，而我们骑士却要靠勇气和利剑保卫世人的幸福，而且不是在室内，而要忍受烈日和冰霜。我们是上帝的使者，是为上帝维持正义的胳膊，战斗是我们的职业。至于意中人，这可是骑士道的规矩，当骑士准备打一场恶仗时，心里就会出现他的意中人。别以为他们不向上帝祈祷，他们有时间，来得及。”

读书笔记

这位牧羊人又说：“游侠骑士既然一定要恋爱，都非得有意中人不可，那您是干这一行的，想必也在恋爱，我诚心诚意地恳求您把自己意中人的姓名、籍贯及她的美貌说给我们听听吧。想必她会非常愿意让世人全都知道自己倾倒了并役使着一位像阁下这样的伟大骑士。”

唐·吉诃德听了，深深地叹了口气说：“我那位可爱的俏冤家是否愿意我把内情告诉大家，我还捉摸不透。既然您感兴趣，我不妨告诉您。她名叫杜尔西娜娅，家住托波索，她的地位至少也该是一位公主。[1]她的美貌举世无双，她的头发是黄金，脑门是极乐净土，眉毛是彩虹，眼睛是太阳，脸颊是玫瑰，嘴唇是珊瑚，牙齿是珍珠，脖子是雪白的石膏……总之，守礼的正人君子只能绝口称赞，不能用事物比方。”

❶外貌描写

采用夸张手法，显示出杜尔西娜娅在唐·吉诃德心中的地位很高。

路旁的行人听着他俩的谈话，都觉得这位唐·吉诃德骑士疯得厉害，桑丘除了对那美貌的杜尔西娜娅公主将信将疑外，其他都深信不疑。走着谈着，忽见前面山坳里下来二十多个穿黑皮袄的牧羊人，其中六个人抬着个担架，上面盖着许多杂色花朵和树枝。只见他们走到不远处的山脚下放下担架，在岩石旁边开始挖坟坑。大家都围了过去。唐·吉诃德看到担架上的牧羊学士，三十上下的年纪，虽然已经作古，但仍然可以看出他生前必定仪表堂堂。尸体周围放着几本书，还有许多手稿。

读书笔记

葬礼开始了。一个牧羊人打开一卷死者的诗稿，名为《绝望之歌》，然后动情地念了起来：

狠心的姑娘，你为何信口雌黄？
你心如铁石，面若冰霜。
我要负痛呼号，

注释

捉摸不透：难以捉摸、难以猜测、难以预料。捉摸：猜测，预料。透：透彻，明白。

或许能慰藉我苦闷的胸膛！

…………

长长的诗篇打动了参加葬礼的人，他们觉得这诗写得不错。[①]可朗诵的那位先生却说，诗里讲的内容好像和事实不符，他听说这位玛赛娜姑娘知书达理。众人正疑惑不解，墓旁岩石顶上露出了一个神仙般光彩照人的身影——玛赛娜。一个牧羊人见了，愤愤地指责她说：“你这条为害一方的毒蛇啊！你来这里干什么？[②]你虐死了这位可怜的人，难道还不称心？难道还想看看被你狠心害死的可怜人是否会一见到你就伤口流血？你来这里，是为自己的杰作幸灾乐祸，还是要像凶残的尼禄一样居高俯望大火中的罗马城？或者，竟是模仿塔奎尼乌斯那践踏父尸的不孝之女，前来凌辱这冤魂的遗体？快说，你来干什么，到底想要怎样？”

玛赛娜答道：“先生，你说得不对，我是为自己辩护来的。[③]这位牧羊学士为了我的容貌爱上了我，我就一定得无条件地爱他吗？如果一百个人，一千个人爱上我，我也要去爱这一百个人，一千个人吗？为什么不容我在山林里洁身自好呢？他急躁狂妄，害死了自己，我何罪之有呢……据我所知，真正的爱情是专一的，发自内心的，而非勉强。既然这样，至少我是这么看的，你们有什么理由认为只要你们说很爱我而我就非得爱你们呢？反过来讲，请你们告诉我：如果老天并不是给了我一副姣好的模样而是让我生得很丑，我是否有权利抱怨你们不爱我？更何况，你们也应该明白，一个人的容貌不是自己决定的。毒

❶**叙述**

诗里讲的内容与事实不符，那事实到底是怎样的呢？设置悬念。

❷**排比、反问**

牧羊人不明白事情的真相，却用恶语指责玛赛娜。

❸**反问**

玛赛娜为自己辩解，体现了她的高尚品德与勇气。

蛇不能因为天生具有可以置人于死地的毒牙而受责怪，我也不应该由于长得漂亮而被指责有什么过错。一个因为长得美而被人追求的女人，难道就应该违心地去迁就一个为了一己私欲而千方百计地想使她屈从的男人吗……”

①“我生来无拘无束，正是为了可以无拘无束地生活，我才选择了这荒凉的山野。我以山林为伴，把清澈的小溪当作镜子，将自己的心思和姿色奉献给树木和流水。我就是那远处的火堆和宝剑。有人贪恋我的姿容，但是，我早就已经跟他们把话讲得清清楚楚。如果他们仍然抱有幻想，也绝对不是因为我给了牧羊学士或者别的什么人某种指望。所以，不论他们当中的什么人出了什么事情，只能怪他们执迷不悟，而不是因为我冷酷。有人认为，既然他们出于真心，我就应该给予回报。我要说的是，就在这儿，在你们挖坑为墓的地方，他对我表白了自己的美好愿望，我对他说自己想终身不嫁，而将洁净的身躯和美丽的容颜奉献给大地。这话已经讲得够明白的了，可是他还不死心，偏要一意孤行，怎么能够不在命运的海湾里翻船呢？

❶比喻

用比喻的手法化平淡为生动，化深奥为浅显，显示出玛赛娜向往自由的心。

②“当初，我如果同他若即若离，就是虚伪；我如果屈就他的愿望，就违背了自己的志向和初衷。他知其不可而为之，是自己走上了绝路，而并非遭到了我的厌弃。你们说吧，能把他的不幸归罪于我吗？受骗者有权抱怨，有过希望才谈得上失望，得到过我的示意方可坚持，被我接纳了才能够真正欢喜，没有得到过我的承诺、诓骗、示意和接纳的人不能说我冷酷，不能说我害人。至今老天还没有让我找到命中注定的情侣，但是，休想让我迁就别人的选择。

❷叙述

彰显出玛赛娜明白事理，心胸坦荡。

读书笔记

“我的这一表白普遍适用于每一个对我有意的人。请记住，从今往后，如果再有人为我而死，那也肯定不是死于忌妒和遭到鄙夷，因为一个不爱任何人的人不该引起任何人的忌妒，而明白昭示不能被认作轻蔑。说我凶狠歹毒，就请把我当作险恶有害之物，不予理睬；说我寡情少义，就请不要再献殷勤；说我冷漠，就请别来搭讪；说我心肠狠毒，就请不要跟我纠缠。我凶狠歹毒、寡情少义、冷漠心狠，但是，绝对不会理睬你们，不会对你们献殷勤，不会同你们搭讪和纠缠。既然格里索斯托莫死于自己的浮躁和痴心妄想，为什么要责怪我的洁身自爱？既然我与草木为伍以存清白，为什么希望我不被染指的人却要我断送这份纯真？

读书笔记

“诸位知道，我有的是金钱，决不贪图别人的资产。我天生任性，不喜欢受到约束。我既不钟爱也不鄙弃任何一个人，不会既要弄着这个又笼络着那个，没有既跟这个调笑又同那个嬉闹。同附近的村姑们正当往来和照看自己的羊群是我的乐趣，我的一切愿望在这片山野就能得到满足，有时候虽然可能超出这一界限，那也只是为了欣赏蓝天的悠远，是灵魂对原初居所的倾慕。”

❶细节描写 玛赛娜的行为体现出她自觉清者自清，不在乎别人的看法。

①玛赛娜滔滔不绝，说了一大通，也不等谁回答，就转身走进了附近的树林深处。唐·吉诃德看到这个情况，感到是用他的骑士道来保护落难女子的时候了，他按住剑高声嚷道：

“美丽的玛赛娜没有错，谁求婚她也不会答应。像她这样洁身自好的姑娘，我们都应该敬重她。谁也不该去追她、逼她。任何人，不管是什么地位和身份，都不得去追踪美丽的玛赛娜，否则，必将受到鄙人的严惩。她已经用清楚的理由充分地表明，自己在牧羊学士之死的问题上很少或根本没有过错，而且无意屈从于任何一位追求者的心愿。① 因此，她不仅不该再受跟踪与骚扰，反而应该得到所有人的赞美和尊重，因为，她已经表明自己是世界上唯一怀有那么高尚志向的人。”

❶语言描写 唐·吉诃德虽然神志不清、举止可笑，但又有着很高的道德原则。

牧羊人们听了唐·吉诃德的话，一个也没走开，大家七手八脚掘好墓穴，掩埋了学士，吊唁了一番，不少人还流了眼泪。人们用一块大石板封住了墓穴，同时还竖起了一块石碑，准备请人刻下这样的铭文：

这里安息着一位情种，
凋败的躯体已经成冰。
他曾经赶着羊群牧放，
最后为失恋送了性命。

读书笔记

美人寡情漠然如铁石，
霜面冰心杀人于无形。
暴戾的爱情假她之手，
拓展着疆域以壮权柄。

人们在坟丘上撒下了许多鲜花和树枝，向死者的朋友们表示了哀悼之情，随后就纷纷告退。唐·吉诃德也辞别了款待他的牧羊人，准备到这一带山里去扫除窃贼。② 一路上免不了谈到玛赛娜和学士的故事，唐·吉诃德便决定去找这位漂亮的牧羊姑娘，全心全意为她效劳。

❷细节描写 为后文唐·吉诃德的遭遇做铺垫。

精华赏析

本章主要讲述的是：纯洁的玛赛娜因牧羊学士之死被众人指责薄情寡义而勇敢地为自己辩解。将玛赛娜坦荡无畏的性情表现得淋漓尽致，为文章增添了几分色彩。文中对比、排比手法的运用使文章更具有特色。

延伸思考

通读本章节分析，纯洁的玛赛娜是如何替自己辩解的呢？唐·吉诃德对玛赛娜的行为又是怎样看待的？

相关链接

从唐·吉诃德口中所描述的“黄金时代”可以看出他对现实生活的不满和对简单、纯洁的生活的向往。而他一心想要成为骑士，实际上也是为了改善当时混乱不堪的社会，从中可以感受到他的一片热忱。这种崇高的理想令他的可笑行为显得颇有些悲凉之意。

文中通过大量的语言描写来展现玛赛娜的人物性格。她一心只追求自己内心的纯洁和宁静，把满腔爱意都奉献给了大自然，却要经受世人种种误解和污蔑。但她仍然坚守着自己的本心，这使她的人物形象显得更加高尚和独特。

第七章　幻想爱情

名师导读

唐·吉诃德在寻找玛赛娜的过程中又会遇到什么事？在接下来的旅途中，主人公唐·吉诃德又会有什么样的遭遇？

唐·吉诃德带着桑丘追踪着玛赛娜钻进了一片小树林，他们寻找了两个多钟头，也不见玛赛娜的踪影。时至中午，碰到一块绿油油的草地，两人便放了牲口，随它们在草地上啃草。接着拿出褡裢袋里的干粮，不拘主仆之礼，亲亲热热吃了一餐。正准备好好休息一下，不想命运多舛，桑丘忘了拴马缰，平时一贯温驯的驽马难得，被不远处几匹小母马搞得神魂颠倒，未得主人许可，就撒腿奔了过去，想向马姑娘诉说衷肠，玩耍一番。谁知这群马姑娘正吃在兴头上，回敬了这位不速之客一顿蹄子和牙齿。一眨眼驽马难得便肚带尽断、鞍子落地，身上赤条条，一丝不挂。马姑娘的主人，①一群搬运工见了这匹欲行非礼的公马，拿了木棍赶来，一顿狠揍，驽马难得遍体鳞伤，瘫倒在地。

读书笔记

❶细节描写　刻画出搬运工手段的残忍与凶狠。

唐·吉诃德和桑丘见此情景，气喘吁吁地赶过去，唐·吉诃德决定要给驽马难得报仇，对桑丘说道："依我看，桑丘，我的朋友，这些人不是骑士，而是流氓无赖。我这么说的意思是，你完全可以帮我替驽马难得报仇，不能让它白白地在咱们眼皮子底下受辱。"桑丘有些害怕，答道："那群搬运工有二十多个人，而我们只有两个人，而且说不定还只能算是一个半呢。"①唐·吉诃德说："我一个人就顶得上一百个！"说着，拔剑向那群搬运工冲去，桑丘见状，也壮着胆跟了上去。一阵混战，唐·吉诃德的武艺再高强，也敌不过二十多个壮汉飞舞的棍棒，他和桑丘倒在了驽马难得的脚边。由此可以看出愤怒的粗人手中棍棒的力量。看到两人都失去了知觉，搬运工便把货物让牲口驮上，撇下那两个体无完肤、半死不活的冒失鬼逃之夭夭了。

①语言、动作描写

又一次表现了唐·吉诃德做事不考虑后果，随心所欲，自以为是。

桑丘先醒了过来，见主人躺在一旁，有气无力地说：

"先生，先生啊！"

唐·吉诃德回过一丝气来，答道："桑丘老弟，你要干什么？"

桑丘说："您手边要是有那大力神油，我真想喝两口，那东西既然能疗伤，大概骨头断了也能治。"

唐·吉诃德说："哎！真倒霉，要是有就好了。不过，桑丘，我以游侠骑士的名义发誓，如果命运没另作安排，不出两天，我一定把这种药水配制出来。否则，就是我这双手太没用了。"

读书笔记

主仆两人就这样躺在地上有气无力地说着话。天快黑了，总不能永远这样躺下去，于是桑丘喊了三十声"哎唷"，叹了三十口气，先挣扎着爬了起来。毛驴算走运，离得远远的逍遥了一天。他摇摇晃晃牵来毛驴，把主人放在驴背上，再把驽马难得扶了起来，系在驴后，摸索着往大路走去。走了大约一哩瓦路，上了一条大道，道旁还有个客店。唐·吉诃德硬说是一座堡垒，桑丘坚持那是客店，两人争论不休。走到门口，桑丘不再跟主人争执，领着主人走进了大门。客店老板见唐·吉诃德横卧在驴背上，就问这人害了什么病，桑丘告诉店主，是从山上栽下来的，肋上受伤了。①老板娘生性厚道，她忙张罗着为唐·吉诃德治疗，还喊来年轻漂亮的闺女和女佣帮忙。这个女佣大扁脸、粗脖子、塌鼻子，一只眼看不见，另一只眼看不清。但是，姣好的身材足以弥补她的缺陷。她帮唐·吉诃德在顶楼铺了一张破陋的床。桑丘铺开了一张席子，睡在旁边。这里堆满草料，原先就住着个骡夫，床铺和唐·吉诃德的相去不远，但要比唐·吉诃德的结实、松软。唐·吉诃德躺在这张破床上，老板娘和她女儿替他从头到脚敷上药膏，女佣在旁边举着油灯。女人们一边忙着，一边谈论着他的伤势，桑丘告诉她们，唐·吉诃德是冒险骑士，是天下最勇敢、最出众的骑士。②唐·吉诃德则硬撑着从床上坐起来握着老板娘的手，说道：

❶细节描写

表现出老板娘的善良。

❷动作描写

使用“硬撑”一词，要表现出作为一名“骑士”，唐·吉诃德有着坚强的意志。

“请您相信，美丽的夫人，我在您这座堡垒里留宿，可算是您的荣幸。像我这样的人，不便自称自赞，因为老话说得好，‘自称自赞，适得其反’。我只跟您说，您的照料，我铭记在心，一辈子感激。在下祈请苍天，不要让爱

注释

适得其反：结果跟希望正好相反。

神将在下拘役于她的律令和此刻在下默念着的那冰雪美人的眼神里，而是让眼前这位美丽淑女的明眸主宰在下的意志。”

读书笔记

三个女人听得莫名其妙，被这位游侠骑士的陈词弄得稀里糊涂，觉得这个人真有些与众不同。她们只好拿客店里常用的客套话答谢一番，让他躺下了。

却说店中那女佣与原来住在这里的骡夫早有隐情，这天她又与骡夫相约，当晚等主人一家睡着后，便来到楼上幽会。

再说那个骡夫晚上早早地给牲口喂过第二遍草料，回去之后就躺在床上，等女佣快快到来。这时，客店里已寂无人声，一片漆黑，只有挂在大门上方的一盏灯笼闪着微弱的光。桑丘和唐·吉诃德两人都敷过了膏药，躺在自己床上，想睡，但疼得睡不着。在这寂静无声的黑夜，读过许多游侠骑士小说的唐·吉诃德禁不住想入非非起来：自己躺在一个有名的堡垒里，堡垒长官的小姐（实际上是店主的女儿）爱上了自己，她瞒着父母，晚上要来与他约会。[①]他暗暗拿定主意，决不做自己的心上人杜尔西娜娅的负心汉……

❶心理描写　突显出唐·吉诃德恪守骑士精神。

正当唐·吉诃德在那儿胡思乱想的时候，女佣摸上楼与骡夫幽会来了。她穿一件衬衣，光着脚，粗布头巾裹住头发，轻手轻脚的。唐·吉诃德正想到动情处，一下子就感觉到了女佣进门的气息。[②]虽说他遍体鳞伤，但竟不顾身上的膏药和伤痛从床上一下坐了起来。他伸开双臂，迎接他的梦中情人。而女佣正屏住呼吸，伸着双手摸索她的骡夫，可是恰巧碰到了唐·吉诃德的手腕。唐·吉诃德一

❷动作描写　“坐”字刻画出唐·吉诃德意志的坚定，同时反映出他的疯癫。

把抓住了她的手腕，而女佣却不敢声张，被按坐在床上。唐·吉诃德只觉得怀抱着的是一尊美丽之神。他紧紧地搂着她，含情低语道：

“尊贵而漂亮的小姐，您对在下展露天颜，恩重如山，但愿我能不辜负您的恩情……不过，我已经对举世无双的杜尔西娜娅小姐效忠，她是我心中唯一的意中人，本骑士并非冥顽以致错失小姐您慨然惠赐之良机。”

女佣焦急万分，直冒冷汗，听不懂也不想听唐·吉诃德的胡言乱语。而满腹邪念的骡夫对邻床发生的情况一清二楚，他挨近唐·吉诃德站定，但瞧他如何收场。当他发现女佣想脱身，唐·吉诃德却不放时，气不打一处来，举起胳膊便冲着自作多情的骑士那尖尖的下巴狠狠地给了一拳，唐·吉诃德顿时使满口鲜血。骡夫觉得还不解气，一步跳上床，踩住唐·吉诃德的肋骨，那床本来就不结实又不稳当，禁不住骡夫这么折腾，轰的一声塌了下去。店主也被闹醒了，他点上灯，上楼查看。吓得女佣一骨碌钻进了桑丘的被窝。桑丘睡得正熟，突然一团东西压在身上，以为是鬼，挥拳就打，女佣受不了，也就顾不得体面跟他对打起来。骡夫见状丢下唐·吉诃德来救女佣。[①]店主上得楼来，也想教训女佣，于是四人车轮大战，乱成一团，店主的那盏灯也被打灭了。这时，一个值夜的巡警走过客店，听到打闹声，就摸黑进了屋，喊道：“大家住手！”

他进屋后，首先碰到的是被打得昏死过去，仰面躺在烂铺板上的唐·吉诃德。巡警一边伸手去摸他的下巴一边不住声地喊着“尊重王法”。可是，他觉得揪住的人并不动弹，就以为他死了，并断定屋里的其他人就是杀他

读书笔记

❶细节描写

一场滑稽的闹剧，各人不明事情的真相就大打出手。

的凶手，所以忙高声叫道：“关上门，都不要走，这里杀人了！”

这一叫不要紧，吓坏了正在大打出手的人们，一个个停住手作鸟兽散了。[1]店主溜回自己的房间，骡夫退回到自己的床铺，女佣逃回自己的破屋，只有倒霉的唐·吉诃德和桑丘还待在原处，动弹不得。巡警撒开唐·吉诃德，跑出去取火，打算找到疑犯。

❶动作描写……“溜”“退”“逃”一系列动词衬托出这些人的慌张心理。

精华赏析

唐·吉诃德在追寻玛赛娜的途中与一群搬运工发生了冲突，被打得遍体鳞伤后住进了一家客店。晚上又因误会女佣前来与他幽会而再次引发打斗，险些丧命。文章描述层层递进，引人入胜，各种修辞手法的灵活运用增添了文章的文采。

延伸思考

从文中可以看出，主人公唐·吉诃德对待他的意中人是怎样的态度？

相关链接

唐·吉诃德一直非常渴望爱情，受骑士精神的影响，他也希望自己获得一份完美的爱情。从他误把女佣当作来与他幽会的店主女儿这个情节中，可以感受到他是一个有节操、对感情十分忠贞的人。

第八章　炮制神油

名师导读

唐·吉诃德受伤了，于是想做大力神油，神油到底对他的伤势起到了什么作用？桑丘又遭遇了什么？

半个小时过去了，唐·吉诃德醒了过来，他用与前一天挨过棍子之后同样的腔调有气无力地喊着桑丘的名字，神秘地说："桑丘朋友，你没有睡着吧，我瞧这堡垒一定被魔法笼罩着。你如果发誓保密，我就告诉你我碰到的奇人妙事。"

桑丘也早醒了，浑身正疼得不能动弹，听了唐·吉诃德的话，没好气地说：

"我发誓保密。我最恨把东西藏着掖着，闷着发霉。您不过世，我就只字不提，不过，但愿上帝保佑让我明天就能说出去。"

唐·吉诃德说："凭你对我的情分和尊敬，我干脆讲吧。刚才美貌的堡垒长官的女儿跑来看我，那风采无与伦比。该怎么跟你说她的姿容仪表呢？该怎么跟你说她的机敏聪慧呢？该怎么跟你说她的那些我因为必须对自己的意

读书笔记

读书笔记

读书笔记

中人托波索的杜尔西娜娅保持忠诚而只好不碰不提的隐秘呢？我只想告诉你，我这么大的艳福，也许惹了老天爷的忌妒心，不知从哪儿伸来一只大手，那手连着一个无比高大的巨人的胳膊，然后朝我的下巴揍了一拳，接着又毒打了我一顿，比昨天挨的打还重。所以嘛，据我推测，那位佳人的秀色，一定是某个有魔力的人为了自己独享而把持着，绝不是为我准备的。”

桑丘听了说：“你挨揍了却搂到了一个绝世美人，我呢，除了挨了一顿一辈子也没挨过的毒打，什么也没有。”

“原来你也挨打了！”

①“那还有假吗？不是说过了吗，尽管我不是骑士。”桑丘说，“真倒了祖宗十八代的霉！”

❶语言描写 从桑丘抱怨的话语中可以看出他对无缘无故吃了苦头深感郁闷。

“朋友，不要怨烦，我现在就来做珍贵的治伤油，一眨眼就能消除病痛。”

正说着，巡警点了盏灯回来了，一见屋里没有死尸，两个大活人在说话，呆住了。他见唐·吉诃德躺在那里动弹不得，就问道：

“老哥，你怎么了？”

②唐·吉诃德说：“你对游侠骑士讲话，要讲些礼貌，蠢东西！这个地方的人难道都这么跟游侠骑士讲话吗？”

❷语言描写 骑士道占据了唐·吉诃德的内心。

巡警不想这个狼狈的倒霉蛋讲起话来居然盛气凌人，火就不打一处来，于是举起手上灌满了油的油灯朝唐·吉诃德的脑袋一下子猛砸下去，然后丢掉油灯，趁黑三脚两

注释

盛气凌人：傲慢的气势逼人。

步溜出了屋子。

桑丘丧气地说："先生，用不着怀疑了，看来我们没有魔法的守护，只会挨拳头、被砸。"

唐·吉诃德说："是啊，桑丘，你要是爬得起身来，就替我找些配制治伤油的酒、盐、油和迷迭香。说真的，我觉得这会儿就急着需要，刚才那个鬼给我砸出来的伤口好像在流血。"

桑丘强忍着浑身剧痛挣扎着爬了起来，到外面问店主要了些唐·吉诃德要的伤药原料，其实唐·吉诃德头上只鼓起了两个大包，并没有流血，他以为流血，其实是被整个事件吓出来的满头大汗。他把桑丘要来的药材和在一起，熬了好久，直到他认为好了为止。[①]然后装在店主给他们的一个铁皮油罐中，并对这个罐子念了八十遍经，画了一百多个十字，心目中的神油才算制成。煎锅里还剩了一些药，为了试试药力，唐·吉诃德便喝了一碗，才喝下就觉得恶心难忍，把肚里的东西吐得一干二净，浑身大汗淋漓，忙让人给盖上两层被，一觉睡了三个多钟头，醒来之后，疼痛大减，顿觉无比轻松。他自以为是大力士神油起了作用，心想，以后再危险的冲锋陷阵都不怕了。

桑丘也以为东家的康复是个奇迹，便把锅里剩下的药一口气灌到肚子里。他灌进肚子里的汤药绝对不比他的主子少，不过，问题是可怜的桑丘，他的胃比主人的皮实，没有马上吐出来，但恶心、肚疼，难受得连连咒骂治伤油。唐·吉诃德瞧他痛不欲生的样子，就说："你这么难受，准是因为你没有封授骑士。"

药性终于大发作了，桑丘上吐下泻，一次次昏厥，幸

读书笔记

①行为描写

用具体的数据体现出唐·吉诃德行为的滑稽与荒唐。

读书笔记

读书笔记

好每次都挣脱了死神的缰绳。事后，他只觉得浑身瘫软，站也站不起来了。可是唐·吉诃德已精神抖擞，又想立刻出门去寻奇冒险了。外面有那么多人需要他扶助，再在这倒霉的城堡待下去对不起这个世界呀！况且现在有了治伤油，还有什么好怕的呢？在这种愿望的驱动下，他急不可待地把牲口套好，还帮桑丘穿好衣服，扶上驴子，自己拿起客店角落里的一杆长枪，骑上驽马难得。刚要出店门，店主不让他走，他要唐·吉诃德付清昨晚的各项花费。可唐·吉诃德说，游侠骑士住客店，从来不付钱，没有哪本书上讲到需要他们付钱。可店主就是不放行。

❷语言、动作描写 唐·吉诃德的骑士精神是在书籍上学来的，他只是在盲目模仿书中的骑士，这让他与现实社会格格不入。

唐·吉诃德恼怒了：②“你是个蠢货，是个坏老板！”说着他踢动驽马难得，挺着长枪，冲出了店门，没人敢上前阻拦，他一口气跑出去老远，竟没顾得上看看桑丘是否跟在后面。

桑丘这次可是倒霉了，被客店主人拦在了店内。但他学着主人说话，就是不给一文钱。几个住店的好管闲事的工匠、小贩天生没有正行，心地不坏，但喜欢促狭、嬉闹。他们不约而同地凑到了桑丘的跟前，将他拖下了毛驴。其中一个进到屋里从客房的床上抓起一条毯子。他们把桑丘推倒在毯子上，向天空高高抛起，然后接住，像狂欢节耍狗一样。桑丘没命地叫喊，那好似杀猪的喊叫声一直传到了唐·吉诃德耳朵里。唐·吉诃德听清是桑丘的叫声，忙策马跑回客店，但进不了店门。那伙人在桑丘的苦叫声、央求声中玩得精疲力竭，才停下手来，把他扶上驴。女佣心软，给他倒了碗凉水，桑丘却要了些酒，喝完就踢动驴子兴冲冲地冲出了大门。他很得意，尽管像往

读书笔记

读书笔记

常一样让脊梁骨吃了些苦头，但毕竟没花一文钱就住了客店。其实店主已扣下了他的褡裢袋抵账，他急急忙忙的，所以没有察觉。店主一看到他出了大门就想把店门关起来，可是戏弄过桑丘的家伙们不干，那可是些即使知道唐 · 吉诃德真的是游侠骑士也不会皱皱眉头的角色。

精华赏析

桑丘忠心追随唐 · 吉诃德，效仿其行为，却落得了截然不同的结局。浑身是伤的主仆二人为治伤炮制了神油，唐 · 吉诃德喝后奇迹般康复了，而桑丘却饱受折磨。唐 · 吉诃德不付钱就冲出了客店，而桑丘因此惨遭戏弄。桑丘跟着唐 · 吉诃德吃尽了苦头，但仍旧心态乐观，对主人不离不弃。

延伸思考

唐 · 吉诃德在面对店主要他付钱时，竟然恼怒逃走，试分析唐 · 吉诃德为什么这么做？

相关链接

本章让读者充分感受到了唐 · 吉诃德的愚昧。通过对着铁皮油罐念了八十遍经、画了一百多个十字这一行为，表现出唐 · 吉诃德的荒唐和滑稽。而当他和巡警对话时，可以从他的语气中感受到骑士道的精神已经充斥了他的整个身心，这也使他接下来的日子越来越不好过。

第九章　大战羊群

名师导读

唐·吉诃德接着又会遇到哪些交战对手？他到底是神志不清，还是荒诞可笑？唐·吉诃德的荒唐行为又将给他带来什么伤害？

蔫头耷脑、半死不活的桑丘赶上他主人的时候，已经精疲力竭，连吆喝毛驴的力气都没有了。唐·吉诃德见了就说做恶作剧的那些家伙是魔鬼，要为他报仇。①桑丘却认为那些人并不是什么鬼怪，复仇也不是那么容易，已临近秋收季节，最好还是回村料理田地。

❶**心理描写**　桑丘还保有一丝理智。

主仆二人一边走，一边说着话，忽见大路上一大团浓重的尘土滚滚而来，唐·吉诃德对桑丘说："桑丘老弟，今天我要交好运了！我将大显身手，以后任何时候都将更加充分地显示自己的威力，今天我要创造出将会载入光辉史册的万世流芳的业绩。你瞧，在前面的尘土后面，由数不清的民族组成的浩浩荡荡的一支大军，正向这里进发。"

桑丘看到尘土高高扬起，信以为真，猜测说："怕有两支军队呢！"

读书笔记

读书笔记

唐·吉诃德一看，心花怒放，他断定是两支军队在平原上交战了。

“先生，那咱们怎么办呢？”桑丘不无担心地问。

“怎么办？锄强扶弱啊！”

“可是我把这头毛驴寄放在什么地方？骑毛驴打仗，恐怕从来没有这个规矩。”

“说的是。你就随它去吧，走失了也没关系，打了胜仗，就能到手好多马匹，驽马难得说不定也要换掉。”

他们走上一个小山岗，以便看清敌情。其实他看见的尘土是道路两边被赶着的两大群羊掀起来的，由于尘土如云，遮住了羊群。可是，那些看不见而且并不存在的东西，唐·吉诃德凭着他的想象却看得一清二楚。①他嘴里念念有词，报出一连串军队及将军的名字，连他们的盔甲和盾牌的颜色、兵器上的徽章都报得明明白白，甚至还看到一位骑士骑的是一匹花条儿的斑马，脚跟上套着马刺。这样，唐·吉诃德滔滔不绝、顺顺溜溜地将两支军队所属民族的特色都说了出来。

❶细节描写

唐·吉诃德幻想着战斗场景。

桑丘眼睛瞪得大大的，东瞧西看也没有看到他主人所说的骑士和将军。他提出了疑问，可唐·吉诃德反驳说：“你没听见嘶嘶马嘶、悠悠角声、咚咚鼓响吗？”

桑丘说：“我只听见公羊母羊的叫声，其他什么也没听到。”

可唐·吉诃德不以为然，他认为桑丘是因为害怕而感觉错乱了。②他让桑丘躲到一边去，他要单枪匹马与之一决胜负。他踢动坐骑，挺着长枪，像道闪电，直冲下山坡。桑丘大声喊叫，让主人回头，不然就要冲到羊群里去

❷行为描写

表现出唐·吉诃德的冲动。

❶概述说明

不听桑丘的劝阻，唐·吉诃德冲进羊群乱刺，结果吃了大亏。

了。[①]唐·吉诃德哪里肯听，他瞬间冲进了羊群，举枪乱刺。看羊的牧羊人想喝住他，但毫无作用，就解下弹弓，用拳头大的石子向他弹去，一颗打中他胸上，打断了两根肋骨。唐·吉诃德断定自己受了重伤，忙取出伤药罐子，大口喝起来。还没喝足，又一颗石头打来，恰好打在油罐上，油罐碎了，连带磕掉了他嘴里几颗板牙，伤了两根手指。可怜的骑士终于支持不住，从马上栽下来。牧羊人以为他被打死了，忙集合羊群，把几只被唐·吉诃德刺死的羊扛在肩上，急急忙忙地连头都没回就走了。

读书笔记

在这期间，桑丘一直站在山冈上看着唐·吉诃德发疯胡闹，急得抓耳挠腮，直怪命运让自己在错误的时间和错误的地点结识了这么一个人。看到唐·吉诃德倒在地上，牧羊人也已经走了，桑丘赶紧过来，想给主人包扎伤口，才发现褡裢袋不见了。于是他心里打定主意撇下主人回老家，宁可不要工钱，海岛总督也顾不得了。

唐·吉诃德知道桑丘丢了褡裢袋，倒没有怎么懊恼，只是想吃东西。他觉得嘴痛得厉害，叫桑丘摸摸嘴里缺了几颗牙。结果除了下边有两颗半牙，上边则光光的一颗也没有。唐·吉诃德听了不禁伤心起来，他说没有牙齿就好像磨坊里没有磨盘，一颗牙齿比一颗金刚石还宝贵。[②]他又让桑丘骑着毛驴在前面带路，找一个住宿的地方。一路上，桑丘用闲谈来让主人忘掉些疼痛。

❷细节描写

桑丘对主人尽忠尽责。

天已经黑了，他们还没有住上店，肚子又饿得要命。忽然前面的路上出现了一簇光亮，好像一团流动的星星，迎面而来。桑丘心惊胆战，唐·吉诃德也有点儿不自在，一个勒马，一个扯驴，都站定了留心察看。光团渐渐逼近，唐·吉诃德头发都竖了起来，主仆二人闪到大路边，继续认真地琢磨着那移动着的火光到底会是什么。他们看清有许多穿白衣服的人，骑着骡马，拿着明晃晃的火把，后面还抬着一副盖着黑布的担架，六个骑牲口的人穿着丧服护送。

唐·吉诃德以为担架上的人是个骑士，受了重伤，专等他唐·吉诃德代为报仇。他坐稳身子，挺着长枪站到路当中，气宇轩昂地朝着渐近的火把高声叫道：

①“骑士们！站住！你们打哪里来？往哪里去？担架上抬的又是谁？看样子，你们不是伤害了别人，就是受了人家的伤害，从实报来。我或者惩罚你们的罪行，或者为你们伸张正义！”

❶语言描写 唐·吉诃德的骑士正义感在此刻得到体现。

那伙人并不理睬唐·吉诃德，其中一人骑着骡子直往前跑，说有急事，没工夫回答。

唐·吉诃德大怒，上前一把把那人揪翻在地。其他人见状，破口大骂。唐·吉诃德挺着长枪，左突右冲，那些穿白衣的本来就胆小怕事，手无寸铁，他们还以为碰到地狱魔鬼来抢尸体，所以一下子就溃不成军，纷纷擎着火把吓得抱头鼠窜，败退而去。

读书笔记

桑丘十分佩服主人的勇气，他看到一个燃烧的火把旁边躺着个受伤的人，就跟着主人跑了过去。倒在地上的人见唐·吉诃德用枪指着他，申辩说：

“我已经彻底投降了，请不要杀我，我是个神职人员，如果阁下是位相信基督的绅士，那就求您不要杀我，杀我是亵渎神明，因为我是神父，已经有了教职。我们护送担架上的尸体回乡。现在我已经断了一条腿，终身受

读书笔记

害，够倒霉的了……”

唐·吉诃德听了忙喊桑丘过来，可是，桑丘倒是不急，因为他正在忙着从一匹骡子背上卸吃的东西，他把自己的外套当成了口袋，碰上什么拿什么，能装多少装多少，直到把那口袋装满再放到自己的驴背上才跑过来帮助主人把教士从地上扶起来，扶他上骡，又捡了个火把给他，让他找同伙去了。由于怕教士喊人来报复，桑丘劝主人赶快离开。他们在两座小山中间走了一段路，来到一个宽敞幽静的山谷，卸下牲口，拿出缴来的食物，饱餐了一顿。

精华赏析

唐·吉诃德与羊群的战斗使桑丘清醒过来，怪命运让自己遇见唐·吉诃德。文章中桑丘不时表现出的清醒与现实，同沉溺于骑士幻想中的唐·吉诃德形成了鲜明对比。

延伸思考

即使知道自己的主人是一个行为荒唐、不切实际的人，桑丘还是跟随着他。分析桑丘是一个怎样的人？

相关链接

由于唐·吉诃德内心早已充满了骑士道精神，他在做任何事情时都以这一精神为准则，这使他整个人的为人处事相当的理想化、课本化。

第十章　桑丘的计谋

名师导读

面对恐怖的环境，桑丘是怎样应对的？当主人唐·吉诃德再次上路时，他又有怎样的心理过程？

吃饱了肚子，口又渴起来，可夜里怎么找水呢？他们在草地上往前摸索了一小段路，忽然听到水声，像瀑布撞击岩石的声响。两个人欣喜若狂，立刻停了下来，正想辨别水的方位，又听到一种金属片的碰撞声，有节奏地传了过来。在这阴森可怕的黑夜里，树木环抱之中，轻风吹动着树叶，发出悚人的飒飒响声。①那空旷、那黑暗、那水声、那树叶的簌簌抖动，无不令人毛骨悚然，胆战心惊。且敲击声不停、风吹不止、天色不明，外加不知身在何处，更令人恐惧。然而心中无畏的唐·吉诃德来劲了，他又萌发了干大事、立大功的念头，他让桑丘在原地等待，自己跳上驽马难得，一手挎盾牌，一手拿长枪，交代桑丘说，如果他三天没回来，就请桑丘到托波索村走一遭，通知他的绝世佳人杜尔西娜娅。

②桑丘听到主人这么一说，失声痛哭起来，他苦苦

❶**排比** 用排比的手法加强语势，写出了环境的阴森可怕。

❷**叙述说明** 桑丘试图劝阻唐·吉诃德，但是他并不听桑丘的劝告。

读书笔记

地哀求主人放弃冒险的念头，起码也要等到天亮再说，唐·吉诃德哪里肯听。于是，桑丘决计捣点儿乱，尽可能地将他留到天亮。所以，他在帮助主人束马肚带的时候，偷偷地用驴子的缰绳拴住驽马难得的两条前腿。

唐·吉诃德如此这般交代一番，便拍拍马屁股开拔。让唐·吉诃德吃惊的是驽马难得没有像往常一样一跃而前，而是在原地跳了两跳，唐·吉诃德不知原委，使劲地踢马，马就是不走，最后跳也不跳了。他无可奈何，只好等天明再上路。桑丘想不到自己的诡计奏了效，忙挨到唐·吉诃德身边，紧紧抱住骑在马上的主人的腿说："先生不要急，我给你讲故事消遣。"其实他是被那有节奏的金属敲击声吓坏了。①唐·吉诃德倒认了真，叫他赶快讲。桑丘就讲起了故事：

❶细节描写　唐·吉诃德对桑丘的故事产生了兴趣。

"一个牧羊人爱上了一个牧羊姑娘，后来魔鬼捣乱，从中挑拨，牧羊人的爱情一下子变成了仇恨，他甚至连看都不愿再看姑娘一眼。他想了个主意，赶着自己的羊群，到葡萄牙去。而牧羊姑娘爱他却比以前爱得更深，她赤着脚步行，远远跟在牧羊人后面。就在牧羊人急着要甩掉姑娘的时候，一条大河拦在了前面。他四下寻找，找到了一个渔夫，渔夫只有一只小船，小船只容得下一个人和一只羊，渔夫答应把他和三百只羊送过河。他先把一只羊渡过去。②渔夫摆渡了几只羊，先生可要记清楚了，要是漏掉一只，故事就完了，一句也讲不下去了。我接着讲。虽然对岸都是烂泥，很滑，可是他回来又摆渡了一只，又一只，又一只……"

❷细节描写　可看出桑丘在事关自己时有办法去解决，表现出他的机智。

唐·吉诃德听不下去了，说："就算全部过去了，这来来去去，讲一年也摆渡不完。”

桑丘问道：“这会儿已经摆渡过去几只羊了？”

唐·吉诃德说：“我哪里知道。”

“我早就提醒过了，您得记清楚。现在，天晓得，这个故事如何结束，我已经讲不下去了。”

唐·吉诃德说：“哪有这种事，羊的数字就这么要紧？数错一只，故事就讲不下去了？”

“没办法，就是讲不下去了。您一说不知道，底下的事都从我脑子里跑了。下面的事其实很有趣味。”

唐·吉诃德说：①“故事这种结尾法从来没有过，完就完吧，咱们瞧瞧驽马难得能不能走路了。”他又踢了踢马，马又跳了几下，还停在原处，它的两腿拴得非常牢。

桑丘看东面的天已经泛白，就蹲下去轻轻地解开了马腿上的绳子，马恢复了自由，用蹄子刨着地。唐·吉诃德见马能活动了，认为是个好兆头，这次冒险一定能取胜。一会儿天已放亮，东面都看得清楚了，唐·吉诃德就果断地拍马出发。桑丘也改变了主意，主人这件事没有完，自己决不离开。于是他牵着毛驴，跟在了后面，他们循声前进，可怕的撞击声越来越大，连马的步子也变得迟疑起来。唐·吉诃德安抚着它，一步步地朝不远处的几间房子跑去。②桑丘紧跟在后弓着腰、瞪着眼，从马腿的夹缝里张望。走过一百多步，绕过那几间房子一瞧，才发现搅得他们一夜心神不宁的恐怖声音，原来是砑布机上六个大槌子交替拍打发出的。

唐·吉诃德看到以后顿时哑口无言、呆若木鸡，脑袋垂在胸前，满面羞愧；桑丘呢，则满脸讥笑，继而又放

读书笔记

①语言描写

唐·吉诃德对桑丘的故事并不很上心，仍想着去“锄强扶弱”。

②动作描写

衬托出桑丘的胆小。

读书笔记

声大笑。唐·吉诃德不禁恼怒起来，用枪柄拍打了桑丘两下，桑丘讨了个没趣。唐·吉诃德说：

“我承认刚才的事可笑，但是不该被当作笑柄，不能指望每个人都料事如神，把一切看得很准。再说主仆之间，骑士和侍从之间都应有个界限，今后咱们要庄重些，别嬉皮笑脸的。我要发了火，倒霉的总是你。我答应你的赏赐到时自然会来，即使没有，我给你的工钱是稳拿的。”

桑丘说：“您说得对，不过，从前的游侠骑士的侍从，工钱多高呢？是按天算，还是论月算？”

唐·吉诃德说：“那时的侍从不拿工资，他们只领赏赐。我在家立了一个遗嘱，在上面提到你，我这是以防万一。”

桑丘说：“您尽管放心，从今以后，我决不再拿您的事开玩笑了，只把您当作东家、主子来称颂。”

唐·吉诃德说：“你要是这样的话，就能在这个世界上立足了。因为，在父母之外，应该把主人当成父母一般敬重。”

这时候天忽然下起小雨来，桑丘想进到砑布机的机房里去躲一躲。[1]可是，唐·吉诃德因为刚刚出过洋相而嫉恨砑布机，说什么也不肯进那几间房里躲雨。他们向右一拐，走上了一条以前没有走过的路。走了一程，唐·吉诃德看见一个人骑着马，头上戴着个闪闪发亮的东西，像是金的。还没等看清楚，他立刻转身对桑丘说：“你瞧见没有？对面来了一位骑士，骑着一匹花点子灰马，头上戴着一顶金的头盔。”

桑丘道：“您说话得仔细，做事更要三思，不要又是

❶**细节描写**

表现出唐·吉诃德很要面子，他将自己出丑的事情怪到砑布机上。

捶打得我们晕头转向的砑布机之类。”

“你这该死的家伙，头盔跟砑布机又有什么相干！”唐·吉诃德最恼火的就是有人阻止他冒险。

桑丘认真地说：“我只瞧见一个人骑着一头驴——和我这头驴一样，[①] 他头上是戴着个闪亮的东西，像个盆。”

“那就是金头盔呀！你走开，我来对付他，把头盔搞到手。”唐·吉诃德兴奋地喊起来。

①对比 用对比手法强调唐·吉诃德活在幻想中。

其实桑丘看得一点儿不错，那是一个邻村的理发师，来帮一个病人刮胡子，路上碰上下雨，就把洗头的盆顶在头上遮雨。那只盆刚擦过，所以闪闪发亮。唐·吉诃德想入非非，把所见的东西全部改变了。等他心目中那倒霉的骑士走近了，他纵马挺枪，举枪便刺。

理发师做梦也没想到有这样的厄运，看见怪东西冲过来，只好滚下驴来，朝田野里狂奔，把铜盆丢在了地上。唐·吉诃德得意地让桑丘捡起来，戴在头上。但就是找不到面盔部分。桑丘见了忍不住好笑，但笑了一半又忍住了。他看到了理发师的那头灰驴，便想据为己有。可唐·吉诃德不同意，因为按骑士道的规则，不能夺取败将的马匹。桑丘只好作罢，但提出要换配鞍，唐·吉诃德拿不定主意，想了一会儿也就默许了。

读书笔记

桑丘马上动手，把自己的毛驴打扮一新。然后主仆二人将从那些骡背上抢来的还没吃完的食物拿出来当了午餐，接着又从砑布机那儿流过来的溪流中舀出水来喝了一

读书笔记

注释

想入非非：思想进入虚幻境界，完全脱离实际；胡思乱想。

通，不过却没有回过头去朝那源头看上一眼，可见他们对因其而产生的恐惧所怀的憎恶是何其深。火消气顺之后，他们就跨上坐骑，信马由缰（不定去向才是真正的游侠骑士派头）地踏上征程。①弩马难得的意愿代表着主人的心思，也反映了对之亦步亦趋、亲热相伴的毛驴的情愫。就这样，他们重又回到了大路上，漫无目的地向前走去。

❶概述说明

弩马难得将带着唐·吉诃德去哪儿呢？有什么事会发生呢？引出下文。

精华赏析

本章主要讲的是，当面对可怖的环境时，桑丘是怎样临危不乱，机智地阻止了主人的冒失行为。可见桑丘不仅忠心也有智慧。

延伸思考

唐·吉诃德与桑丘看到的东西为何总是不同？

相关链接

本章进一步对桑丘的人物形象进行了深刻的勾画，在设计阻拦唐·吉诃德上路这件事情上，可以感受到桑丘也有聪慧和理智的一面。这也与主人的随性、冲动形成鲜明的对比。这是两人身上最大的区别，也是现实主义和理想主义的碰撞。

第十一章　错放囚犯

名师导读

唐·吉诃德成为游侠骑士的目的是什么？只是为了骑士的名誉，还是有更大的追求？在接下来的路途中，他帮助了罪犯，可是自己会遭遇什么？

一路上主仆两人谈论着骑士功名、荣华富贵，不知不觉走了很远。唐·吉诃德一抬头忽然看见了十多个人被长长的铁链扣着脖子，手上戴着铐子，在不远的地方走着，旁边还有两个骑马的和两个步行的人，骑马的备有转轮火枪，步行的带着梭镖和佩剑。

桑丘见了告诉唐·吉诃德，这些人是罪犯，被国王强迫着送到海上去划船，服苦役。

①“强迫？那就不是自愿的，难怪我见这些人是被硬押着走的，这恰好就是我的事，锄强救苦正是我的责任。”

❶语言描写　看出主人公当游侠骑士的目的是伸张正义。

桑丘见主人又来劲了，就说道：“您小心一点儿为好，国王是最公道不过的，强迫这些人，是因为他们犯了罪。”

这时囚犯们已走近了，唐·吉诃德征得押解人的同

读书笔记

意，一一询问囚犯们到底犯了什么罪。

第一个罪犯说他恋上了别人的衬衣。

第二个罪犯说自己是音乐家，因屈打成招而获罪。

第三个罪犯是因少了主人家十个铜板。

第四个罪犯是满头白发的老人，旁边的人说他是个皮条客。

接下去问的一个囚徒是大学生装束，三十岁上下，面目清秀，一只眼睛有点儿斜视。与别的囚犯不同的是他脚上多了根长长的铁镣。①解差说他口才很好，精通拉丁文，但他犯的案，比其他人犯的案加在一起还多，而且胆大狡猾，名叫希内斯，外号“强盗坯子”。唐·吉诃德还想细问，这个希内斯却说：“你这人真烦，你如要问我的历史，我告诉你，我的历史已亲手写下来了，题目就叫《希内斯传》。”

❶细节描写 介绍了这个囚徒的不同之处和他的身份。

唐·吉诃德说：“看来你很有才气。”

希内斯说：“也很倒霉，总是走背运。”

解差在一旁说：“混蛋总走背运。”

希内斯说：“解差大人，请你说话客气点儿，以后的日子长着呢！”

解差举起棍子就要打，可是被唐·吉诃德拦住了。唐·吉诃德转身向犯人们宣布道：

②“亲爱的兄弟们，我想求解差先生们行个方便放了你们，我认为人的天性是自由的，把自由的人当作奴隶未免太残酷了。”说着他又转向解差：

❷语言描写 唐·吉诃德沉迷于幻想不能自拔，导致祸事不断升级。

“你们答应呢，我自有报酬，如果敬酒不吃吃罚酒的话，我这支枪、这把剑就会叫你们听话！”

解差说："笑话，闹了半天，钻出来了这么个幺蛾子！你要释放国王的囚犯，你有这个权力吗？也不撒泡尿照照自己。请您还是趁早走自己的路吧。"

"你这个混蛋！"

唐·吉诃德骂了一句就举起长枪，直冲上去把说话的这个解差刺伤了。他的几个同伴都被这突如其来的变故吓得惊慌失措，正想组织应战，那些囚犯见有机可乘，就设法挣脱锁住他们的铁链。解差们顾此失彼，乱成一团。桑丘这次也有所作为，释放了"强盗坯子"希内斯。①希内斯灵活地跳过来，一把抢过倒在地上的解差手中的火枪，指指、瞄瞄，并不开枪，就已把其他解差吓得无影无踪了。

桑丘有点儿害怕了，因为执法队马上就会出动，追捕逃犯，他劝主人尽早离开这个是非之地。

唐·吉诃德于是对正围着一个解差起哄的犯人宣布，只要他们扛着脖子上解下的锁链到托波索村里向杜尔西娜娅小姐请安，告诉她今天发生的一切，他们就可各奔前程了。可希内斯带头出来反对，说他们得马上逃命，来不及去向什么小姐请安。

唐·吉诃德勃然大怒，辱骂起希内斯来，希内斯早就看出他脑子不清楚，就向同伙使了个眼色，他们后退了几步，从地上捡起石块就向唐·吉诃德掷来。石块雨点般地落下来，打得唐·吉诃德人仰马翻。桑丘躲在驴子后面，躲过了一阵石子。②可是囚犯们扑上来，把他的外衣和他主人的袍子抢去，还把主人头上的头盔——理发师的铜盆扒下来，使劲地摔在地上，然后一哄而散。

旷野里只剩下了我们的游侠骑士和侍从、驽马难得和

读书笔记

①动作描写 从此处可以看出解差们都是胆小怕事的人。

②行为描写 刻画出罪犯的暴行。

驴子。驴子低着脑袋不时扇动一下长长的耳朵像在默默沉思着什么，唐·吉诃德一身伤痕，桑丘只剩下一件衬衣。被受恩者虐待，他们都气得不可开交。

唐·吉诃德看到自己落到了这么悲惨的下场，就对桑丘说：

①“我早听说，对坏人行好事，是把水往海里倒，可是事情已经做了，跌个跟头学个乖。”

❶语言描写 唐·吉诃德终于意识到这件事做错了。

桑丘说：“早听了我的话，也不至于吃这个大亏，我虽然是个乡下土包子，但小心谨慎的道理倒记得牢牢的。现在您能上马就快上马，不能上，我就扶您上，您跟我走吧。实话告诉您吧，跟执法巡警讲骑士道可就不管用了，在他们眼里，所有的游侠骑士都加在一起也值不了两个钱。跟您说吧，我好像已经听见他们的箭在耳边嗖嗖地飞了。”

唐·吉诃德没再说什么，就爬上了驽马难得，跟着骑着毛驴走在前头的桑丘走进了附近的深山。桑丘想在深山里躲几天，以避开巡警的追捕。

当晚，他们到了山林深处，桑丘决定在那里过夜。他们在树林里的两块大石头中间放下行李，准备休息。命运却又跟这不幸的主仆两人开了个玩笑。希内斯因逃避追捕，也逃到了这深山野林，这种忘恩负义的家伙从来不会知恩图报，常常会做出出人意料的事情，燃眉之急总是急于长远的利益。希内斯本来就是个无情无义、心术不正的主儿，②所以就动起了偷走桑丘的驴子的念头，他没看上驽马难得，觉得那是个当不能当、卖不能卖的烂货。桑丘睡得正香，希内斯骑上那毛驴，在天亮之前就已经消失得无影无踪了。

❷对比反衬 被唐·吉诃德当作宝贝的驽马难得，在希内斯的眼里却一文不值。反衬了唐·吉诃德的疯癫与荒唐。

精华赏析

本章主要讲的是唐·吉诃德为了伸张所谓的正义而去解救被押解的罪犯，却反遭洗劫的故事。本章动作描写突出，使文章充满乐趣。

延伸思考

当唐·吉诃德意识到自己犯了错时，他是如何做的？从解差的行为中可以看出什么？

相关链接

主仆二人一路走走停停，遇到了许多有趣的事情。在本章最开始，当两人看到被押送的罪犯时，唐·吉诃德的正义感油然而生，这也是他身上的闪光点。但由于骑士道精神的影响以及他的自大，使他的许多行为看起来荒唐又癫狂。

第十二章　偶遇流浪汉

名师导读

桑丘因为丢了驴，心情极为不佳，失声痛哭，他会不会一直这么倒霉呢？他们偶然遇到的流浪汉是个什么人呢？

太阳出来了，在充满生气的树林里，朝霞为大地增添了喜色，桑丘却因丢了毛驴而悲痛欲绝，失声痛哭，惊醒了唐·吉诃德。[①]“噢，我那家生家养的宝贝呀，孩子们的玩伴，老婆的心肝，邻居的宠物，我的帮手，我的半拉支撑，你每天挣得的二十六个马拉维迪可是我全家半日的口粮啊！”得知原委，主人便苦口婆心地极力安慰了桑丘一番，让他别急，并许诺把家里五头驴中的三头拨给他。

❶语言描写　交代驴对于桑丘的重要性。

桑丘这才宽下心来，擦干了眼泪，止住了抽噎，向主人道了谢。他们重新上了路，桑丘背着原来灰驴驮的东西，边走边吃着剩余的干粮，祷告着不要再遇到什么奇遇。一抬眼，看见主人的马停了，主人正用枪头挑起地上的一只腐烂了的手提箱。箱子虽烂，却很重。[②]桑丘上前捡起箱子，从破烂处看见里面有一些高档的衬衣，还发现一块手绢里包着一大堆金币。桑丘兴奋地喊了起来：“谢天

❷细节描写　箱子虽破，但里边的东西却不一般，预示着会有故事发生。

谢地，咱们总算是碰上了一件好事！”接着他细细搜寻，又找到一册装潢精致的记事本。唐·吉诃德要过了本子，打开后第一眼就瞧见了一首十四行诗，接着又看到一些情书。唐·吉诃德料想此人是个痴情公子，受不了意中人的折磨，寻短见了。可是在这荒山野岭无人可问，只得带着重重疑团和灼灼渴望信马向前了。此时，桑丘已把金币数定，共一百多个。他再也没有在箱子里找到自己需要的东西。但有这么多金币，前面吃的所有的苦都不冤枉了，于是他兴冲冲地紧跟在主人后面。

读书笔记

走了没几步，忽然看见一个人，①赤裸着上身，胡须又黑又密，浓发蓬乱，打着赤脚，双腿裸露，长未及膝的棕色裤子破烂不堪，好些地方都露出了肉来，头上也没戴帽子。他跳过一丛丛灌木，一闪而过，转眼又不见了。但唐·吉诃德马上就猜想到这人是手提箱的主人，就想和桑丘分头追赶，桑丘死也不肯，还说从今以后，要与主人寸步不离。就在这时来了个牧羊人，唐·吉诃德就向他打听，牧羊人果然告诉他们说刚才跑过去的人就是手提箱的主人，这个年轻人六个月前骑着骡子来到这里，还向牧羊人问过路，说要到最荒凉的地方去，后来再也没人见到过他。直到几天前，他才又突然跑出来，问牧羊人要吃的，甚至抢吃的，还说自己罪孽深重，到这里是为了忏悔赎罪，就是不肯讲姓名。牧羊人还告诉他们，这个人精神已不太正常，一会儿哭哭啼啼，一会儿又打又骂。

❶外貌描写

巧妙的外貌描写使这个人狼狈的形象跃然纸上。

唐·吉诃德听了牧羊人的话很惊讶，越发想知道这个不幸的疯子是谁。说也凑巧，他们正谈着，那年轻人又在对面山沟里出现了。②唐·吉诃德见他身上破烂的短裤是龙涎香皮子做的，便断定他绝不是卑贱之人。

❷细节描写

反映出唐·吉诃德有丰富的见识。

读书笔记

年轻人走近了，向唐·吉诃德他们客气地打招呼。唐·吉诃德下了马，温文尔雅地拥抱这个满脸晦气的流浪汉。这个年轻人看到唐·吉诃德的一身打扮，也一样感到惊奇，他对受到的礼遇表示感谢，接着就向唐·吉诃德他们要吃的，并答应吃过东西之后，就把自己的故事说给他们听。桑丘、牧羊人都各自掏出了些干粮，年轻的流浪汉狼吞虎咽，一会儿就吃完了。几个人一起来到一片青草地，都躺在地上，准备听流浪汉讲故事。流浪汉提了个要求，即在讲的时候不要提问和插话，让他一口气讲完，否则，故事就只好悬在那儿了。这让唐·吉诃德想起了桑丘讲的渡羊过河的故事，不过他立马代表众人答应了这个要求。

读书笔记

“我叫卡迪纽。”流浪汉原原本本讲了起来。

原来卡迪纽是个富家子弟，爱上了一个同样富贵而且美貌的叫露申达的小姐。随着时间的推移，两人的感情越来越深。可是小姐的父亲提出，男方的父亲必须亲自上门求亲才行。卡迪纽的父亲一心想让儿子飞黄腾达，已经为儿子的前途做了安排，即让卡迪纽到一个熟悉的公爵家里去，为其大儿子做伴读，以便得到公爵的赏识和举荐。在这种情况下，他当然不会去为儿子求什么婚。[①] 卡迪纽拗不过父亲，只好暂别心上人，远离家乡到了省城的公爵家。临别，两个情人难分难舍，信誓旦旦，但事情还是就此发生了变故。

①铺垫作用 交代事情发生的原因，为后文做铺垫。

公爵家有两个儿子，大儿子倒还本分。二儿子费兰多却是个风流倜傥的花花公子。他背着公爵爱上了一个农家姑娘，甜甜蜜蜜几个月后，就对她失去了兴趣，便想甩掉人家。他想出了个点子，说卡迪纽的家乡出产良马，要去买几匹好马。这时，公爵也听到二公子风流韵事的传闻。

他不想让此事生出更大的乱子，给自己的老脸上抹黑，便一口答应了儿子买马的请求，而且派了刚来不久的卡迪纽陪同费兰多。这样卡迪纽就又回到家乡，回到了心爱的人身边。此时费兰多已取得了卡迪纽的信任，两人好得合穿一条裤子还嫌肥呢。卡迪纽没把费兰多当外人，于是就把自己和露申达的恋情一五一十地告诉了费兰多。谁知道费兰多却打上了露申达的主意。他整天跟着卡迪纽，还要看露申达写给卡迪纽的情书，说读起来很有趣。[①]这个露申达平时爱看书，特别喜欢骑士小说……

❶叙述说明 交代了露申达的兴趣爱好，引出下文。

卡迪纽讲到这里，正讲到兴头上，唐·吉诃德听到“骑士小说”四个字，便立刻来了劲儿了。一拍大腿从草地上坐起来喊道：“她爱骑士小说？您早说嘛！不用您夸赞我就知道，这样绝顶聪明的姑娘，若是没有如此高雅的阅读爱好，她就不可能具有阁下刚刚所说的那种才情。所以，[②]对我来说，无须多费唇舌来说她多美、多好、多机灵，只要了解了她的兴趣，我就可以断言她是世界上最漂亮、最聪慧的女人……”

❷语言描写 一提到骑士小说，唐·吉诃德就忘乎所以了。

唐·吉诃德兴奋地讲了一大通，卡迪纽却低垂着头，一声不吭了，谁也不搭理。唐·吉诃德请他讲下去。他两眼发直，瞪着唐·吉诃德，突然诅咒了一句：“骑士小说里写的男男女女没有几个是好东西，谁不信，就是大混蛋！”

唐·吉诃德一听，怒火中烧，反驳说：“没那回事，我敢发誓！骑士小说里写的都是高贵的骑士、公主，谁不同意就是混蛋！”

读书笔记

卡迪纽已经神经错乱了，再听人骂他混蛋，说他胡说，也大怒起来。他从身旁捡起一块大石头，向唐·吉诃德的胸口猛掷过去，把唐·吉诃德砸了个四脚朝天。桑丘见状，想帮自己主人一起揍这个疯子，却被卡迪纽回手一拳打翻在地。牧羊人想保护一下桑丘，也一样挨了打。疯子把几个人打了个遍，自己却若无其事地跑到山里去了。

桑丘从地上爬了起来，因为没处发泄无缘无故挨打的怨言，就迁怒于牧羊人，怪他没有事先提醒他们，没说清楚那人指不定什么时候就会发疯。唐·吉诃德认为这不能怪牧羊人，①只不过故事没讲完，不知道结局，心痒难熬。

> ❶**设置悬念** 这样写既可以为下文做铺垫，又为文章增加了悬念。

精华赏析

本章从桑丘丢驴引入，主仆二人途中拾得一个装有金币的烂皮箱，由此引出了一个有故事的流浪汉。本章前呼后应的表现手法使文章层次严谨，思路清晰。

延伸思考

流浪汉的故事没讲完就跑进了山里，这个情节设置意味着什么？

相关链接

上一章节中桑丘丢了驴，这使他整个人陷入了难言的悲伤之中，这也说明驴对于他来说是很宝贵的。然而作者笔锋一转，主仆两人发现了许多的金币，这又使桑丘立刻从悲伤之中走了出来。在两人遇到流浪汉这一情节中，读者可以从作者的细节描写以及对话描述中得知，这是一个有故事有经历的流浪汉。

第十三章　为心上人而疯

名师导读

唐·吉诃德带着仆人桑丘走进了大山深处，一路上仆人不停地抱怨，于是唐·吉诃德告诉了他自己的打算。后来唐·吉诃德真的发疯了吗？而面对“发疯”的主人，仆人桑丘又做了些什么呢？

唐·吉诃德辞别了牧羊人，骑上驽马难得，吩咐桑丘跟着上路。桑丘虽然很不乐意，但也只得从命。主仆二人渐渐走进了大山深处。

读书笔记

一路上桑丘嘀嘀咕咕，闹着要回家，说走这么险的路，就为找个疯子太不值得。

唐·吉诃德说：“我告诉你吧，我到这里来，不单是找那个疯子，我还得在这座山里干一件事，一件可以闻名天下、流芳百世的事，干了这件事，才可称得上是杰出的骑士。”

①“这件事很危险吗？”桑丘的心提了起来。

“不危险，还要靠你出力。”

“我能出什么力？”桑丘更加不解了。

①语言描写　桑丘最关心的就是自己的生命安全。

读书笔记

“我要派你到一个地方去，你回来得越快，我的苦楚结束得就越快，荣耀开始得也就越快。”

“您打算在这个荒僻的地方干什么事呢？”

“我要模仿过去的骑士英雄，在这里伤心、发呆和泄愤，同时也学英勇的唐·罗尔丹。这个罗尔丹，在泉边发现了美人安赫利卡跟梅多罗干过丑事的迹象之后，一气之下就疯了，所以就拔掉大树，杀死牧人，屠戮牲口，燃烧窝棚，推倒房屋，拖垮马匹，还有许许多多别的名贯千秋，值得大书特书的壮举呢。”

❶语言描写……桑丘对主人的行为十分不理解。

①“我觉得干这种事情的骑士，都是受了刺激的缘故。您发哪门子疯呢？是哪位小姐瞧不上您了，还是您那位心上人杜尔西娜娅小姐跟某个摩尔人或基督徒有了越轨的迹象呢？”桑丘还是疑惑不解。

唐·吉诃德热切而又神秘地说：“这正是我计划的高明之处。关键就是要无缘无故地发疯，好让我那位小姐了解我的真心。我很久不见她，已想得快要发疯了，我现在就发疯，一直疯下去。你要干的，就是捎一封信给杜尔西娜娅小姐，如果她的回信表达出一片热诚，我的疯病立刻就会好。所以你能越早地带回喜讯，我的疯病就好得越早，否则，我就只好一直疯下去了。总之，不管会得到什么样的答复，我都会告别你临走时看见的那种受罪受苦的状态，不是清醒地为你给我带来的福音而欣喜，就是疯癫地为你给我带来的厄闻而悲痛。”

读书笔记

注释

疑惑不解：因为有疑问而困惑不能理解。

[①]听了这一番话，桑丘明白了，心却灰蒙蒙的。主人的脑袋里根本没有什么征服海岛的计划，自己做总督的希望无法实现不说，还白白搭上了一头毛驴。于是又发起牢骚来，说要回家，还要把那个被砸瘪了的理发师的铜盆修补一下带回家做面盆，等等。

❶细节描写

桑丘知道自己做官的希望渺茫后，就想要回家。

唐·吉诃德这会儿是一心一意地准备发疯，也没在意桑丘说什么，唯一着急的是写封信。他叫桑丘拿出先前捡到的卡迪纽的记事本，上面有空白纸。

桑丘不失时机地问道："您答应给我驴子的凭据也写在上面吗？"

唐·吉诃德说："都写，我会签名的，我外甥女看了一定会照办。至于情书请个老师帮忙抄一下，就署名'至死不渝、忠于你的苦脸骑士'。据我所知，杜尔西娜娅不识字，生平没有见过我的笔迹也没收到过我的信。我和她恋爱以来只是柏拉图式的。至多不过是不带邪念地相互看上一眼，而这也是非常难得的事情。我敢指天发誓，十二年来，尽管我把她看得比这对即将深埋地下的眼珠还要珍贵，见到过她的次数却没有超过四回，而她可能连一次也没发现我在看她。她的父亲洛兰索，母亲阿尔冬莎把她当成掌上明珠。"

读书笔记

桑丘听了恍然大悟道："啊哈，原来是洛兰索的女儿。她不是叫阿尔冬莎·洛兰索吗？"

"就是她。她配做全世界的女皇。"

"我太熟悉她了，[②]她粗壮结实，比得上村里的大汉，嗓门特大，半哩瓦之外听她的喊声都像炸雷一般。整天嘻嘻哈哈的，随和得很。您真应该为她发疯。不过，我跟您

❷侧面烘托

借桑丘之口描绘出唐·吉诃德心上人的真实形象，与前文唐·吉诃德讲述的形象形成鲜明对比。

读书笔记

说句实话，我一直以为您的心上人杜尔西娜娅小姐是位什么尊贵人物，您总是吩咐被打败的人去见洛兰索姑娘——我是说杜尔西娜娅小姐，这对她恐怕没有任何好处，他们跑去了，说不定正碰上她在干农活，这不是很尴尬吗？”

“桑丘，我说你的话也太多了吧，天生一副死脑筋，还自作聪明。我告诉你，我之所以会爱上托波索的杜尔西娜娅，那是因为她比世界上最高贵的公主还高贵，我爱她，就是为了她那一点。事实上，诗人讴歌的那些贵妇也并非确有其人，只不过是他们随意杜撰的名字罢了。”

❶语言描写 从话语中更加明显地看出桑丘是一个现实主义者。

①“尊敬的主人，您的话句句在理，我是一头驴罢了。唉，快点儿把信写好，把给我三头驴子的单据写在背面吧，不过名字可要签得清楚一点儿，让人家一看就能认出来。”

唐·吉诃德拿出记事本，然后走到一边安安静静地写起来。

一会儿，信就写好了，大意是：

❷叙述 信中表达了唐·吉诃德的思念之情。

②别后思念，心神不安，肝肠寸断，为了你，我历经千辛万苦，请侍从桑丘报与你。假如你愿救我，我就是你的人，你不愿意，我就是死去也心甘情愿。备受离愁别恨煎熬的身心交瘁之人，遥祝至娇至美之托波索的杜尔西娜娅金安康泰。

至死不渝的苦脸骑士

唐·吉诃德写完信，就读给桑丘听，桑丘关心的是背面的单据，唐·吉诃德一并读了一下。单据是这样写的：

读书笔记

外甥女小姐，见字后，请凭此单据，把家里由你照料的五头驴子里的三头取出，交给我的侍从桑丘，以抵偿我在这里收到的三头，凭此据并桑丘的收据，如数交割。本年 8 月 22 日于黑山深处立据。

桑丘听了，心满意足，便急着要上路。但唐·吉诃德要他看着自己疯半个小时，这样才能添油加醋地向杜尔西娜娅小姐汇报。

①桑丘本来不忍心看主人的狼狈样，但想到在小姐面前说话是要发誓的，那就不能无中生有，只好耐着性子，看主人发一次疯。

❶心理描写　从中可看出桑丘善良的一面。

唐·吉诃德急急忙忙脱掉了裤子，只剩下一件衬衫，然后在地上跳了两下，又头在下，脚在上地倒竖蜻蜓，衬衣滑动下去，整个身体，从下到上一丝不挂。

桑丘不忍再看，急忙揽过马缰绳，抱起主人给他让他做路标的灌木枝上路了。他可以心安理得地诅咒发誓，因为他看见主人发疯了。

本章主要讲的是主人公唐·吉诃德计划通过发疯赢得意中人的芳心，并让桑丘协助。桑丘看到唐·吉诃德疯癫的行为意识到做海盗总督是不可能了。文中夸张修辞手法的运用，给文章增添了趣味性和可读性。

延伸思考

桑丘描述了主人唐·吉诃德的意中人洛兰索之后，为什么说了一句“您真应该为她发疯”？当桑丘知道自己的愿望不能实现后，又是怎样做的？

相关链接

唐·吉诃德原本就已经疯疯癫癫的，现在更是突发奇想要模仿小说中的骑士为爱发疯。他为自己设定的心上人的形象与现实中的那位小姐可谓云泥之别，可见他所谓的爱情只是自己心中的幻想。活在幻想中的疯癫骑士让人不禁觉得既可笑又可悲。

第十四章　可怜的多若泰

名师导读

桑丘奉唐·吉诃德之命去给杜尔西娜娅小姐送信的途中遇见了哪些人？这些人是如何与故事的主人公产生交集的？

读书笔记

穿着上衣光着下身翻腾蹦跳了一阵之后，唐·吉诃德发现桑丘因为不想再看自己的丑态早就已经走了，于是就爬到一块大石头上，回想着游侠骑士先辈的事迹，定下自己发疯的行动计划。

他从衬衫上撕下一大条，打了十一个一个比一个大的结，把这结当念珠用，念起《圣母颂》。念了成千上万遍，觉得面前没有个修士听他忏悔，很无味，于是他只好在那片小草地上不停地走来走去，在树上、沙地上作起诗来，或抒写他心里的忧郁，或表白对杜尔西娜娅的仰慕。他消遣着自己，自顾自地长吁短叹，呼唤着当地森林的树神、草原的牧神、河溪的女神以及含悲带泪的“回声”神，请他们回答他、安慰他。饿了，就找些野菜充饥。好在桑丘只耽搁了三天，要不然，我们的苦脸骑士可真的要脱胎换骨，恐怕会变得连他的亲娘也都无法辨认了。

读书笔记

再说桑丘奉命而行，走上大道，寻路往托波索村而去。第二天，他来到了前不久遭受屈辱的旅店。[①]一见旅店，桑丘就又感到自己像被兜在毛毯里上下抛来抛去，天翻地覆，脑袋直打转，便不想进去，但又饥肠辘辘。当他正在门口徘徊时，店里出来两个人，不是别人，正是桑丘本乡的神父和理发师。他们一下子认出了桑丘和唐·吉诃德的坐骑，就想问问唐·吉诃德的情况，桑丘也认出了他们俩，原本想为主人保守秘密，但又怕别人说他杀了主人，夺了主人的马逃回来，只好一口气把所知道的事情全都抖了出来。

❶心理描写　可见桑丘回想起自己曾经的遭遇，还是心有余悸。

神父听说唐·吉诃德给杜尔西娜娅写了信，便让桑丘拿出来瞧瞧，桑丘伸手到怀里掏了半天，也没掏出来，顿时面如死灰。笔记本没了，意味着一眨眼的工夫，就丢了三头驴子，这让他如丧考妣。[②]他双手在自己脸上乱抓乱打，满面流血，胡子竟被揪下了一大把。其实，那本子还在主人身上，他走的时候忘记拿了。

❷动作描写　描绘出桑丘此时无比复杂、不知所措的心情。

神父问清了原委，安慰他说，即使找到了那张纸也没用，合同是要写在规定的纸上的。等找到主人一定让他立一个正式字据。桑丘这才放了心。至于那封信，他听主人读过，记得大致内容，于是就口授笔记复制出来。桑丘翻来覆去，背了三遍，每遍都不一样，遍遍笑话百出。背完了信，又讲了主人的其他事情。他坚信凭主人的才气和勇气，自己将来定能荣华富贵。桑丘一脸正经的神情，简单的头脑，使神父和理发师吃惊不小，他们觉得桑丘也被

读书笔记

注释

如丧考妣：好像死了父母一样伤心和着急。

唐·吉诃德带疯了。

读书笔记

神父和理发师让桑丘到店里去边吃边谈，桑丘还是不想进去，原因当然不愿明说。于是，理发师就给桑丘送去了饭食。接着，神父想到了一个把唐·吉诃德带回家的办法。他让理发师装扮成少女的侍从，自己乔装成一个出门流浪的少女，然后跑到唐·吉诃德那里求助，唐·吉诃德多半会答应。到时，只要让唐·吉诃德跟在他们后面，就可以把他哄出来，带回家乡，医治他这古怪的疯病。

理发师认为神父的计策很妙，马上按计行事。他们向店主妇借了裙子、头巾、做胡子的马尾等化装品，然后告别众人，让桑丘带路，到山里找唐·吉诃德去了。

第二天，他们来到山口。神父和理发师准备化装。他们让桑丘先去见主人，就说信送到了，她不识字，所以捎回了口信，请唐·吉诃德马上去见她，不然她就生气了。这样可以劝他主人早点儿去做大皇帝或者国王。桑丘说，没问题，他先去见主人，也许凭这个口信，就能把他请出山来。

读书笔记

桑丘循着灌木标志进山了，神父和理发师就在一条小溪的树荫下等待回音。忽然，不远处飘来了一阵悠扬悦耳的歌声，那歌声虽然没有任何乐器伴奏，却那么甜美，那么轻柔，让他们感到非常惊讶，不相信这种地方居然会有人唱歌唱得那么动听。这绝不是一般的牧羊山歌，简直是一曲充满韵味的咏叹调，如泣如诉、如怨如慕。这引起了神父和理发师的好奇。他们循声而前，转过一块岩石，看见了一个人，不是别人，正是时疯时醒的卡迪纽。

读书笔记

卡迪纽见两人的装束不像山里人，很诧异，再听到这两人对自己的事似乎并不陌生（神父和理发师从桑丘嘴里

读书笔记

知道了几乎所有的事情），更加惊奇。他以为他们是上天派来救他出苦海的。神父和理发师正想听他亲口讲讲得病的原因，于是就让这位倒霉的年轻人把自己的伤心事讲出来。卡迪纽毫无保留地把自己与露申达的恋情及费兰多插足的隐情一一道出。上次唐·吉诃德为维护骑士的尊严，打断了卡迪纽的讲述，所以故事没讲完，这回神父和理发师没有违背卡迪纽本人的意愿，年轻人也没有发疯，故事也就讲到了底：

读书笔记

为了达到霸占露申达的目的，费兰多以取买马款为由，把卡迪纽支派到费兰多的哥哥那儿，并写信叫他哥哥留住卡迪纽。而费兰多乘机向露申达和她的父亲展开攻势。露申达的父亲是个贪心的人，他看中了费兰多高贵的家族血统和大把的金银财宝，同意了费兰多的求婚。露申达万般无奈，向卡迪纽寄了封信，告诉他这一变故。卡迪纽心急火燎，第二天就返回家乡。但这又有什么用呢？婚礼日期已定，一切都为时已晚。

婚礼那天，卡迪纽躲进了露申达家的客厅里。宾客到齐后，神父主持了婚礼，就在新郎新娘互说“愿意”，即将交换戒指时，新娘突然一手按住胸口，倒在她妈妈怀里晕了过去。大家乱了手脚，她妈妈解开她的胸口，好让她呼吸顺畅些，这时发现她怀里有张封好的字条。①费兰多拿过去就着烛光细看，看完后，坐在了椅子上，心事重重，连救护自己新娘的事也不顾了。

❶设置悬念

为后文多若泰说出事情的原委做铺垫。

卡迪纽也不知究竟发生了什么，他只觉得自己是世界上最倒霉的人。婚礼前他曾偷偷见过露申达一面，露申达曾表示要以死来表明自己对爱情的忠贞。可是婚礼上出自露申达之口的有气无力的“我愿意”，如一盆凉水将他从头淋到脚，他觉得露申达的诺言是鬼话，自己蒙受了极大的耻辱。于是他趁乱跑了出来，牵出寄放在一个市民家的骡子，失魂落魄地出了城，漫无目的地跑了一夜。天亮后从一个峡口进了山，不辨山路又跑了三天。骡子累死了，卡迪纽自己也晕倒在一片草地上。几个牧羊人发现了他，把他救醒。从此，他就常常神志不清，糊里糊涂的。

读书笔记

卡迪纽终于滔滔不绝地讲完了令人唏嘘不已的故事。

神父正打算安慰年轻人几句，忽然，又一个悲切的声音传了过来：

①"天啊，我有葬身之处了吗？我这个苦命的人啊……"

❶语言描写　说这话的人是谁呢？设置悬念，引出后文。

他们断定声音就在附近不远。果然，走了不到二十步，就在山石后看见一个农夫装束的小伙子在树旁的溪流里洗脚。他没有发现有人在注视他。洗完脚，只见小伙子摘掉头上的便帽，脑袋左右一摇晃，一头金发如瀑布般散落下来。他们这才发现那个像农夫的小伙子原来是个娇美的女子，而那姿容，别说是神父和理发师没有见过，就连见识领略过露申达风采的卡迪纽也为之一震。所以，他后来断言，只有露申达可以与之匹敌。②她那长长的金发又浓又密，不仅遮住了她的脊背，而且将她整个身体全都罩了起来，只露出了那双白皙的小脚。这时候，她轻舒手臂以手当梳，如果说她那浸在水中的双脚像是两块玉石，那么，她那抚弄头发的双手则犹如两团白雪。这一切使那三个望着她的人愈加惊异，更想知道她的身世。他们刚想上前问个究竟，姑娘听到背后有响声，来不及穿鞋，抱起身边的一捆东西就跑。但她柔嫩的双脚，受不了山石的棱角，没走几步就跌倒了。三人赶了上去，神父拉着她的手，安慰她说：

❷外貌描写　表现了姑娘的美丽，引出下文。

“不要害怕。你这般打扮，孤身一人在这深山老林里，一定是遇到了什么重大变故。我们不一定能解救你，但至少可以帮你出出主意。你把你的遭遇告诉我们，也好让我们分担你的忧愁。”

❶细节描写 可以看出姑娘是一个非常谨慎的人。

[①] 姑娘沉默了很长时间，听着神父的反复劝说，看看他们也不像坏人，才长叹一声，说道：

“事到如今，我只有感谢你们的一番好意，把我心里的冤屈告诉你们，只怕会无端增添你们的烦恼。”

姑娘声音婉转，文文静静地穿上鞋，绾起头发，在一块石头上坐定，对围坐在身边的神父、理发师和卡迪纽，不紧不慢地讲述起了自己的不幸。

原来这个姑娘不是别人，正是与费兰多相爱，最后又被他抛弃的那个农家姑娘，叫多若泰。她详细地讲述了费兰多如何爱恋她，与她私订终身，并占有了她，最后又是如何躲避她、欺骗她。当她打听到费兰多的下落时，他已在另一个城里和一个叫露申达的姑娘成婚了。

❷细节描写 可见卡迪纽对露申达的感情之深。

[②] 卡迪纽从姑娘嘴里听到费兰多和露申达的名字，紧紧地咬住嘴唇，皱着眉头，两行热泪流了下来。多若泰说，她听到费兰多成婚的消息，咽不下这口气，当晚便找了家里雇的一个长工陪同，跑到露申达所住的城里，找到露申达家，从邻居们的口里，她又听到了一些情况：

在费兰多和露申达结婚的那天晚上，露申达在婚礼上昏死了过去。在她的胸口衣服里，新郎看到了一张纸条，上面写道：为了不违背父母之命，被迫答应与费兰多结婚，婚礼完毕将自杀。纸上写的不是空话，人们在她的裙子下边找到一把短剑，而费兰多觉得受到了露申达的嘲弄，后来居然拿起那把短剑要刺露申达。宾客们七手八脚

读书笔记

地拦住了，费兰多当下就走了。露申达第二天才醒来，她告诉父母她和卡迪纽已私订终身。听说后来露申达也离家出走了，哪儿都找不到。

读书笔记

听到这些情况，多若泰稍稍松了口气，觉得还有挽救的余地，尽管没有找到费兰多，但总比看到他完婚好些。

俗话说祸不单行，就在多若泰咬牙度日的时候，陪同出来的长工见她孤身一人、无依无靠，竟起了歹心。好在苍天有眼，恶有恶报，那小子刚想对多若泰动粗，脚底一滑，被多若泰乘势一推，摔下了悬崖。

①多若泰说完自己心酸的经历，默然不语，脸上现出了表明其内心痛苦与羞愧的红晕。那三个听着的人心里对她的遭遇既同情又感叹。神父本想劝慰几句，可是卡迪纽抢先说："姑娘，我知道你是克雷纳多的女儿。"姑娘感到很奇怪。卡迪纽便介绍了自己的身世，说刚才故事里提到的与露申达的私订终身的那个卡迪纽正是他本人。②多若泰听了惊奇万分，再听卡迪纽热心地说要帮助自己找到费兰多，感激不已。神父和理发师也盛情表示要帮助两位年轻人，同时他们也简略地讲述了到深山老林来的原因。卡迪纽记起了他梦中曾和唐·吉诃德打过一架，什么原因已经说不出来了。

❶神情描写　写出了多若泰悲惨的遭遇，照应前文。

❷叙述　尽管费兰多抛弃了自己，但多若泰依然爱着他，表现出她对爱情的忠贞。

正在大家惊奇之际，桑丘来了，说主人唐·吉诃德身上只穿一件衬衫，已饿得面黄肌瘦，快不行了，正在为他的杜尔西娜娅小姐长吁短叹呢。他说他已经告诉主人，杜尔西娜娅命令他下山去与她见面，她正在托波索等着他呢，但主人却说，没有创下值得受她恩宠的业绩决不前去瞻仰她美丽的容颜。照这样下去，主人将不仅有当不成那非当不可的国王的危险，甚至连做大主教都不会有什么指

读书笔记

读书笔记

望了，所以，请大家赶紧想个办法把他弄出来。

神父让桑丘不要着急，他把解救唐·吉诃德的计划告诉了卡迪纽和多若泰。多若泰听了神父的计划，想了片刻说，她扮落难女子要比理发师扮得像，正好身边还有几件衣服。至于怎么说，她读过许多骑士小说，知道落难女子向游侠骑士求救的那套话，保证应对自如。神父一听大喜过望，忙让多若泰打扮一下。多若泰天生丽质，再一打扮，简直貌若天仙。桑丘不知这位小姐的来历，就问神父这位美丽的姑娘是谁，到这荒山找什么来了。

①神父说："桑丘老弟，我也就不拐弯抹角了，这位漂亮小姐是米戈米王国的公主，她向你主人求救来了，她受了凶恶的巨人的欺负，想请你主人为她报仇。你主人是举世闻名的好骑士，公主可是慕名而来呀！"

②"'不在早上，只在巧上'，我主人正要干一番惊天动地的事业，只要那个巨人恶魔不是鬼，我主人准保能杀死他。不过神父大人，有件事您还要多帮忙，我想请您劝我主人和这位公主赶快成婚，这样他就可顺顺当当去做皇帝，我也可如愿以偿——这位公主怎么称呼？"

神父答道："她叫米戈米娜公主。至于你主人结婚的事，我一定尽力而为。"

③桑丘听了很高兴，而神父却对他简单的头脑感到非常惊讶。因为他不仅从中看到了他的天真，还看到了他脑袋里面竟然也装满了他主子的那套荒唐念头，认准了他的东家会当上皇帝。想不到唐·吉诃德的痴心妄想在桑丘的心上生了根。

这时多若泰他们已准备妥当，理发师也戴上羊尾巴胡子，装扮成公主的仆人。他们让桑丘带路，并让桑丘假

❶语言描写

神父要解救唐·吉诃德，却并未告诉桑丘实话，这是为何？

❷语言描写

表现了桑丘对主人的极度信任。

❸心理描写

从神父的心理活动可以看出桑丘的天真。

读书笔记

装不认得神父和理发师，这样才能保证他主人顺利做上皇帝。卡迪纽和神父不准备跟他们同行，卡迪纽是为了不让唐·吉诃德想起曾经跟他打过架，神父是因为暂时还不必露面。就这样，多若泰一行三人带头先走了，余下两位慢慢地徒步跟在后面。神父没有忘记提醒多若泰应该如何行事，多若泰则请他放心，说一定会让自己的行为举止跟他们的要求和骑士书上的描述分毫不差。

精华赏析

本章主要写的是桑丘和主人唐·吉诃德分别后各自的遭遇。文中巧妙地安排了神父、理发师、多若泰和卡迪纽的出场，戏剧性地推动了故事情节的发展。

延伸思考

文中的多若泰遭遇了什么事？她是一个怎样的姑娘？

相关链接

在对于落难的多若泰的处理上，作者主要以写实的手法叙述了她的故事，让读者读来不禁对这个人物产生深深的同情，同时也为后文多若泰与唐·吉诃德的交锋埋下伏笔。

第十五章　智救骑士

名师导读

面对疯疯癫癫，执迷不悟的唐·吉诃德，桑丘会一走了之，还是会寻找拯救主人的方法呢？神父等人会怎样帮助唐·吉诃德？

读书笔记

一行人走了不到一哩瓦路，就见唐·吉诃德站在乱石堆中，此时，他已经穿上了衣服，只是没有穿盔甲。卡迪纽和神父躲进乱树丛中，多若泰立即鞭催坐骑，理发师紧随其后。他们走上前去，满面假须的理发师下马把多若泰抱下骡子，多若泰轻快地跑到唐·吉诃德面前，跪着说道：

“剽悍而又勇猛的骑士啊，我是世界上最不幸的一个姑娘，听了您的大名，特地远道赶来求助于您。您一定得帮帮我，否则，我就在此长跪不起，直至阁下慨然应允助我一臂之力。[①]此举定将既为阁下增辉添誉，又令我这普天之下最为孤苦的落难女子受惠。倘若阁下的骁勇果如世间所传，当视援救此弱女为义不容辞之事。要知道，我可是慕阁下之盛名，望阁下搭救于水火而不远万里来到此地

①语言描写　多若泰表示了对唐·吉诃德的尊敬和奉承。

的啊。”

唐·吉诃德答道：“美丽的小姐，只要你这件事不损害我的国王、我的国家和主管我心灵的那位小姐，我就答应你。”

这时桑丘跑到他主人身边，对着他耳朵悄悄地说：“先生，尽管答应她的请求，没什么大不了的事，不过是杀掉个巨人罢了，向您求救的可是米戈米王国的公主呀！”

①唐·吉诃德说：“管她是谁，我做事总要尽职责，凭良心，遵守自己奉行的规则。”

多若泰说：“我的好先生，您所说的都不会受到损害。”

唐·吉诃德转过身，对姑娘说：“美丽而尊贵的小姐，请起身吧，我答应你的请求就是了。”

姑娘接着说：“万分感谢！我这就把请求您的事讲讲吧。有个奸贼胆大包天，篡夺了我的王国。我要劳您大驾，马上起身跟我回去帮我夺回王位。还请您答应我，在这件事完成之前，您不会再找别的事去冒险拼命。”

唐·吉诃德答道：②“我答应你的请求。你不久就可以夺回王位，在你古老而伟大的国家重登宝座。我们马上动身。”他吩咐桑丘检查马具，帮自己装上盔甲。

理发师一直跪在地上没动，竭力忍住笑，一手还按着胡子，生怕胡子掉下来，破坏了这条妙计。他瞧唐·吉诃德答应了姑娘的请求，就起身把“女主人”搀扶上了骡

读书笔记

①语言描写

唐·吉诃德做事自有他的原则，表现了他的理想主义。

②语言描写

唐·吉诃德满脑子都是锄强扶弱、打抱不平的念头，所以轻易就相信了多若泰所说之事。

注释

竭力：尽力地。

读书笔记

子。唐·吉诃德也上了马，只剩桑丘一人步行，这不免又使他想起自己丢失的驴来。不过想到主人马上要做皇帝，自己也将会做总督，一切也就可以忍受了。

卡迪纽和神父躲在树丛后，看见这一切，不知道怎样迎上去和他们搭话。不过，还是神父有点子，他拿出随身带的一把剪子，剪掉卡迪纽的胡子，又把自己的上衣给他换上，然后抄近路绕到了唐·吉诃德一行人的前面。等唐·吉诃德一行人从山里出来，神父对着他们仔细端详，装出似曾相识的样子，张开两臂热情地叫道："真是太幸运了，这不是骑士道的模范、我的老乡唐·吉诃德·台·拉·曼却吗？竟然在这里遇上了，这位落难人的救星原来在这里呀！"

①动作描写　从文中可以看出唐·吉诃德对神父的尊敬。

①神父说着抱住了唐·吉诃德的左膝盖，唐·吉诃德仔细看了半天，才认出是神父，感到很意外，要下马还礼，还要把马让给神父，被神父拦住了。

唐·吉诃德说："神父步行我是不能同意的，这位公主会瞧我的面子，吩咐她的侍从把坐骑让出来的。"

公主回答："我这位侍从非常客气，不用我吩咐。"

理发师立即下了骡子，神父不再推辞，骑了上去。离前面客店还有几哩瓦路，唐·吉诃德、公主、神父乘坐牲口，卡迪纽、桑丘、理发师步行。唐·吉诃德对神父单身一人跑到此地，且穿得如此单薄，感到疑惑。神父解释说：

读书笔记

"我到塞维利亚去收一笔款子。那还是多年前一个美洲亲戚捎来的，数不小，有六万多比索。昨天经过这里，忽然碰到四个强盗，把我们的东西洗劫一空，连胡子都没给留下。理发师一看胡子没有了，于是就戴上了假的。据说这些强盗都是被流放到海岛的囚犯，被一个非常勇猛的人给放了。不用说那家伙一定是个疯子，不然就和那些囚犯一样是个大坏蛋，[①]因为他故意把豺狼放到羊群里，把狐狸赶到鸡群里，把苍蝇放到蜜蜂里，有心违法乱纪。一句话，干这事是断送自己的灵魂，肉体得不到好处。”

❶排比
这是神父在对唐·吉诃德的行为进行批判。

桑丘已把过去他们干过的事全告诉了神父和理发师，所以神父借此严加谴责。

唐·吉诃德听着神父的话，脸上红一阵，白一阵，没敢承认释放那群坏家伙的就是他自己。

桑丘插嘴道：“我老实说吧，干这件事的就是我的主人，我事先还提醒过他……”

读书笔记

“你这个笨蛋！游侠骑士见到落难的人，犯不着也无须查究他们是否犯罪，就该帮他们一把。神父的圣德和愿望我没说的，其他人谁认为我干错了，他对骑士道就是胡说八道！我要凭这把剑教训他！”

多若泰姑娘很机灵，她接上去说：“骑士先生，请别忘了您对我的承诺。不能再为别的事拼命，不管那事情有多急。如果神父早知道是您放了那群囚犯，他绝对不会说这些冒犯您的话的。”

神父说：“这我可以发誓保证，还情愿割掉一部分胡子。”

读书笔记

唐·吉诃德也就不再说什么，转而问起多若泰的冤情和敌手的情况。

在神父的提示下，多若泰把故事编得活灵活现。最

读书笔记

后她说，在走投无路的情况下，她才带了几个人来到西班牙，因为听说这里有一个威震四方的游侠骑士，名字叫什么唐·吉诃德。

桑丘忙插嘴说："公主说的准是唐·吉诃德，别号'苦脸骑士'。"

多若泰说："就是，就是。我父亲还告诉我那位骑士是个高个儿，脸消瘦，在左肩膀下靠右有一颗暗红色的痣。"唐·吉诃德一听，便要桑丘帮他脱衣服，要验证公主说的标志。

读书笔记

桑丘说："不用脱，我知道您身上有那模样的一颗痣。"

多若泰说："这就行了。我算找对了人，可以稳坐我国女王的宝座了。我父亲还用一种别人看不懂的字指示我，如果预言的那位骑士杀了巨人，要求和我结婚，我不得推辞，要把自己的王国连同自己一并交托给他。"

唐·吉诃德听到这里，对桑丘说："怎么样，桑丘朋友，我以前跟你说的话没错吧？"

桑丘更是激动得跳跃起来，走上前去跪在多若泰面前，要吻女主人的手，在场的人禁不住哈哈大笑起来。可唐·吉诃德却喃喃自语道：

①"我战胜巨人，你平平安安做上一国之主，愿意怎样做，这是你自己的自由。我呢，正恋着一位小姐，心不由己，不可能与其他人结婚，连想都不想。"

桑丘一听急了，大声嚷起来：②"唐·吉诃德先生，您真是脑子糊涂了！否则怎么可能会不想娶一位那么高贵的公主呢？现成的好事您不做，您还想干什么？您那杜尔

①语言描写 反映出唐·吉诃德对心上人忠贞不二。

②语言描写 桑丘还做着总督梦。

西娜娅小姐比公主漂亮吗？一半都比不上！现成的放在您手上，您就拿下，您做国王，可以封我做伯爵或总督。其他，管他的！即便以后全都见了鬼，我也认了。”

读书笔记

唐·吉诃德听他亵渎杜尔西娜娅，举枪狠狠地敲了桑丘两下，骂道：“蠢货，你这无法无天的混蛋，竟敢毁谤天下无双的杜尔西娜娅！你知道什么！要不是她把力量传到我这个胳膊里来，我连杀死跳蚤的劲儿都没有！她是我的命根子，你这没良心的东西！”

幸好桑丘没有受大伤，他躲到多若泰的坐骑后面，对主人说：“与女王结婚，不妨碍你的心上人，一个国王常有几个妃子，说老实话，我觉得两人都好，杜尔西娜娅脸蛋什么样子，我都没有什么印象。”

①“胡说八道！你这个信口雌黄的东西，怎么没见过？你不刚从她那儿捎来了口信吗？”唐·吉诃德的火气又上来了。

①语言描写 唐·吉诃德有时还是很明白的。

“我是说没有仔细看，笼统地看了一眼，说不出哪长得好。”

唐·吉诃德说：“算了，算了，我原谅你得了。你也原谅我刚才的火气吧，人总是难以控制自己的冲动的。”

多若泰对桑丘说：“过去吻你主人的手，请他饶恕你吧！从今以后，或夸或骂，都要小心，千万不能再说那位托波索小姐的坏话，尽管我还没有得见芳容的荣幸。要相信上帝，你早晚会有一块自己可以做主的领地。”

读书笔记

精华赏析

本章主要讲述了多若泰等人编造落难公主的故事来哄骗唐·吉诃德，唐·吉诃德和桑丘对此深信不疑。多若泰熟知骑士小说的种种套路，声称自己是高贵的落难公主，慕名前来寻求唐·吉诃德的帮助，还将唐·吉诃德吹捧了一番。她的伪装和表演完全符合唐·吉诃德对落难公主的设定，他根本不会去怀疑事情的真实性。本章中运用了大量的语言描写展现出多若泰的机智，使这个女性角色的形象更加丰满。

延伸思考

通读本章节，你对多若泰有什么了解与认识？

相关链接

由于唐·吉诃德满脑子都是锄强扶弱、打抱不平的骑士精神，所以他对多若泰的事情相当在意。作者在这里通过两人的对话，将唐·吉诃德的荒唐形象展露无遗。本章中神父等人编造了一个故事，他们的目的并不是要欺骗唐·吉诃德，而是想要帮助他，让他从癫狂的状态中走出来。

第十六章　骑士受辱

名师导读

唐·吉诃德为何遭到了自己曾解救过的男孩的讥讽？他又为何跟酒袋较上了劲？

桑丘垂头丧气地跑过去，求主人伸出手来，唐·吉诃德面色平和，僵硬地伸出手给桑丘亲吻，还为他祝福，然后就叫桑丘慢点儿走，跟着自己，他要细细地听听杜尔西娜娅的情况。正要发问，只见迎面有人骑着头驴跑来。待走近之后，发现他很像个罗姆人。可是，桑丘只要看见驴子眼睛就发亮，他一眼就认出了自己的驴，骑驴的就是被他放了的偷他驴的囚徒希内斯，希内斯怕被人认出他来，化装成罗姆人，但还是被桑丘认出来了。他大喊道：①“希内斯，好个强盗，留下我的宝贝，放了我的命根儿，休想夺走我的腿脚，交出我的毛驴，归还我的心肝儿！滚吧，你这个混蛋快滚，把我的东西还给我！”

希内斯一惊，滚下驴来，一溜烟跑得无影无踪。桑丘跑上去一把搂过驴脖子，亲热地抚摩，亲吻，说：“我的宝贝，你好吗？”大家跑上来，恭喜他找到了驴子。唐·吉

读书笔记

❶比喻、排比……可见桑丘对驴的感情之深。

诃德尤其高兴，他许诺说，给桑丘三头驴子的票据仍然有效，桑丘千恩万谢。

接着唐·吉诃德还是不放心地问起杜尔西娜娅的事来，桑丘没有带信，怎么去跟她见面的呢？

❶语言描写 反映出桑丘头脑机智灵活，懂得配合。

桑丘说：①“可不是吗，要不是您那时念信的时候我记在心上，就得跑回来了。幸亏我还记得，说给一个教堂的管事员听，他就照着一句句写下来了。”

唐·吉诃德又问：“信上的话你还记得吗？”

桑丘说：“现在记不得了，我觉得记住没什么用。不过还剩下一点就是开头的尊贵无皮（无比），还有结尾的，无线（无限）忠诚的苦脸骑士。在这个头尾中间，我夹上了三百多个‘灵魂’呀，‘性命’呀和‘我的眼珠子’。”

“说下去。你去时，这位绝世美人在干什么？是在用金线绣花吧？”

“不，她正在自家后院簸麦子。”

“她看信的时候有什么表情呢？”

❷语言描写 桑丘编造谎言欺骗唐·吉诃德，为后文埋下伏笔。

②“她说她不识字，也不会写，所以没有看信，只是把信撕了，说是不愿意让别人知道她的秘密。她叫我传个口信，说吻你的手，信就不写了，只想见见您，所以要求您见到我后，立即离开这灌木林。我还问起那群囚犯来拜见她没有，她却说一个也没有看见。”

唐·吉诃德还问了其他一些细节，都得到桑丘圆满的回答，只是对桑丘来去如此迅速感到不解，认为一定是魔法师在暗中帮助。另外，是先回托波索看杜尔西娜娅，还是先去杀巨人，他拿不定主意。最后决定先跟公主走，并叫桑丘不要把刚才的话对任何人讲。

这时理发师喊大家停一停，他看到一股清泉，要大家歇一歇，喝点水。桑丘如释重负，他编了半天谎，费神得很，主人要再问下去，他准会露馅儿。因为，他尽管知道杜尔西娜娅是托波索的一个村姑，却压根儿没有见过。

就在大家喝水吃干粮时，路上走过来一个男孩，他对水边的人搜寻了一番，跑到唐·吉诃德面前大哭起来。唐·吉诃德一见，就认出来那正是自己救助过的孩子。他握住孩子的手，向众人夸耀起自己的功绩来。谁知话还未讲完，那孩子却抽咽着说："您讲的都是真的，但后来的故事却是您想不到的。您走了之后，我不但没有拿到工钱，还被重新吊起来毒打了一顿。每抽一鞭子还说一句挖苦您老人家的刻薄话，若不是当时疼得受不了，他的话也会把我逗笑的。结果，那个坏蛋乡巴佬打得我到现在还在一家医院里治伤呢。①这一切全都是大人您的过错，如果当初您走您的路而不是不请自到瞎掺和别人的事情，我的东家抽我十几鞭子，然后就会放了我，照付欠我的工钱。可是，您老人家对他讲了那么多难听的话，将他惹怒，由于没法找您老人家算账，等到您走了，他就把气出在我的身上，揍得我似乎这辈子都难以成为真正的男子汉了。"

唐·吉诃德听了，就要桑丘为驽马难得上鞍辔，去找那个乡巴佬，为小孩子讨公道。多若泰见了，提醒他不要忘了自己的诺言，她的事没完，不能承担别的事，唐·吉诃德只得作罢。他让小孩先忍耐一下，以后一定替他报仇。

桑丘拿了一点儿干粮给孩子，孩子拿了面包和干酪就又动身上路了。不过，临走前他说了一番话：

②"游侠骑士，您要是再碰上有人欺侮我，千万不要

读书笔记

❶语言描写

孩子的话表明唐·吉诃德并没有帮到他，反而给他带来了更大的麻烦。

❷语言描写

小孩的话讽刺了游侠骑士可笑的行为。

来救我、帮我。我再倒霉，总不如受您帮助倒霉得厉害，但愿上帝诅咒您和世界上所有的游侠骑士。”

小孩说完，就飞快地跑了。唐·吉诃德羞愧难当，大家也都强忍住笑，免得他无地自容。

大家吃完干粮，就给牲口套上鞍辔继续赶路。第二天，他们到了桑丘怕去的那家客店，店老板一家人和那个与骡夫偷情却误入唐·吉诃德怀抱的女佣都很高兴地迎接他们一行人。桑丘不想进，又没法不进。[①]唐·吉诃德则严肃而礼貌地和店主一家相见，他吩咐要给他铺一张好一点儿的床，店主妇说只要付账爽快些，铺王爷睡的床也行。唐·吉诃德一口答应，店家就在上次睡觉的阁楼上给唐·吉诃德铺了一张还算像样的床，唐·吉诃德已十分疲劳，倒头就睡了。

①叙述

上次唐·吉诃德住店没付钱让店主妇印象深刻，这次就先提付账的事。

安顿好一行人，关上店门，店主妇就跑到理发师那儿，一把揪住他的胡子，要他归还这根用来伪装成胡子的尾巴。神父见了说：“还她吧，现在用不着了，不妨露出真面目，就说遭到一群囚犯的抢劫，逃进客店的。如果唐·吉诃德问起公主的侍从，就说公主已经打发侍从先回去报信了。”

理发师听了，就把尾巴还给了店主妇，并且把其他借的东西都还了。店主指望着好报酬，给一行人上了一桌像样的饭菜。唐·吉诃德睡得很沉，大家没有去惊动他，想让他多睡一会儿。

饭后，看到桑丘上了楼，神父和理发师对店主一家讲起了唐·吉诃德古怪的疯病，店主则把他和桑丘在店里的逸事讲给大家听，令大家忍俊不禁。神父说，唐·吉诃德是被

读书笔记

那些骑士小说害的。可是店主不同意，他认为这些书是世界上最有趣的书，怎么会害人呢，店主妇、女佣甚至店主的小女儿都认为书里的故事动听感人。神父让店主拿来他保存的几部书，店主打开一只上面有锁链锁着的旧提包，拿出几大部骑士小说，提包里还有好多字迹漂亮的手写书稿。

读书笔记

神父翻看了一下，建议店主保留两本，其他都烧掉。店主可不同意，他认为这些书都是经保密院批准印发的，再说自己不至于发疯去当游侠骑士，因为这个年头早就没有游侠骑士了。店主想把书和提包拿走，神父想看看那些手稿，店主就拿出来给神父看。神父看了几行，觉得很有意思，就读给大家听。

正读到精彩处，桑丘赶来了，慌慌张张地喊着：

①“各位先生，快，快来帮帮我家老爷吧，我主人在打仗呢！我从没见过他这样拼命，跟咱们米戈米娜公主作对的巨人被我主人一剑砍掉了脑袋，简直像是刀削萝卜！”

①夸张手法 可见桑丘已经完全融入所谓的骑士幻境中。

神父停下来，问道：“老哥，你说什么？他疯了吗？那个巨人在两千哩瓦以外呢！真是活见鬼了！”

话音刚落，就听那边屋里传来一声巨响。唐·吉诃德大叫：“站住！你这个强盗、坏蛋！你可落在我手里了！你的弯刀子也不中用了！”

听声音好像在狠砍墙壁。桑丘催促说：“你们不能光待在那儿听，你们快去吧，我看见满地是血，还有人脑袋滚在一边，有大酒袋那么大！”店主一听，急了，霍地站起来说道：“这下子可完了，那屋里床头边堆着装满红酒的皮袋呢！唐·吉诃德肯定是砍在酒袋上了。”说着，就往那屋子里赶。大家也紧随其后一起跟了过去。

读书笔记

精华赏析

在回去的路上唐·吉诃德仔细盘问桑丘送信的经过，桑丘只得撒谎应对。途中他们遇到了之前唐·吉诃德“解救”过的那个男孩，得知了男孩后来的遭遇，男孩临走时还讽刺唐·吉诃德不该多管闲事。随后他们回到了之前住宿过的客店，在唐·吉诃德休息时，大家发现客店主人一家也对骑士小说十分喜爱。文中多处与前文遥相呼应，显得颇有趣味，而结尾处又设置悬念，引起读者阅读兴趣。

延伸思考

男孩对骑士唐·吉诃德的讥讽反映了什么？客店中的各位对骑士小说各持什么样的态度？

相关链接

唐·吉诃德一行人在路途上遇到了曾经被他们解救的男孩。可是这个男孩对唐·吉诃德的骑士行为大肆嘲笑，这使唐·吉诃德备受打击。作者在这里运用以点带面的表现手法，通过男孩对骑士精神的嘲笑表现出当时世人对骑士精神都十分的鄙视厌弃。

第十七章　命运的馈赠

名师导读

唐·吉诃德神志不清，桑丘也疯癫了吗？命运是怎样让有情人终成眷属的？

一进屋，大家首先看到唐·吉诃德那古怪得出奇的模样：[1]他只穿着一件衬衫，虽然前襟长及大腿，可是后身却短了六指，两条精瘦的长腿全是毛，而且脏兮兮的，头上戴一顶店主油渍斑斑的小红帽，左手裹着一条毯子。这条毯子桑丘眼熟得很，顿时一肚子火。原因当然只有桑丘自己肚里明白。

❶着装描写　强调唐·吉诃德的疯癫程度。

且说唐·吉诃德右手拿着一把出鞘的宝剑，乱舞乱挥，嘴里大叫大嚷，尤为奇妙的是他眼睛还没睁开，原来还没有睡醒呢！他是在梦中和巨人交战，自以为砍的是巨人，实际是酒袋。店主看到酒流成河，怒不可遏，扑向了唐·吉诃德，握紧拳头狠打猛揍。幸亏卡迪纽和神父拉得快，要不然，我们这位战胜了米戈米王国巨人的英雄骑士，就要丧命于店主的拳头之下了。而可怜的骑士还在梦中，理发师提来了一桶凉井水，将他从头到脚浇了一遍，

读书笔记

才算醒了过来。觉是醒了，但是，从他的样子看，似乎头脑还是没有清醒，还不明白是怎么一回事。

❶行为、语言描写…………桑丘也越发疯癫了。

[1]桑丘顾不得主人如何，满地找巨人的脑袋却找不到，喃喃道："我亲眼看见他砍下来的，那血像喷泉一样，从脖子里直喷出来。"

店主骂道："你这个背叛上帝和灵魂的家伙，胡说八道！这哪是什么喷泉，这是上等的好酒啊！谁戳破我的酒袋，叫他的灵魂下地狱！"

"这个脑袋找不到，我那伯爵的封地，或者海岛的总督就像盐泡在水里全化掉了。真是倒霉透顶。"桑丘垂头丧气地说。

读书笔记

大家感到清醒的桑丘比那做梦的主人还糟，他已经鬼迷心窍了。店主看这主仆二人没治了，发誓新账旧账一起算，决不像上次那样让他们赖账逃跑！戳破的酒袋也要算。

神父上去抓住了唐·吉诃德的双手，不让他再乱动。谁知唐·吉诃德自以为大功告成，正向米戈米娜公主报功，他双膝跪下说："尊贵而美丽的公主，巨人已被勇猛的骑士打败，任务圆满完成，我的承诺也就此取消了。"

桑丘听了兴奋地说："事情妥当了，我当伯爵有指望了！"

疯疯傻傻的主仆二人，把大家逗得哈哈大笑。神父、理发师、卡迪纽几个人七手八脚，把唐·吉诃德扛上床，他一倒下便又沉沉睡去了。

读书笔记

店主妇看到这一切，气得咬牙切齿，她数落着骑士和侍从的不是，女佣也在一旁帮腔，直到神父答应尽力赔偿她们的一切损失，她们才稍稍平息了怒气。

多若泰则安慰桑丘，他主人砍了巨人脑袋的事一经证实，准赏他个头等的伯爵封邑。桑丘很开心，发誓说，那巨人的脑袋是他亲眼见到的。

看大家都心平气和，神父就继续读手稿上的故事。这个故事的名字叫《何必当初》，讲的是一个叫安塞尔摩的男子，为了测试妻子的忠贞，让自己的朋友去勾引妻子柔塔娜。结果妻子跟朋友跑了，自己也搭上性命。

神父觉得故事虽然不错，但情节有些荒唐，夫妻之间发生这样的事不合情理，情人之间还说得过去……

就在神父对故事评头论足的时候，店主在门口喊了起来：

①“好漂亮的一队过路客呀！四个男的骑着短镫高鞍的马，拿着长枪和盾牌，都戴着黑面罩，还有个穿白衣服的女人蒙着脸横坐在马鞍上。他们若是住下来，咱们这儿可就热闹喽。”

多若泰听到这话就戴上面罩，卡迪纽也躲进里屋。不一会儿，这一群外来客就到了店门口。骑马的四人身材匀称、举止文雅，他们一下马就去搀扶横坐在马上的女人，其中一个张开两臂把她抱到房门口的一把椅子上。女人坐下后深深叹了一口气，耷拉着胳膊，显得很虚弱。

②多若泰听到蒙面姑娘的叹气，很同情，就走到她身边嘘寒问暖，姑娘只是听着，却默不作声。站在一旁的蒙面绅士对多若泰说：“小姐，你不用讨好这个女人，也不用指望她回答，除非你愿意听她撒谎。”

一直默不作声的女人终于开口了，她反驳道：“我从来不撒谎，有的是忠诚。正因为如此，才使我遭到了现在

读书笔记

❶语言描写

来的是什么人呢？为后文做铺垫。

❷细节描写

蒙面姑娘似乎怀有心事。

的横祸，也证明了你的虚伪和欺诈。”

❶语言描写……一连串感叹刻画出此时卡迪纽内心的激动。

①卡迪纽躲在房内，听到外面蒙面女子的话语，不禁大叫道：“上帝啊！这是谁在说话！我听到了谁的声音呀！”

蒙面姑娘听见喊声大吃一惊，起身就要往内房跑，绅士一把拦住了她，多若泰也上去拉住了姑娘。姑娘的绸面罩滑落了下来，露出了一张秀丽的脸庞，焦躁不安的绅士自己的面罩也碰掉了。多若泰抬头一看，和自己一同搂着这个姑娘的绅士，正是自己寻找多时的费兰多。她伤心激动至极，晕了过去。理发师眼疾手快，一把扶住了多若泰，神父忙替她除掉面罩，费兰多一眼就认出了多若泰，顿时面如土色。卡迪纽也早已听出了露申达的声音，不用说，露申达也听出了卡迪纽的喊叫声。卡迪纽从屋里冲了出来。大家都没有开口说话，只是相互望着：多若泰望着费兰多，费兰多望着卡迪纽，卡迪纽望着露申达，露申达望着卡迪纽。

露申达第一个开口，她对费兰多说道：“请您放开我吧，费兰多先生，即使不为别的，也总得顾及自己的身份。让我回到那面墙上去吧，我是那墙上的常春藤，您的纠缠、恐吓、哄骗和利诱都没能使我摆脱对那墙的依恋。您瞧，苍天以您和我都未能想到的罕见方式，将我真正的丈夫送到我的面前。您该从自己的种种惨痛经验中知道，只有死亡才能使我将他忘记。我已经把话讲得清清楚楚，（既然别无选择）就请您变爱为恨、化情成怨，并因此而结束我的性命吧！能够死在心爱的丈夫面前，我也算死得其所了。死亡将证明我直到生命的尽头都对他痴心不改，他

读书笔记

也许会因此而感到欣慰。”

多若泰也清醒了过来，她双膝跪下，热泪盈盈地对费兰多说：①“我的先生，你如果没有被揽在怀里的太阳的光辉照花了眼睛，你应该看到跪在你脚边的是薄命多情的多若泰。我原是出身低微的农家姑娘，我对你的心意是至死不渝的，你不能和露申达结婚，是因为你是我的丈夫。随你愿意不愿意，我总归是你的妻子。”她声泪俱下的话语，引得大家唏嘘不已。

❶比喻、象征

表现了多若泰对费兰多的感情真挚与深切。

费兰多盯着多若泰看了好半天，终于放开了抱着露申达的手，说：“你赢了，美丽的多若泰，你赢了。”

露申达身体虚弱，费兰多一撒手，她几乎要摔倒。在旁边一直关注着她的卡迪纽，不顾一切地赶上前去，把她抱在怀里。露申达一时忘情，竟撇开一切拘束，伸臂抱住卡迪纽的脖子，贴着他的脸说：“我的先生，你是我的至爱，我永远是你的奴仆。”

费兰多和在场的人看到这动人的一幕，惊奇得说不出话来。②费兰多脸色都发青了，在场的人都围上去，劝说费兰多，听从天意安排，神父则夸赞了多若泰的美丽和聪慧。费兰多渐渐回心转意了。他俯身扶起多若泰，对她说：“我的夫人，起来吧！你是我的心上人。露申达已找到自己的归宿，我也终于和你重逢。祝愿她和卡迪纽幸福美满，也求上天保佑我和你与他们一样。”

❷情景描写

在众人的劝说下，费兰多终于回心转意，为这段故事画上了完美的句号。

露申达和卡迪纽以及几乎所有其他在场的人都没有掩饰他们的激动，一个个全都泪流满面，有的为自己欢喜，有的是为别人高兴，倒好似大家一起遇上了什么天大的不幸，就连桑丘都哭了。③不过据他后来说，他是因为米戈

❸叙述

写出桑丘完全被虚幻的利益遮住了双眼，无法自拔。

读书笔记

米娜公主一眨眼变成了多若泰，指望的一大份赏赐就此化为泡影而流泪的。

多若泰和露申达叙述了各自的痛苦经历，充满了辛酸和眼泪，好在现在她们的一切不幸到此也就全都结束了。

精华赏析

本章主要讲述了唐·吉诃德在睡梦中误把酒袋当作巨人砍破，惹得客店主人大怒；多若泰和卡迪纽在店中遇到了费兰多和露申达，经过一场感人的相认和互诉衷肠之后，有情人终成眷属。这一章略写了唐·吉诃德主仆，详写了两对情人的团聚，突出强调了两位姑娘的忠贞不渝，赞美了坚贞的爱情。

延伸思考

当所谓的巨人的脑袋不见了时，桑丘是什么样的表情？露申达对卡迪纽的感情又是怎样的？

相关链接

唐·吉诃德错过了这一场情人相认的情节，如果他当时在场，定会百感交集。他心中的爱情与现实生活中的爱情形成了鲜明的对比，不论是卡迪纽和露申达的两情相悦还是多若泰对费兰多的矢志不渝都是真实的、令人感动的，而唐·吉诃德为自己所设定的单相思根本算不上真正的爱情，不仅是一场悲剧，更是一场闹剧。这两对有情人终成眷属，但唐·吉诃德的爱情注定只是一场空。

第十八章　俘虏的故事

名师导读

费兰多会让多若泰继续留下来挽救疯癫的唐·吉诃德吗？新来的房客又带来了怎样的故事？

大家都为这圆满的结局而高兴，只有桑丘懊恼沮丧。主人还在睡梦中，国王、封爵都化为了乌有，他垂头丧气、愁眉苦脸地跑到主人屋里，恰巧主人刚睡醒，他就对主人说：① “苦脸骑士，您继续睡您的觉吧，不用费心去杀什么巨人，帮助公主恢复什么王国了，这些事都完成了。”

> ❶语言描写　桑丘知道事情的真相后无比失落和泄气。

唐·吉诃德说：“说得对，我刚和那个巨人打了一场有生以来最为激烈的恶战，我把剑那么反手一挥，只听‘嚓’的一声，就把他的脑袋给削落到地上了，那血呀，像河水一样，流得满地都是。”

② 桑丘没好气地告诉还蒙在鼓里的主人，他砍杀的不是巨人，而是客店老板的酒袋，那位米戈米娜公主也变成了一名民间女人，真弄不懂这究竟是怎么一回事。

> ❷叙述　桑丘向唐·吉诃德讲述了事情的真相。

“这样的事对我来说一点儿也不奇怪。这里的事都是由魔法支配的。”唐·吉诃德说着便让桑丘伺候他穿衣，他

读书笔记

要去看看到底发生了哪些变故。

再说这边房间，费兰多听神父介绍了唐·吉诃德的疯病后，愿意让多若泰留下，把戏演下去，自己也愿为此效力。

这时，唐·吉诃德出来了。他全副武装，头盔已被砸得七沟八壑，但还是正儿八经地戴在头上。费兰多等人看到他这副模样，很惊奇，大家都一声不吭，听他会说些什么话。唐·吉诃德很严肃地看着多若泰说：

“美丽的公主，我的侍从说您的荣耀尽失，您的身份已变，您已经从女王变成了平民家的姑娘。是不是您的父王怕我帮不了您，让您变的？[①]如果是，那他就是外行，不懂我们的骑士道，若是他能像我一样认真而充分地浏览和阅读那些书籍，就随处都可以发现那些名气远不如我的骑士都完成过更为艰巨的重任，杀个把小小的巨人，没有什么了不起，几个钟头前，我刚杀死了一个……不多说了，免得人家会以为我在吹牛，到时大家都会知道的。”

❶语言描写　唐·吉诃德凡事皆以骑士小说为依据。

“和你交手的是两只酒袋，不是什么巨人。”店主插嘴道。

费兰多立即叫他住嘴不准他打断唐·吉诃德的话。

[②]唐·吉诃德继续说道：“不管处境多么凶险，我的剑总可以杀出一条路来。凭我这把剑，不出几天，就可以把您冤家的头砍落在地，把王冠戴在您头上。”

❷语言描写　表现了唐·吉诃德盲目的自信。

多若泰知道费兰多决计要把这出戏演下去，便一本正经地回答说：

“勇敢的苦脸骑士，谁说我身份变了？真是胡说八道。我的身份没有变，心愿更没有变，请仍旧尊重我的父亲，他有先见之明，所以找到这个稳妥的方法来挽救我的厄运，我相信靠您的勇敢，上帝的慈悲，我一定能如愿以偿。”

多若泰的话刚说完，唐·吉诃德就满脸怒气地把桑丘大骂了一顿，发誓要惩罚这个谎报军情的仆人。桑丘争辩了一番，被费兰多劝住了。费兰多和唐·吉诃德相互恭维了一通。这时店里来了两个新客打断了他们的谈话。

读书笔记

新来的旅客看装束像刚从摩尔国回来的基督徒，身穿短襟的半袖无领蓝呢外套和蓝布裤子，头戴蓝色的帽子，脚蹬枣红高跟儿皮鞋，斜挎于胸前的肩带上挂着一把摩尔式弯刀。后面还紧跟着一位骑驴的女人，也是摩尔装束，但蒙着脸，包着头巾。男的把女人抱下驴，听说店里没有客房很懊丧。多若泰再一次表现出她的机灵，她邀请那女人和她们一起住。

蒙面女人没有回答，但从座位上站起身，鞠躬还礼。男人告诉大家这姑娘只会说本国话。

读书笔记

大家听了都很想知道他们的来历。费兰多问男人，姑娘叫什么名字，男人说叫索拉达。姑娘叫道："不！不！是索拉达·玛利亚！玛利亚！"她的意思是说自己叫玛利亚，不是索拉达。

已到了掌灯时刻，店主准备好了晚饭，大家挨在一张狭长的桌边坐下，不顾唐·吉诃德的反对，让他坐了上座。唐·吉诃德看着这么多人在一起用晚餐，忽有所感，兴之所至，大发起议论来：

"咱们细想起来，干游侠骑士这一行，见识到的实在都是大事奇事。有些人认为劳心胜于劳力，拿笔杆子的胜过拿枪杆子的，这是胡说八道。其实文武两行都得劳心，书生也有他的苦处。第一就是穷，当然，当兵的更穷，不但穷，还要风餐露宿，还有生命危险。特别是有了枪炮，卑鄙的懦夫也能杀死勇敢的好汉。那些万世流芳的勇士，

读书笔记

读书笔记

正要施展自己的才华，一颗流弹飞来，立即命丧黄泉，落得个出师未捷身先死。那个躲在角落里放枪的家伙说不定已被枪声吓破了胆，逃之夭夭了呢！这么一想，在如今这个乾坤颠倒的时代当游侠骑士，实在不是个舒心的差事。我是不怕危险，但那些火药和枪弹断送了我凭骑士之剑扬名世界的机会。不过富贵有命，成事在天，我承担了几分风险，如能如愿也就可以多得到别人的几分尊敬。”

桑丘见主人只顾大发议论，竟然忘了吃东西，于是几次提醒他，唐·吉诃德却一口也没有吃。

饭后，店主便把女客们安排在原来唐·吉诃德住的顶楼。费兰多他们出于好奇，邀请陪玛利亚同行的男子讲讲他们的身世经历。男子倒很乐意，看众人坐定，便不慌不忙、有条不紊地讲了起来。

读书笔记

男子这样说道：“我出生在一个穷山村，天道仁厚，虽时运不甚佳，但我家并不穷。父亲早年在军队当兵，养成了大手大脚花钱的恶习。军队是一座学校，可以使吝啬的人变得慷慨，慷慨的人变得挥金如土，个别小气的军人则被视为怪物，难得一见。为了不把家产耗光，父亲决定趁早把家产分给三个儿子。但有一个要求，就是各人选好自己未来的职业，以免坐吃山空。西班牙有句老话：‘或教堂，或海洋，或伺候君王。’也就是求富贵的三条路——进教会，出海经商，进宫伺候国王。我的两个弟弟一个出海到美洲经商，另一个进了教会修业，我则选择当一名士兵，为国王出力。

“我到部队后不久，就升职做了骑手。上尉对我不错，我的前途一片光明。后来听说土耳其占领了塞浦路斯，而国王的弟弟作为联军总司令，正积极备战，准备反击。① 听到这些，建功立业的雄心突然萌发，我就放弃了

①语言描写 说明男子英勇无畏，上战场实现报国之志。

原部队良好的发展前景，到了前线部队，参加了反击战。战斗取得了辉煌的胜利，我也被提升为步兵上尉，可是还没来得及细细品尝胜利的滋味，就成了两脚带镣双手戴铐的俘虏。那天，指挥官让我带部下去参加一次海上救援。就在我们的船靠上敌舰，我带头第一个跳上去时，敌舰突然急速退却，我的部下没有一个能跟上来。我寡不敌众，便成了俘虏。

读书笔记

“记得战俘营有个基督徒叫堂彼德罗，人很聪明，还会作诗，我和他一起在敌舰上划过船，后来这位堂彼德罗先生跟随一个希腊间谍逃出了战俘营。而我却没有这么幸运，因为我做过上尉，尽管说了自己家境不好，没钱，可是没有用，他们还是把我列为等钱赎身的俘虏。过了不久，我又被当作遗产，由头领赏给了一个叛教徒（叛教徒：原是基督徒，被俘后改信回教）。这个叛教徒叫哈桑，对俘虏极其狠毒，控制很严，俘虏衣不蔽体，经常挨饿。

读书笔记

“紧靠监房有一栋房子，房主是个地位很高的摩尔富翁，房子的上方有个窗，其实只是个墙洞，上面还遮着厚厚的百叶窗帘。有一天，我和三个同伴在监狱的阳台上放风，偶然一抬眼，看见窗口挑出一支竹竿，竿头挂着个布疙瘩，不停地左右挥动，好像让我们去接。[1]我的三个伙伴轮流跑过去，可竹竿没有掉下来。那根竹竿每晚都高高翘起，我忍不住跑了过去，刚到窗下，那竹竿就一下掉在我的脚边。我解开布疙瘩，里面包着十块金币。我觉得天上掉馅饼了。回到阳台上，再看那个窗口，只见里面伸出一只雪白的手，摊开手掌，又握成了拳头，看上去是个女子的手。以后隔几天，就如此抛下一个包着金币的布袋，当然每次都只有我跑到窗下，钱袋才会落下来。直到有一次，钱

❶设置悬念

为什么只有“我”过去后竹竿才掉下来呢？运用对比手法，设置悬念。

读书笔记

袋里夹着的一封信，才解开了我心中既惊又喜的疑团。

“原来这个摩尔富翁有个女儿，她就是索拉达，索拉达从小受到奶妈的熏陶和影响，向往信奉基督教的国家。她通过窗户，观察到我像个绅士，所以就想通过我的帮助逃出家门，到圣母玛利亚居住的国家。她还许诺，只要我同意，她愿意做我的妻子。我哪有不同意的，高兴还来不及呢。但是，怎么才能实现她的理想呢？这个姑娘很有心计，她早已设计好一套计划，只等我按照计划去实施。她的父亲给了她钱柜上的钥匙，她就将柜里的一部分钱取出来，交给我。她父亲的钱太多，拿了也看不出来。①这钱有两个重要用途，一是为我赎身，二是买一条出逃的船。然后趁她随父亲到海边休假的机会，我带她逃出去。后来我和同监的几个伙伴按照这个计划，雇人买了船，假扮成商船，等在海边。就在我把索拉达喊下楼时，被她父亲发现了。情况十分紧急，为了逃避海岸巡逻的敌兵，我们只好把她父亲和几个摩尔人也一块带上了船，在中途把他们放到了一个荒岛上。女儿虽然爱父亲，但更向往圣母玛利亚，坚持要做基督徒，只好忍痛与父亲离别。

①解释说明　交代钱的用途，显示出索拉达计划周全。

“在后来的航行中又历经风险，遇到了法国海盗的袭击，抢走了索拉达带出来的所有钱财。所幸我们终于到达了西班牙海岸。我们在维雷斯住了几天，同行的伙伴陆续回乡了，只剩下我和索拉达。我们用法国人发慈悲送的几十个金币，买了骑来的这头牲口。我一直是以父辈和侍者的身份伺候她，还不是她的丈夫。我很想知道家人的情况：父亲是否健在？弟弟是否比我运气好？不过命运既然让我做了索拉达的伴侣，其他运道，我都不在乎了。索拉达忍得了贫穷，诚心要做基督徒，我很敬佩，甘愿终生为

读书笔记

她效劳。

“诸位先生，我的故事就讲到这里了。是否有趣，是否新奇，各位自会做出明断。我只是想说自己是有意要讲得简略一些。由于害怕诸位厌烦，好多事情本来都到了嘴边，结果却又被我咽了回去。”

① 就这样，男子结束了谈话。费兰多、卡迪纽都表示愿意帮助他们渡过难关，但都被一一谢绝了。

①设置悬念 男子的举动为下文做了铺垫。

精华赏析

本章主要讲述了店里新来的两位旅客的故事。陌生男子讲述了他和索拉达相识并来到这里的经过，其过程离奇曲折，展现出索拉达勇敢无畏、大胆追求自己心中理想的精神。

延伸思考

从索拉达·玛利亚的举止可以看出她是个怎样的人?

相关链接

尽管桑丘如实告知了唐·吉诃德所发生的一切真相，但唐·吉诃德却毫不意外，他一心认为一切都是由魔法支配的，所有的变故都只是对骑士的历练，无论外界事物如何变幻都影响不了他，他总是能从自己的精神世界里对现实世界给出自己的合理解释，这种疯狂已经病入膏肓。新出现的两个角色也有着非同寻常的经历，他们又将会与唐·吉诃德发生怎样的故事，让读者不禁对后文充满了期待。

第十九章　客店奇遇

名师导读

在客店这个小环境里，又有什么新人物登场？又会有什么意想不到的事情发生？

天渐渐黑了。过了一会儿，黑暗中，又有一辆马车和跟随的人马到客店借宿。店主妇婉言谢绝，因为店里实在挤不下了，连一寸多余的地方也没有了。

①进来的一个随从说，来人是大理院的审判官。店主妇一听头衔就慌了，自己给自己找了个台阶，说缺的是铺盖，大人肯定是带着了的，所以自己的卧房还可以腾出来让给大人。就这样把一行人迎了进来。

①侧面描写 反映出当时社会人们对权势的畏惧。

只见审判官穿着褶袖长袍，搀着一个不过十五六岁穿旅行服装的小姑娘。小姑娘俊秀而高贵，令人惊叹，如果不是因为多若泰、露申达和索拉达已经在客栈里了，真会让人觉得难得有像那姑娘那么漂亮的人。他俩进门时，唐·吉诃德正在旁边，他一见审判官，就说道：

读书笔记

“请大人放心休息，这里地方虽小，但总有余地。阁下带来一位这么漂亮的姑娘，不仅城堡会开门迎接，巉岩也得为之让路，高山都要向其低头。大人快请进吧，这堡垒里都是英勇武士和绝代佳丽。”

读书笔记

审判官听了这番话很诧异，看唐·吉诃德古怪的言谈和举止，不知所措。这时露申达、多若泰、索拉达都进屋来看新来的客人，审判官看到在这人地生疏的小客店，竟有这么多的佳丽，觉得不可思议。大家客套了一番，决定还是按照原来的安排，女眷在那间顶楼上安置，男客们在外间休息。那小姑娘是审判官的女儿，跟其他女客在一起很高兴。

①当过俘虏的男子一见审判官，就有一种直觉，觉得那人可能是自己的弟弟。于是他向审判官的用人打听东家的情况，问其主人叫什么名字，祖籍是哪儿。据用人说，主人刚选上墨西哥的大理院审判官，正要到美洲上任。家住富翁山区的一个村子，叫胡安·贝瑞斯。妻子刚去世，有个女儿。男子听后已确定无疑那正是自己的弟弟，但他不敢贸然相认，怕弟弟嫌自己穷。他向神父请教，神父让他在里屋等着，自己则跟审判官讲起了男子的故事，想试探一下审判官的态度。哪知审判官听到有他哥哥的消息，很动情，很想见哥哥。而他所说的那些真诚的话语也使在场的人无不为之动容。在这种情况下，神父从里屋把男子和索拉达一起搀出来与审判官见面。

①叙述 他的直觉对不对呢？设置悬念。

读书笔记

兄弟俩紧紧地拥抱，热泪盈眶。接着审判官又拥抱了索拉达，并表示愿意把自己的全部财产供她使用，还叫

注释

巉岩：高而险的山岩。

读书笔记

自己的女儿去拥抱她。看到他们亲人相逢，大家都流下了热泪。大家主张男子和索拉达跟着弟弟到赛维利亚去，把哥哥的下落通知父亲，父亲有可能来参加索拉达的婚礼和洗礼。

唐·吉诃德一言不发，留心观看，把这许多奇事都归结到骑士道的幻想里去了。

时间已到了后半夜，大家都想赶快休息一下。唐·吉诃德自告奋勇守卫这座城堡，以防巨人袭击。桑丘则垫着驴子的鞍鞯睡了过去。

天快亮时，多若泰听到一阵婉转柔美的歌声，她推醒了睡在身边的审判官的女儿克拉拉。克拉拉听到歌声哭了起来。[①]原来这个唱歌的小伙子是阿拉贡神士的儿子，在京城时，住在克拉拉家的对门。这位小伙子深深地爱上了克拉拉，克拉拉离开京城，这位小伙子就扮装成骡夫一直跟随在后。听了歌声，克拉拉心里酸酸的，多若泰宽慰了她一番，两人又睡下了。

❶细节描写 介绍了这个唱歌男子的身份，以及他和克拉拉之前的事情。

整个客店寂静无声，但店主的女儿和女佣还没睡，她们看到唐·吉诃德披挂骑马在门外守卫，就想趁机捉弄他一番，至少可以借他的疯话解解闷以，消磨消磨时光。整个客店的窗户都不临街，只有草料房有个墙洞朝外开着，是扔干草用的。两个姑娘就在这个墙洞口守着。只听得墙外唐·吉诃德来回巡逻，嘴里还在喃喃自语，诉说着对杜尔西娜娅小姐的相思和爱慕："噢，我那托波索的杜尔西娜娅小姐啊，[②]你是美人中的魁首，聪明智慧的巅峰，绰约娴雅的典范，贞节情操的楷模，总而言之，你将人世间一切可贵、可敬、可爱的品德集聚一身！此时此刻，尊驾

❷排比、夸张 唐·吉诃德一直做着完美的梦。

在忙什么？你是否在想着那不避风险，一心为你效力，唯你之命是从，成为你的奴仆的骑士？快告诉我希望我为你做些什么吧！也许，你正满怀艳羡的心情望着天上的皓月，看着它，或是一边在你那宫阙的回廊漫步，或是凭栏小憩，一边又在思索着怎样既能保全自己的贞洁与尊严，又能抚慰我这为你破碎的心，怎样奖励我的辛劳，怎样消除我的忧虑以及怎样使我起死回生，怎样回报我的奔波征战。你啊，我的太阳啊……”正说到情意绵绵的当儿，店主的女儿开始跟他搭讪，透过墙洞喊道：

“先生，先生，劳驾到这儿来。”

唐·吉诃德透过明晃晃的月光，看见墙洞口有人叫他，他本来就把客店当城堡在守卫，这下他又认为是堡垒长官的女儿像上次那样，痴情突发，纠缠于他。他不愿显得无礼，就掉转马头，来到墙洞边，见到了两个姑娘，说：

“美丽的小姐，您空怀满腔柔情却不能得到以您的果敢和殷切而应该得到的回报，对此，我深感遗憾。您可不要怪我这个死心眼的人，我已经把整个身心交给了另外一位我一见钟情的小姐，不能顾念第二人了。除了这，我愿意为您效劳。”

女佣说：“那请你伸出你那美丽的手，以平息她心中燃烧的情火。她不惜名声，跑到这窗口，要被她父亲知道了，至少也要割掉她一只耳朵！”说完就跑到马房，拿了桑丘套驴的缰绳，急急赶到洞口，她断定唐·吉诃德肯定会满足她的要求。

果然，唐·吉诃德已站到了马鞍上，因为窗口离地

读书笔记

读书笔记

读书笔记

读书笔记

较高，只有站在马背上，手才能伸进窗口。他把手伸进窗口，道：

“尊敬的小姐，请您接受我这只清除世界上一切罪恶的手。这只手从未被任何女人碰过，包括已经拥有了我整个身心的那位。我不是伸给你亲吻，而是让你瞧瞧手上的筋腱、肌肉，体会一下它的力量。”女佣说：“咱们就来瞧瞧吧。”她把缰绳打个活扣，一下套在唐·吉诃德的手腕上，然后把另一端牢牢拴在房门的插销上。唐·吉诃德感到手被绳子勒得发痛，便说道：“我的心对您无情，怪不得这只手，痴情人不应该这么毒辣地报复。”

读书笔记

女佣和店主的女儿笑得要死，赶紧抽身跑了。唐·吉诃德就这样被拴在那里，无法脱身。他战战兢兢，只怕驽马难得稍有移动，他的双脚离开马背，身体就会悬空。好在驽马难得表现得耐心而安详，一点儿没动。唐·吉诃德认为这次又被城堡的魔法耍弄了，他暗暗责怪自己的冒失。

眼看天就快亮了。唐·吉诃德嗟叹自己的命运不好，他忽而渴望得到阿马迪斯那把能抵御魔法的宝剑，忽而觉得自己被魔法镇住，担心世界上没有他就会变得不可收拾，[1]忽而又一次想起自己心爱的托波索的杜尔西娜娅，忽而呼唤起当时正躺在驴具上面蒙头大睡，连生身的老娘都已不再记得了的忠实侍从桑丘，忽而祈求法师利尔甘德·奥和阿尔吉菲能够帮忙，忽而又盼望挚友乌尔干达能前来救援。总之，此时他像公牛低吼一样呼唤着亲朋好友，求他们帮他破除魔法。就在晨曦初露时，远处来了四个骑士，装备、服饰都很讲究，靴边挂着大枪。他们跑到店门口，大声拍起门来。不远处的唐·吉诃德见了，记起了自己守

❶排比、心理描写

身处困境，唐·吉诃德寄希望于外力，也表现了他的无奈。

卫城堡的任务，于是朝这一伙人大声喝道：

“不准敲堡垒的门！不管诸位是骑士、侍从或者别的什么人，你们都不该拍打这座堡垒的大门。显而易见，这个时候，里面的人正在睡觉。你们走开点，等天大亮了再说。”

其中一个骑士说：“我们是过客，只想给牲口加点草料，我们还要赶路，你不要胡说八道什么堡垒不堡垒的。”

同来的人已经没耐心听他们对话了，又狠狠地拍起门来，把店主和客人们全都喊醒了。驽马难得一直温驯地驮着直挺挺的主人，不想远道而来的四匹马趁着主人喊门的空隙，朝驽马难得这边靠过来，对驽马难得温存起来。驽马难得毕竟是血肉之躯，把持不住，便与“来客”互相温存起来。这一动不要紧，却害苦了马背上的主人。马身一动，唐·吉诃德那紧并着的双脚就失去了依托，滑下马鞍，凭着一条胳膊，悬空吊在窗下。一阵剧痛，让唐·吉诃德觉得手腕断了一般。其实，他悬得没有多高，踮起脚尖就能够到地面。不过，这样反而更糟。因为感觉到离地不远，于是他就拼着命地往下够，就好像那些受吊刑的人似的，由于被吊得刚离地面，误以为只要伸伸腿就能双脚沾地，于是就使劲地拉长自己的身体，从而造成更大的痛苦。

唐·吉诃德忍受不了这种痛苦的刑罚，失声狂叫，把大家都喊了过来。被吵声惊醒的女佣，突然想到自己睡前做的事，慌忙赶到草房，解开了绳子。唐·吉诃德立刻摔在了地上。店主和几个旅客刚好赶到，看他躺在地上，便问他为什么大喊大叫。[1]唐·吉诃德一声不吭，爬起来，

读书笔记

读书笔记

❶动作描写　一系列动作将唐·吉诃德委屈气愤的心情表露出来。

翻身上马，向着野外奔驰了好一段路。然后又掉转马头，缓步走了回来，说道：

“不管他是谁，只要我的女主人米戈米娜公主准许，我就向他挑战，和他决斗！”

①新来的几个客人听了这话很诧异，店主告诉他们这个唐·吉诃德是个疯子，他们这才恍然大悟。他们向店主打听店里是否有个十五六岁骡夫打扮的小伙子。唐·吉诃德见大家都不理会他的挑战，又气又恼。但米戈米娜公主还没恢复王位，他不好挑起新的事端，于是在一旁看他们能找出什么小伙子来。谁知一个旅客在一个骡夫身边找到了正在熟睡的年轻人——唐·路易斯少爷。年轻人揉着眼睛，细细一看，见抓着他胳膊的竟是他父亲的用人，大吃一惊。用人便告诉他如何从他同学那儿打听到他的下落，又如何四下寻找，现在终于找到了，要带他回家，向他父亲交差。

①叙述　大家都认为唐·吉诃德是个疯子。

②唐·路易斯不肯回家，说要完成一件性命攸关的大事。但来人说唐·路易斯一定得马上回家，他父亲见不到他的面就活不成了。唐·路易斯喊道：“你们休想带我回去，除非是带着我的尸首。如果你们来硬的，我就不活了。”这年轻人泪如泉涌，说不出话来。

②叙述　“性命攸关”一词突出了他对克拉拉小姐的感情之深切。

审判官听到了争辩声，便过来询问情况。审判官让那四个仆人放心，事情总会圆满解决的。随后，他拉着唐·路易斯的手将他带到一边问他到底是怎么回事。就在他们两个叽叽咕咕的时候，大门口突然又传来了吵闹声，原来有两个旅客想趁乱赖账，溜出旅店去，被店主抓住了，双方扭打起来，店主妇和女儿想请在一旁无所事事的唐·吉诃德帮帮店主的忙。可是唐·吉诃德却说要得到米

读书笔记

戈米娜公主的同意。他跪在多若泰面前用游侠骑士惯用的言辞请求公主殿下允许他前往救助，公主马上答应了。唐·吉诃德立刻挎上盾牌，握着剑，赶到门口。只见赖账的客人在猛揍店主，唐·吉诃德却待着不动了。女佣、店主妇和女儿以为唐·吉诃德是个懦弱的胆小鬼，气得要命。

读书笔记

却说审判官把唐·路易斯拉到一边，问他到这里来的原因。年轻人紧握审判官的手，泪流满面地说道："尊敬的先生，我只能对您讲实话了。苍天有意，使我有幸见到了您的女儿、我的意中人克拉拉小姐，从见到她的那一刻起，我就将自己的心完全交给了她。如果您——我真正的尊长与父亲——不反对，我今天就可以娶她为妻。我因为她而背着父亲离开了家，因为她而穿上了这身衣服，为的是能够像飞矢追踪靶心，水手仰望北斗一样跟随她走遍天涯海角。她并不知道我的心意，至多不过是有几次远远地看到我哭泣罢了。先生，您清楚我父母的财力和家世，也知道我是他们唯一的儿子，如果您觉得这一切足以让您成全我的幸福，那就请您马上接受我做您的儿子吧。[①]倘若家父因为另有打算而不喜欢我为自己营造的幸福，时光比人心更能使事态改观和发生变化。"

①语言描写 表现了年轻人的执着和对爱情的坚贞。

痴情少年说到这儿就打住了话头，而审判官一听，却惊诧不已。事情太突然，太出乎意料。他掂量着事情的利弊，最后劝年轻人不要着急，叫用人也不要当天回去，等想出一个两全其美的办法再做打算。

再说门口的冲突已经平息，唐·吉诃德并未动武，只是晓之以理、动之以情地好言相劝，顿时显出奇效，两位客人全都付清了欠账。

精华赏析

本章主要讲述的是审判官带着女儿入住客店之后发生的事。审判官意外与兄弟相认，克拉拉小姐的心上人被父亲派来的骑士找到，唐·吉诃德受到客店女佣的捉弄被绑住手腕挂在墙上狼狈地过了一夜。这一章中发生的事情较多而且比较零散，但各个事件之间相互关联，情节紧凑而又连贯，在纷繁复杂的一片混乱的场景中作者还能从容有序地展开故事情节，根据各人表现安排详略，使故事显得张弛有度，详略得当。

延伸思考

店主被赖账者打，而唐·吉诃德却待着不动，从中可以看出什么？试分析。

相关链接

世人都不能理解唐·吉诃德的精神世界，女佣对他的愚弄其实代表着人们对唐·吉诃德的嘲讽、排斥的普遍态度。而唐·吉诃德在心里把这当作魔法城堡的陷阱，并且幻想着种种可以让自己摆脱困境的小说情节，这其实只是他无力的反抗和对自己的慰藉。

唐·路易斯为了克拉拉小姐抛弃了自己的一切，不惜背着父亲离家出走，乔装打扮只为了能够陪伴克拉拉，这种痴情之举令人感动。

第二十章　铜盆疑案

名师导读

在是铜盆还是头盔的问题上，大家争论不已，到底是现实胜利，还是舆论的力量更大？铜盆事件又是怎么圆满解决的？

[①] 俗语说，魔鬼总是不甘寂寞的，一波刚平，一波又起。客店里又进来一个理发师，正是被唐·吉诃德抢走铜盆当头盔，又被桑丘换过驴具的那个理发师。

❶叙述　用俗语起头，引出后文。

理发师把驴牵进马房，看见桑丘正在修补的驮鞍正是自己上次被抢去的那只驮鞍，就把桑丘当成了小偷，要他把驮鞍、铜盆等全部还给他，嘴里嚷着："好啊，你个贼坯子，可让我逮住了！抢了我的铜盆和鞍具，赶快交出来！"

桑丘哪里肯还，于是二人扭打起来。桑丘边还击边说这些东西是他主人的战利品。[②] 唐·吉诃德在一旁看到侍从拳脚利落，非常满意。他已把桑丘看作一个有胆量的人，暗暗打算找个机会封他做骑士。唐·吉诃德把两人分开，又把驮鞍放在中间地上，让大家看明白那是什么东西。他显然是想要对事实加以澄清，他对众人说：

❷心理描写　唐·吉诃德心里一直奉行骑士道，因此也主张对决。

"这位客人分明搞错了，他说的铜盆，过去、现在和

读书笔记

将来都是个头盔，是我通过正义的战斗夺来的，当然应该属于我，合理合法。至于这个鞍可是我的侍从要求来装备自己的坐骑的，是经我允许的。”说完就叫桑丘把头盔拿来做证据。

东西拿来了，理发师要大家评评，到底是铜盆，还是头盔。

唐·吉诃德一脸严肃地说："诸位请看，我以鄙人所从事的骑士事业起誓，这就是我从他手里夺得的那个头盔，原封未动。"

“这倒是无须怀疑的，”桑丘接茬道，“因为，从得到它之后直到现在，我家老爷只戴着它参加过一次战斗，就是解救那些倒霉的囚犯那回，若是没有这个头盔盆儿，他可就有得受了，当时那石头块儿就跟雨点儿似的。”

和唐·吉诃德同乡的那个理发师也在场。他深知唐·吉诃德的脾气，他存心让大家取乐，于是帮他胡说起来，指认说这东西确实是头盔。神父也心领神会在一旁帮腔。受捉弄的理发师不知出了什么邪，一头雾水。①这么多体面的人都说是头盔，难道真是头盔不成？神父还说这两件东西到底是什么，由唐·吉诃德说了算。

①心理描写 强势的舆论使理发师也开始怀疑自己了。

知道唐·吉诃德底细的人当然都觉得这是一个绝妙的笑料，而不知道底细的人就会觉得荒谬绝伦，尤其是唐·路易斯的四个用人和新来的三个过客。这三个过客是巡逻队的队员，他们看铜盆被说成头盔，驴鞍说成马鞍，当然觉得莫名其妙。于是其中一个巡逻员忍不住插嘴道：

“这分明是驴子的驮鞍。谁说不是，准是喝醉了酒。”

这一来激怒了唐·吉诃德，他一边大骂“混蛋”“胡说"，一边举长枪对准这个巡逻队员的脑袋狠狠打下去。[1]那人侧身一躲，枪掉在地上，断成几截。巡逻队的其他队员见状，大声呼救起来，店里顿时乱成一团。混乱中，第一个遭枪打的巡逻队员，突然记起自己身上带着几张捉拿逃犯的拘票，其中有一张描述的罪犯的相貌正如唐·吉诃德。他从怀里掏出那张羊皮纸，一字一字地念起来，眼睛不住地瞄着唐·吉诃德。最后他断定唐·吉诃德就是他们要拘捕的人，便用右手一把抓住唐·吉诃德的衣领，抓得唐·吉诃德喘不过气来。

❶动作描写 说明那人动作很迅速，也可看出唐·吉诃德之愤怒，出手之狠。

神父拿过拘票一看，描绘的果然是唐·吉诃德。这时唐·吉诃德正猛烈反抗，双方互相纠缠着，多亏费兰多上去把他俩分开，两人都松了一口气。

读书笔记

神父暗中把唐·吉诃德的疯病告诉了巡逻队员，加上唐·吉诃德自己的表演，他们觉得多一事不如少一事。除了对唐·吉诃德释放囚犯的事不再追究，这几个巡逻队员还友好地调停了理发师和桑丘的争吵，双方对换了驮鞍。神父则瞒着唐·吉诃德给了理发师八块钱，偿还盆钱，理发师保证不再要盆。唐·路易斯家的四个用人也答应三人先回去复命，留下一人陪小少爷同行。克拉拉小姐因而喜形于色。店主追要唐·吉诃德两次的住店费，还有酒袋的赔款，审判官慷慨解囊，愿意代付，但费兰多抢在前面代付了。

读书笔记

唐·吉诃德一身轻松，他觉得应该把公主的大事完成，就找到多若泰，请求公主让他早点动身，去战胜巨人。

多若泰则摆出君王的架子，用庄重的腔调说道："骑士先生，非常感谢阁下急于救我脱离苦海的美意，您的确

读书笔记

不愧是位视扶孤济困为己任的骑士。希望苍天保佑您和我都能得遂己愿，以便让您知道这人世间还有知恩图报的女人。至于是否立即启程，我听您的，请您看着安排吧。既然已经将自身的安危和复国的希望都托付给您了，我自然不会对您的精心筹划提出任何异议。”唐·吉诃德嘴上说听凭上帝安排，转身却叫桑丘鞴马，立即出发。

桑丘这时摇着脑袋，说多若泰不是什么女王，因为他看见多若泰和他们一伙中的人亲吻。

多若泰满脸通红。原来费兰多确实有几回背着人，亲吻自己分别已久的恋人。桑丘看见了，所以就觉得她这样不像大国的女王。

唐·吉诃德听了侍从的话，认为是一派胡言，气得两眼冒金星，① 大骂桑丘是蠢货，是卑鄙的无赖，是没有教养、尊卑不分、愚蠢透顶、没轻没重、信口雌黄、胆大包天、多嘴饶舌、拨弄是非的东西，让他滚，免得挨揍，边骂还边跺脚。

❶叙述

排比的运用将唐·吉诃德对桑丘的愤怒表现得淋漓尽致。

桑丘吓得矮了半截，不知所措，只好转身躲开这个满身是火的主人。

机灵的多若泰早就摸透了唐·吉诃德的脾气，她说桑丘侍从是有良心的人，不会捏造证据坑人。这堡垒里的一切似乎都有魔法控制，也许桑丘着了障眼法。唐·吉诃德这才熄了火，断定桑丘遭到障眼法的控制。

读书笔记

费兰多要唐·吉诃德把桑丘找回来，免得他再犯迷糊。神父找来了桑丘，只见他战战兢兢地请求主人伸出手来，跪吻了主人的手。

唐·吉诃德祝福他说：“我的好桑丘，我跟你说过好多次了，现在你总该明白是真的了吧，这座城堡里的事情全都受着魔法的左右。”“当然相信，”桑丘说，①“只是毯子那件事情实实在在是真的。”“那不可能，”唐·吉诃德说，“如果是真的，我当时就替你出气了，即使是现在也不晚嘛。不过，无论是当时还是现在，我都看不出替你出这口气该找谁去。”

❶语言描写 毯子事件在桑丘的脑海中留下了难以抹去的阴影。

人们都想知道“毯子那件事情”指的是什么。店主将桑丘被人用毯子兜着抛上抛下的经过一五一十地叙说了一遍，逗得大家开心地大笑了一场。②如果不是唐·吉诃德再一次断言那是魔法在作怪，桑丘真的会羞死的。因为他总还不至于蠢到那种地步，知道自己是被有血有肉的活人而不是像他的主人以为和断言的那样，被梦幻或假想中的幽灵用毯子兜着抛来抛去的。怎么能相信那不是千真万确的事实呢？

❷叙述 说明唐·吉诃德的话让桑丘的心里好过了许多。

本章主要讲述了曾经被唐·吉诃德打劫过的理发师指认唐·吉诃德主仆二人是贼，随后巡逻队的人发现唐·吉诃德是被通缉的罪犯，最后神父只得告诉大家唐·吉诃德的疯病来息事宁人。故事情节一波三折，前后反转，有着令人啼笑皆非的效果。唐·吉诃德因疯癫而惹出这些麻烦，却又因疯癫而脱罪，因疯癫而得到人们的宽恕与帮助，这样的结果虽然出人意料，却又在情理之中。

延伸思考

桑丘为什么对毯子事件耿耿于怀？他面对主人的责骂，为何一味地忍让？

相关链接

这一章中多处与前文遥相呼应，唐·吉诃德之前所做出的种种疯癫行为会带来的恶劣后果是他不曾考虑过的，在他心中遵循骑士精神是唯一信条，而现实世界的法律法规都被他视作无物。桑丘虽然比唐·吉诃德清醒，但他对自己的主人却是盲信盲从，甚至对唐·吉诃德充满崇拜。这一对主仆都是与现实格格不入的。

第二十一章 骑士着魔

名师导读

神父等人想了什么办法把唐·吉诃德送回家？当唐·吉诃德发现自己被困笼中时是何反应？他又是怎样从着魔的状态中清醒过来的？

这群贵宾在客店又住了两天，觉得已经到了该上路的时候了。他们打算让神父和理发师照原计划，把唐·吉诃德带回家乡治病，多若泰和费兰多就不用为了演解救米戈米娜女王的戏码东奔西走了。恰巧有一辆牛车路过，他们想了个办法，[①]与赶车的讲定，设法把唐·吉诃德用牛车运走。他们先用栅栏木桩钉了一个足以装下唐·吉诃德的大笼子，可让唐·吉诃德宽宽绰绰地躺在里面。然后大家都照神父的安排，蒙上脸，装成各式各样的人，让唐·吉诃德认不出来。准备停当之后，他们蹑手蹑脚地进到了唐·吉诃德的房间。

①**叙述** 交代把唐·吉诃德弄回家的计划。

读书笔记

大家上前七手八脚把他死死地按住，缚定手脚。等他惊醒时，已经动弹不得。他瞪着眼看着周围奇形怪状的东西，又以为是魔堡里的鬼怪，自己则中了定身法。桑丘没

读书笔记

有化装，头脑正常，他虽和主人疯得相差无几，却还认识这些乔装的人物。他想瞧瞧他们把主人捆了如何发落，所以一直没敢开口。

唐·吉诃德看到自己被关在笼子里，装上牛车，便说过去的魔鬼都是腾云驾雾，天马行空，可今非昔比，魔法也变样了。桑丘在一旁回答说，这一伙不完全是真正的妖魔鬼怪。

趁着主仆两人谈论魔法，费兰多和卡迪纽都决定赶快动身，免得桑丘识破计策。其实桑丘已猜透八九分了。他们让店主人喂饱驽马难得和桑丘的灰驴，神父请几个巡逻队员一路护送，卡迪纽把唐·吉诃德的盾牌和那只铜盆挂在驽马难得的两侧。然后打着手势，让桑丘骑驴，牵着驽马难得。

读书笔记

神父、理发师与费兰多和他的伙伴，审判官和他的弟弟、多若泰、露申达等一一告别，互报了住址，约定互通消息。店主还送给神父一些手稿，神父看过那篇《何必当初》的故事手稿印象不错，所以很高兴地收下了。费兰多还特地要求神父把唐·吉诃德的情况告诉他。

神父和理发师戴着假面具，上了马，跟着牛车，两侧有巡逻队员，随后有桑丘骑着驴牵着驽马难得。①唐·吉诃德伸直两腿，背靠着栅栏，默默忍受着一切，像一尊石像。

❶比喻

“像一尊石像”表现了骑士的无可奈何，以及对现实情况的迷茫。

牛车走不快，走了两哩瓦路后遇到托雷都地区的教长和他的随从。教长对唐·吉诃德被关在这样的木笼里感到很奇怪。于是和神父攀谈起来，两人对骑士小说都有很深

注释

攀谈：拉扯闲谈。

刻的见解，但都认为应该驱除或销毁。

读书笔记

时间不知不觉到了中午，走到一个山坳，风景很美，理发师建议休息一下。桑丘乘机问唐·吉诃德，被魔法困住了，有没有想要方便的感觉。唐·吉诃德说早就想了，想了好几回了。

桑丘说："这就对了，着魔的人不吃不喝，也不睡觉，更不需要方便。你急着要方便，那就是没有着魔。"唐·吉诃德认为桑丘说得有道理，着魔可能有不同的方式，知道自己着了魔，就心安理得地待在魔法的笼子里了。如果知道自己没有着了魔，那就不能无所作为了。

桑丘建议主人试验一下，走出笼子，骑上驽马难得，再去冒冒险，撞撞大运。如果不成功，自己陪主人一起进笼子。唐·吉诃德一口答应了。

读书笔记

于是桑丘就向神父提出要求，让唐·吉诃德出笼子走走，并说自己担保他跑不了。教长在一旁也为唐·吉诃德担保，说只要唐·吉诃德以骑士的身份答应不经允许决不离开，走出笼子不会有什么问题。教长还抓着唐·吉诃德被捆着的两手，让他发誓，随后就开笼放他。

唐·吉诃德出了笼子感到无比的欢畅和兴奋，他做的头一件事情就是舒展一下全身，然后跑去拍拍驽马难得，像久别重逢的朋友那样说：

①"我的千里马呀，我说过上帝和圣母会保佑我们。你这马中的精英与楷模啊，很快咱们俩就又可以称心如愿了。你驮着你的主人，我驾驭着你，咱们一起去完成上帝派我来到这人间执行的使命。"说完就和桑丘跑到隐蔽的地方方便去了。回来后轻松了不少，便急着想试试侍从的出

❶语言描写

这句话表明唐·吉诃德是一个有理想的人，他的理想虽然荒唐但给他带来了无限的动力。

走计划。

教长注视着唐·吉诃德，见他疯得古怪，但有时谈吐却很高明。趁着等用人取干粮的空闲，他做起唐·吉诃德的思想工作来，劝唐·吉诃德少读点骑士小说，多读点史著，免得头脑糊涂。谁知唐·吉诃德一听到骑士小说，就打开了话匣子，大讲起他佩服得五体投地的骑士道来。[①]然后从骑士道讲到自己的游侠理想，讲到自己的心愿——做皇帝，甚至讲到侍从的赏赐——封他为伯爵。

①破折号的作用

破折号在这里是起到解释说明的作用。

教长想不到唐·吉诃德把真假混淆的一套疯话说得如此条理清晰，娓娓动听。再见桑丘傻头傻脑地跟在主人后面，附和着主人的话，觉得真是件奇事。

这时用人把干粮取来了，大家都坐下来吃东西。吃了一半，就听附近灌木丛中一阵骚动，夹杂着铃铛响。大家正疑惑不解，忽见响声处跳出一只母山羊来，山羊浑身是黑、白、黄三色的斑点。接着就有一个牧羊人追了过来，一把抓住羊的双角，像对人一样关切地说：

“花花儿，你这个野姑娘，你跑什么？是豺狼吓着你了吗？告诉我呀！回去吧，到羊圈里去，和你的女伴们一起，也许不是那么惬意，但至少是很安稳的。”

大家听了觉得很奇妙。教长就让牧羊人不要急，歇一歇，既然说它是个姑娘，就先不要勉强它，顺着它的天性。他邀请牧羊人入席，吃点东西，喝口酒。唐·吉诃德觉得这件事有点冒险的情味，想让牧羊人讲给大家听听。教长很赞同，说大家都想借此消遣一下。

读书笔记

只见牧羊人抓着羊角，在它背上拍了两下说：“花花儿，挨着我躺下，咱们不忙着回家。”

那小东西仿佛听懂了牧羊人的话，等主人坐下，就安静地乖乖地躺在旁边，还瞧着主人的脸，好像等着主人开讲。牧羊人呷了一口酒，然后讲了起来。

精华赏析

唐·吉诃德被他的好友们设计装入木笼弄回家，而唐·吉诃德却一反常态地默默忍受了，其心理活动耐人寻味。桑丘的一个建议让他瞬间清醒了，还对教长畅谈骑士精神、骑士理想。他的疯话中实则透露出其内心的澄明和对理想的执着。

延伸思考

当谈到骑士小说的话题时，唐·吉诃德是怎样的反应？

相关链接

一行人一致认为应该将唐·吉诃德带回家，所以唐·吉诃德被关进一个看似舒适实则滑稽的笼子里。作者在这里运用了象征的手法，笼子代表着对唐·吉诃德的骑士精神的禁锢。当唐·吉诃德意识到自己被围住时，他竟然天真地觉得自己是受到了魔法的控制，从这里可以看出唐·吉诃德将自己不能解释或无能为力之事归罪于魔法，以寻求一种心理上的安慰。

第二十二章　可怜的牧羊人

名师导读

牧羊人讲述了一个怎样的爱情故事？唐·吉诃德最后是怎样回到家的？

---

❶细节描写　对农民女儿特征的描写，为后文埋下伏笔。

牧羊人说："离这山坳三哩瓦路有个小村子，村子不大，却是这一带最富裕的。村上有个体面而忠厚的农民，人品很好，大家都很尊敬他。不过，据他本人讲，[①]他最得意的是有个美艳绝伦而又聪明、文雅、贤淑的女儿。凡是认识和见过她的人，无不惊叹苍天竟然让她无处不完美。她从小就好看，而且越长越漂亮，到十六岁时，已是远近闻名的美人了，甚至连王宫都传说着她的美貌。大家就像看稀罕物和朝拜显灵圣像似的从四面八方争相前来一睹为快。她父亲把她管得很严，她自己也很检点。

读书笔记

"家庭的财产和相貌的出众，打动了许多年轻人。本村的、外地的都来求亲，搞得他父亲反而没了主意。我也是求亲的人之一。在别人看来，我还是比较有希望的，家世清白、年纪轻、家境好。不过本村还有一个条件和我相仿的。这就使他父亲犯起难来，需要费心掂量，因为他觉得将女儿嫁给我们两个人中任何一个都可以算是佳配。为了能够摆脱困境，他只好把我们两人的情况告诉他的女儿——蕾安娜，让她自己选择。①这倒是所有想为子女操办婚事的父母应该效法的。我不是说任由她们去拣差的、坏的，而是将好的摆到她们的面前，让她们从好的当中挑选可心的。

❶议论

可见当时社会女子的婚姻之事多是父母一手操办的。

“我的情敌叫安赛姆，顺便也介绍一下，我自己的名字叫欧黑纽，我们是悲剧故事里的两个人物。

“就在好事待定之时，我们村上来了个叫维山特的人，是本村一个穷人家的儿子。他当过兵，到过国外好多地方，十二年后回来，带着几套衣服，换来换去搭配着穿，倒很新鲜得体。他常常坐在广场的大杨树下的石凳上谈自己的生平事迹。他经历丰富，讲的故事生动感人，他还懂一些音乐，会弹吉他，还能作诗。总之是个多才多艺的人。

读书笔记

“蕾安娜家有个窗子对着广场，她常在窗口看维山特表演自己的绝活，并听说了关于这个男子的生平事迹。从此，她迷恋上了他衣服上的华丽装饰，喜欢上了他那每一首都唱了不下二十遍的歌曲，最后竟鬼使神差地暗暗地恋上了他。

“一天她跟着那个当兵的逃出了村子。村里人和听说此事的人都感到不可思议。我不知所措，安赛姆目瞪口呆。②女孩子的父亲悲痛欲绝，亲戚们羞愤交加。当局甚为关切，巡逻队也纷纷出动，封住了所有路搜寻私奔的男女。

❷侧面烘托

通过对人们的情感和行为的刻画，显示出女孩子在当地受到了高度重视。

“三天后，他们在一个山洞里找到了只穿着一件衬衫的蕾安娜，她承认自己上了维山特的当。从家里偷出来的

读书笔记

大量钱财，都被维山特掳走了。维山特骗她说要带她到外国去，她信以为真，结果被关在山洞里。不过维山特没有对她行非礼之事，抢了东西就跑了。这样的结局又是大家始料不及的。女儿找到了，而且听说没有失去贞洁，做父亲的心里得到了点安慰，其他也就不计较了。不等回村，他就把女儿送到附近的修道院关了起来，期望人们淡忘这件丢脸的事。

“蕾安娜被关起来后，安赛姆和我苦恼之至，实在忍受不了，就相约着一起离开村子，跑到山坳里放羊。他守着他家的一大群绵羊，我守着我家的一大群山羊，就这样在树林里挨日子。我们或共同咒骂，或各自叹息，诉说着自己的思念和愿望。后来又有不少以前恋过蕾安娜的人也效法我们的样子，上山放羊，对天诉说，对羊弹琴，发泄心中对美人的不满，说她见异思迁，口是心非。没有一个角落，不在把美丽的蕾安娜的名字呼唤。总之，人人失落，人人迷恋，全都疯了一般，[①]有人从未跟她讲过一句话却要哀叹自己受到了轻视，更有人虽然压根儿没有得到过她的青睐却要大发病态的醋意。各位先生，我刚才跑过来对山羊说的那些话，就是这个缘故。它尽管是羊群里最好的一只，我却不稀罕它，因为它是个姑娘家。这就是我要讲的真情实事。我的茅屋就在前面，欢迎你们前去做客。”

①叙述 讽刺那些无所事事、无病呻吟的人。

读书笔记

牧羊人的故事颇受听众的欢迎，大家都愿意为欧黑纽效劳。唐·吉诃德慷慨激昂地说：

“牧羊人兄弟，我马上就可以跟你出发。蕾安娜肯定不愿住在修道院，我一定把她救出来交给你，随你处置，但要遵守骑士道的规则，不准侮辱她。你不要客气，这是我的职责。”

牧羊人打量着唐·吉诃德，看他衣衫褴褛，面容憔悴，很奇怪，就问理发师，这人是谁。理发师说，他是鼎鼎大名的唐·吉诃德——锄强申屈、扶弱降魔的英雄好汉。

牧羊人听了说：①“您说的好像是骑士小说上的那一套，都是游侠骑士的事，您是开玩笑吧。要么就是这位先生没有脑子。”

①侧面烘托

牧羊人的直爽与淳朴衬托出唐·吉诃德言行的可笑。

这句话可捅了马蜂窝，唐·吉诃德接口道：“你是个头号大混蛋！你才没有脑子。”说着，抓起旁边一个面包，使蛮劲向牧羊人劈脸就砸，把他的鼻子都砸扁了。牧羊人顾不得正在吃饭的其他人，跳起来向唐·吉诃德扑了过去，两手卡住他的脖子，牧羊人本可以把唐·吉诃德掐死，幸亏桑丘赶来，扳住牧羊人的两肩，把他推倒在席面上，砸碎了杯盘，掀翻了酒水和食物，真想毫不犹豫地将他扼死。唐·吉诃德脱身以后立刻乘势骑在牧羊人身上，桑丘则拳打脚踢，直踢得牧羊人浑身青紫，满脸是血。牧羊人在地上摸索，想找把刀进行血的报复，拼个你死我活。教长、神父都上来劝阻，而理发师乘机做了个手脚，让牧羊人翻了个身，把唐·吉诃德压在了身下。这下轮到唐·吉诃德满脸是血了，桑丘被教长的用人抓住，不让他上前救主人，急得他干跺脚。巡逻队和旁边的人都在取笑

读书笔记

注释

鼎鼎大名：形容一个人的名气、声望很大。鼎鼎，形容盛大的样子。

读书笔记

作乐，好像在看狗咬狗。

正当双方打得不可开交，看热闹的兴高采烈的时候，忽然传来一声号角声吸引了人们的注意，音调非常凄惨。唐·吉诃德激动无比，他求牧羊人住手，说这个号角声是喊他的。牧羊人也打累了，立刻放开了手。

唐·吉诃德忙爬起来，循声望去，原来由于那年天不下雨，那一带地方各个村庄的人们纷纷以游行、祷告和鞭身的方式祈求上帝能够张开慈悲的双手洒下甘霖，他们正结队去朝拜山城上一个圣人的茅庵。唐·吉诃德又以为来了奇险之事。他看到一行人还抬着一尊披着丧服的偶像，认为是抢了一位贵家女子。念头一动，马上赶到正在啃青草的驽马难得旁，抓起佩剑，挎上盾牌，翻身上马，喊道："诸位，这会儿可以瞧瞧名副其实的游侠骑士在世上是多么重要！等我解救出这位被抢的贵夫人，你们就该知道尊敬游侠骑士了。"

读书笔记

说完，他拍马就朝祈祷队伍奔了过去，桑丘喊也喊不住，神父、教长拦也拦不及。

唐·吉诃德赶到队伍前头喝令队伍停下，说有话要说。其中一个教士看到他一副怪样，骑着匹瘦马，说不出的好笑。他对唐·吉诃德说："有话快说，两句说完，不然我们这些弟兄会把你鞭打得皮开肉绽。"

唐·吉诃德说："一句说完。①我要你们立刻释放这个美人。那泪眼和愁容充分说明她被挟持并受过凌辱。鄙人专为铲除此类暴行而生，如不立即还她以她一心期望并应该享有的自由，我绝不会让你们前进一步。"

①语言描写 唐·吉诃德不分青红皂白就摆出他锄强扶弱的可笑论调，又挑起了事端。

大家听了这一套话，认为他准是个疯子，都哈哈大笑起来。这无疑是火上浇油。唐·吉诃德一声不吭，拔剑直向担架冲去，抬担架的一个人丢下担架拿着木叉上前应战。第一回合抬担架的人的木叉被砍去了枝丫，剩下个木桩。那人就用木桩朝唐·吉诃德狠命打去，唐·吉诃德的盾牌挡不住这股蛮力，一下子滚落马下，跌倒在地。

读书笔记

桑丘气喘吁吁地赶来叫抬担架的住手，那个抬担架的瞧唐·吉诃德僵直地挺着，以为他死了，便像兔子似的落荒而逃了。桑丘蹲在主人身边痛哭起来。哭声唤醒了唐·吉诃德，他开口第一句就说：

“最甜美的杜尔西娜娅，我现在的痛苦比不上和你分别的痛苦。桑丘朋友，你扶我上魔车吧，我整个肩膀被打得脱了节，马是不能骑了。”

读书笔记

“太好了，这就对了嘛，我的主人，我马上照办。这些先生也都是为您好啊，让他们把咱们送回村去，以后再设法出来，准会名利双收。”

唐·吉诃德答应了桑丘的请求，认为还是避过眼下的晦气是上策。

教长、神父、理发师都异口同声地说这个主意好，不过心里还是暗暗好笑。他们照旧把唐·吉诃德放在车上，一行人重整队伍，牧羊人首先告辞，然后巡逻队员拿了神父给的辛苦费也打道回府。①教长也与神父辞别分手，他关心唐·吉诃德的病情，要神父告诉他以后的状况。剩下同村的四人和牲口循道而行，六天之后到了家。

❶细节描写　写出教长对唐·吉诃德的关心、同情。

他们进村时正是中午，碰巧又赶上是礼拜天，大家都拥上来看看车上拉的是什么，结果却发现这个躺在干草堆上面黄肌瘦的人竟然是他们的街坊。一个孩子跑去告诉唐·吉诃德的家人。女管家和外甥女号哭着，咒骂着骑士小说，出门迎接主人。那情景真是感人肺腑。

听到唐·吉诃德回来的消息以后，已经知道自己的丈夫去给他当了侍从的桑丘的老婆一见桑丘，先关心驴的情况，看见驴健在，就问桑丘给她和孩子买了什么。桑丘却说，①只要上帝让他们再一次出门冒险，一转眼他就会当上伯爵或海岛总督。起码这种冒险吃饭、住店一个子儿也不用花。

❶叙述 表现出桑丘对冒险的期待，他想要不劳而获，期待在冒险中有奇遇。

再说唐·吉诃德进了门，女管家和外甥女就给他脱掉衣服，扶他睡在昔日的床上。唐·吉诃德斜着眼睛望着她们，一时间竟然不知道自己到了什么地方。神父吩咐她们一定要好生看护，这次把她们的主人弄回来是费了九牛二虎之力的。

两个女人听了，②一会儿祈求老天保佑，一会儿咒骂骑士小说，一会儿还恳请上帝将那些编造那类谎言、瞎话的家伙们打入十八层地狱。但她们拿不出有用的方法管住主人。她们提心吊胆，总担心这位东家、这位舅舅，一旦恢复了元气，就会销声匿迹。后来的情况果然被她们猜中了，唐·吉诃德又第三次出门历险了。

❷排比 加重感情，写出两个女人对骑士小说的痛恨。

唐·吉诃德在被神父等人押送回家的途中遇到了一位牧羊人，他听牧羊人讲述其爱情故事之后本想伸张正义救出牧羊人的心上人，却因骑士小

说之争与牧羊人大打一架，后来又因阻拦祈祷队伍而负伤，最后狼狈地回到家中。唐·吉诃德都已经被关在笼子里了还是不安分，这一对主仆的思想与神父等正常人的思想再次发生碰撞，冥顽不化的愚昧真是让人可气又可笑。而最后回到家中桑丘对老婆所说的话引人深思。他在这一场冒险中吃尽了苦头，不仅没能认清现实，反而在痴想里越陷越深，因为他一心只想着不劳而获，始终被当总督的白日梦吸引着。

延伸思考

桑丘老婆的反应表明了她什么样的人生态度？

相关链接

路途中遇到牧羊人的情节并非多此一举，反而通过牧羊人的故事让读者更进一步地感受到骑士精神已变得与社会格格不入和不可理喻。从牧羊人讲述的蕾安娜被关起来后仰慕者们各种失落的疯癫行为中，可以感受到当时社会上颓废的不良风气。

第二十三章　在家休养

名师导读

唐·吉诃德回家休养后是否醒悟了？乡亲们是怎么议论他的？他会放弃游侠骑士的梦想吗？

---

❶解释说明

解释了神父和理发师不去看唐·吉诃德的原因。

唐·吉诃德已经在家休养有一个多月了。[①]由于害怕会让唐·吉诃德重新想起往事，神父和理发师一个月都没有去看过他。不过，他们并没有因此就不见他的外甥女和女管家，还一再嘱咐她们好好照顾他，给他吃些补心健脑的东西，因为显而易见，他的病根儿就在那儿。后来，神父和理发师听他外甥女和女管家说，主人的头脑清醒一些了，就前去拜访，尽管几乎已经认为他无望痊愈，还是想亲自验证一下他康复的情况。

❷着装、言行描写

可见唐·吉诃德在谈论除骑士小说外的事情时神志清醒，并不像个疯子。

他们到了唐·吉诃德家，只见唐·吉诃德坐在床上，[②]头戴小红帽，身穿绿色的粗呢背心，枯瘦得像具木乃伊。但他言语得体，条理清晰，谈起国家大事皆头头是道，看样子确已恢复。为了确定疯病是否断根，神父有意提及西班牙与土耳其的战事。哪知唐·吉诃德听了，接口便说他有一条锦囊妙计可以献给西班牙国王，但不愿在神父和理发师面前说，怕他们靠不住，泄露这一天机。惹得神父和理发师诅咒发誓，承诺了半天，唐·吉诃德这才把他的妙策献了出来。他说：“我对天发誓，国王陛下只需传令全国游侠骑士到京城集中，六个人就够了。因为一个游侠骑士就可摧毁二十万大军。”

外甥女插嘴说：“难道舅舅又要去当游侠骑士不成？”

唐·吉诃德道：① “我到死都是游侠骑士。”

理发师忍不住插话，讲了一个精神失常的人被留在疯人院的故事来影射唐·吉诃德，哪知唐·吉诃德听了，生起气来。他认为把别人的才德、相貌、家世互相对照，实在是令人讨厌。他大赞以前游侠骑士的壮举和功绩，感叹今不如昔。他列举了一连串游侠骑士的英雄，最后说：② “我要向国王推荐的就是这些英雄，国王得到他们，既有了得力帮手，又可省掉大笔军费开支。现在即使我要被关进疯人院，也无所谓，我就耐心等待，总有需要我的时候。”

理发师忙解释道：“我不是这个意思，我是一番好意，您不要生气。”

神父为了打破尴尬，插进来问道：“唐·吉诃德先生，我怎么也不能相信您刚刚提的一大群游侠骑士是有血有肉的真人。我倒觉得那不过是虚构、神话和胡诌，是人们睡醒之后，确切地说是在迷迷瞪瞪的状态之下，讲出来的梦中幻影。”

唐·吉诃德说：“我的根据是千真万确的。读了故事就有印象，再按他们的性格和行为推究，面貌、肤色、身材等就一一活现在眼前了。”

③ 接着他又一个个描述起那些故事中游侠骑士的相貌

读书笔记

❶语言描写

“到死都是游侠骑士”，可见唐·吉诃德已经死心塌地地要做一名骑士了。

❷语言描写

表现出唐·吉诃德对英雄游侠的推崇，他还在做着游侠梦。

❸叙述

“如亲见一般”，说明唐·吉诃德对游侠故事印象很深，并且在其中掺入了自己的感情。

读书笔记

来，就如亲见一般，听得神父咂嘴赞叹道：“真是奇迹。”

就在这时，院子里传来一片吵闹声。原来是桑丘要来探望主人，却被外甥女和女管家拦在了门外。她们说桑丘不干好事，哄骗她们家主人外出乱跑。桑丘一听就不乐意了，大叫着反驳道：“你们全把事情弄反了，是你家主人带我到处跑，还花言巧语骗我，说要给我一个海岛，我还要问他要海岛呢！”

神父和理发师听了只觉得好笑。唐·吉诃德怕桑丘嘴上没闸，再说出胡话来，有碍自己的名声，就喊桑丘进来。神父和理发师便告辞了。他们看到唐·吉诃德还是满脑子糨糊，对骑士道的谬论坚信如初，对他不再抱什么期望，不过很想听听这疯疯傻傻的主仆两人在一起说些什么。神父就说：“外甥女和女管家肯定会偷听的，到时只要向她们打听就可以了。”

与此同时，桑丘进了屋，唐·吉诃德就关上门，对桑丘说：①“桑丘，你说是我把你骗出去的，这话我听了很难过。可是，你明明知道我也没有待在家里呀，我们一起出门风餐露宿，同甘共苦，过的是一样的日子。要说你被人家兜在毯子里抛耍过一次，我受过的皮肉之苦又何止一百次呢！这就是我比你多得的好处啊。再说你被人家抛耍，我心里是多么的难受……不说这些了。桑丘朋友，我想问你，村上的人对我们是怎么看的，对我的勇敢、我的功绩、我的礼貌，他们有什么议论吗？你既然是我的忠实仆人，就如实地把在外面听到的告诉我，不要漏掉一句好话，也不要隐瞒半句坏话。”

①语言描写 可见唐·吉诃德并不认为对桑丘的许诺是哄骗之词。

读书笔记

桑丘答道：“那行，不过有话讲在前头，您既然什么都要听，那么我说了，您就别生气。"

唐·吉诃德说："我决不生气，你照实说。"

"好，我就直说了。老乡们说您是特大号疯子，说我是头等傻瓜，绅士们说您不安分，不甘于绅士地位，自封了个头衔，骑士们说您太寒酸。关于您的勇敢、您的礼貌、您的功勋他们倒各有各的看法：[1]有人说疯而有趣，有人说有勇气没运气，有人说有礼貌而不得体……反正有好多话。总之，无论是您老人家还是我本人，都是浑身上下没剩下一点儿好地方。"

唐·吉诃德听后道："'出人头地遭人忌'，名人鲜有不遭诽谤的。如果就这么一些话，跟好人受到的那么多诽谤相比，我看还算不错。"

"不错？还多着呢，要想听全套的，我马上可以找个人来。有个街坊的儿子叫参孙，刚从大学得了学位，昨晚到家看到我，说您的事已经写成书了，书名是《奇情异想的绅士唐·吉诃德·台·拉·曼却》。我也被写进去了，还有杜尔西娜娅小姐。真不知道这作者是怎么知道我们两人之间的事的。"

"写这部传记的一定是个法师或博士，这种人笔下要写什么，眼睛就会看见什么。"

桑丘恍然大悟道："原来如此。听说写传记的人名叫阿默德。"

唐·吉诃德又起了好奇心，说想见见这位阿默德学士，如果不弄清楚，吃什么都不会有味道，于是便让桑丘先去把参孙找来见一面。桑丘立刻告别了主人，跑去找参孙学士了。

❶对比、反衬……别人的评价与唐·吉诃德的自以为是形成对比，反衬了他的愚蠢、可笑。

读书笔记

精华赏析

本章主要讲述了唐·吉诃德在家休养时，神父和理发师来探望病情，正巧遇上桑丘来见唐·吉诃德，并告知了唐·吉诃德外人对他的种种评价。本章中巧妙地运用了对比的手法，一开始唐·吉诃德还很清醒、有条有理，但是一旦提起游侠骑士，立刻就又陷入不自知的癫狂状态中，他早已把这种癫狂当作了自己清醒的认知。唐·吉诃德对自己的评价与外人对他的真实评价也形成了对比，充满了讽刺意味。

延伸思考

当唐·吉诃德听到写自己的专记时，有什么反应？桑丘和他的主人有哪些相同点和不同点？

相关链接

唐·吉诃德的疯病是否还有治愈的可能呢？从这一章的内容来看，似乎已经不可能了，因为他能在清醒状态下也坚守自己的骑士道，可见这种疯狂的执念早已深入他的骨髓，成为他意识的一部分。而他能够对那些虚构的游侠骑士英雄如数家珍，对他们了若指掌，把他们当作活生生的人来看待，可见他早已分不清小说与现实，与其说他把自己当成了小说里的骑士，不如说他把游侠小说当作了现实世界。

第二十四章　骑士传记

名师导读

游侠骑士传记，真是骑士的光荣啊！关于唐·吉诃德的骑士传记里都写了些什么？参孙学士会对骑士新的冒险之旅提出什么建议？

在等待参孙学士的时候，唐·吉诃德陷入了沉思：他的剑上敌血未干，人们就已迫不及待地要把他的仗义侠举刊行于世了。难道这是真的吗？要是真的，那真是魔法师的法术了。①他正这么惴惴不安地胡思乱想的时候，桑丘已经带着参孙来了。

❶心理描写　“惴惴不安”一词表现出唐·吉诃德内心情绪的变化。

参孙学士长得并不非常魁伟，不过却很狡黠，一张小白脸儿，一看就知道是个喜欢开玩笑捉弄人的人。他一见唐·吉诃德，果然本性流露，双腿下跪，请求吻骑士的手，并说全世界古往今来最有名的游侠骑士就是唐·吉诃德。唐·吉诃德把他扶起来，急切地问传记的情况。参孙说不但有这部书，而且已经出了一万两千册了。接着就说起了书中的一些章节，还特别提到了唐·吉诃德对杜尔西娜娅的爱情。唐·吉诃德听到这里便来了兴趣。他问参孙

读书笔记

❶叙述

由此可见，唐·吉诃德的经历已尽人皆知。

学士，在传记里，他干的哪件事最出色。[①] 参孙则卖起了关子，说仁者见仁，智者见智，也许有人认为是风车一事，也许有人认为是砑布机的事，甚至有人认为释放一群囚犯是压卷奇闻。总之这部书很详细，连桑丘老兄在毯子里翻跟斗的事也没漏掉。

桑丘说："看起来，这本书是真的。"

参孙接着对桑丘说："那当然，你是书中的二号人物，有人最爱听你说话。不过也有人说你是个死心眼儿，唐·吉诃德许诺你做海岛总督，你就信以为真了。"

桑丘听了有些不满，说自己比见过的那些总督要强多了，他们连自己的鞋底儿都不及，还不是照样被人尊为"大人"，照样用着银杯银盏，自己做个海岛总督是没有什么问题的。

读书笔记

参孙又讲了这部书中的一些情节安排不合理，还有好几处漏洞，比如，桑丘在黑山从皮箱里找到一百多个金币，这钱到底是谁的，还了还是花了？怎么花的？都没有交代。

桑丘答道："参孙先生，我这会儿没心思报账和闲扯，我饿得头发昏，若不赶紧去灌上两杯老酒润一润，可就支持不住了。我吃一口就回来，你们要问什么，金币怎么花，我都有话说。"说完就径自走了。

唐·吉诃德留参孙学士吃了饭，家常菜添了一对鸽子。吃过饭，两人小憩了一会儿，桑丘重又回来了。坐定后，便接着饭前的话题，说起了那金币的事。他告诉参孙："那些金币都花在老婆孩子身上了。原因很简单，跟着唐·吉诃德先生到处跑，这么长时间，把驴子也差点弄丢了，就这样空着双手回家能行吗？这事谁也管不着，假如外出挨的棍子用这钱来抵，就算四文一棍，再来一百个金币也不够抵一半的。

读书笔记

各人还是把手放到自己的心口，不必对别人说白道黑、说黑道白，人什么样是上帝定的，不如我的多着呢。”

参孙听了告诉主仆两人说，他将把这些转告作者，让作者在再版时加进去，据说还要出第二部。好在这部传记很流畅，通俗易懂，大人小孩都爱不释手。

正说着，听见驽马难得连声嘶叫。唐·吉诃德觉得这是大吉之兆，便决定三四天后再次出行。他把想法告诉学士，还请教他先到哪儿。参孙主张到阿拉贡王国的萨拉果萨城。因为过几天那里为庆祝比武节要举行几场隆重的武术竞赛；① 如果唐·吉诃德在比武场上压倒全阿拉贡的骑士，也就是压倒了全世界的骑士，从此便可名震天下。学士一边称赞唐·吉诃德出行是大丈夫之举，一边又提醒他小心行事，因为他的生命已经不再归他本人所有，而是属于所有需要他护佑和救助的苦难大众。

桑丘听了插嘴说：“我就是嫌他不顾性命，就像个馋嘴的孩子扑向一堆甜瓜似的冲向成百的武士。这次主人如要我随行，有句话要说在前面，我只照管他吃喝洗换，至于砍杀的事，别指望我。我不想靠勇敢出名，只想做个忠诚的仆人得到我该得到的那份奖赏。如果不费力气，不冒风险，白给我一个海岛，我决不推辞。老话说了，② 有人想要给你一头牛，你就赶快跑去找笼头；还说钱财到跟前，快往屋里搬。”

参孙学士说：“你要相信上帝和唐·吉诃德先生，他准会给你一个王国。”唐·吉诃德说：“求上帝保佑吧，做总督的事得由他安排。但我觉得就在眼前了。”

接着，唐·吉诃德告诉参孙，他想到杜尔西娜娅那儿去，向她辞别。③ 想请学士代为写几句辞别诗，务必写成藏头诗，就是令诗的每一行首字母依次拼来，正好是杜尔

读书笔记

❶叙述
说明这次比赛是一个机会，一个让唐·吉诃德名震天下的机会。

❷借代手法
进一步强调桑丘是讲求实际的人。

❸叙述
表现了唐·吉诃德对杜尔西娜娅的一往情深，尽管这感情很盲目而且还是一厢情愿的。

读书笔记

西娜娅的芳名。

参孙学士回答说，尽管自己还没有跻身于据说统共只有三个半的西班牙著名诗人的行列，但还是会尽力去写的。唐·吉诃德把动身的日期定在八天以后，他叮嘱学士严守秘密，特别不能让他的家人及神父他们知道，以免那光荣而果敢的决定受到干扰。参孙则让唐·吉诃德一定要随时告诉他事情的进展情况。于是三人就分了手。桑丘也回家去做启程的准备去了。

精华赏析

参孙学士告诉唐·吉诃德和桑丘他们的故事已在民间广为流传，他还建议唐·吉诃德去比武节打败阿拉贡的骑士。当众人都想方设法劝说唐·吉诃德放弃骑士梦想的时候，参孙这一角色却反其道而行之，怂恿唐·吉诃德再次出行，其目的令人好奇。

延伸思考

作者对参孙学士的形象描写是何用意？参孙学士为什么要建议唐·吉诃德去萨拉果萨城？

相关链接

从桑丘的言语中可以看出他陪同唐·吉诃德游历冒险的目的只是得到金钱或权利，与唐·吉诃德仗剑天涯，匡扶正义的理想截然不同，展现了现实主义与理想主义的碰撞，这也最终决定了故事的走向。读者也能从作者的细节描写中感受到两人都在潜移默化地影响着对方。

第二十五章　桑丘的梦想

名师导读

桑丘是怎么说服妻子同意他跟随唐·吉诃德去冒险的？他又向唐·吉诃德提出了什么条件？桑丘的条件得到满足了吗？

桑丘喜不自胜、兴高采烈地回到家，老婆看他乐得这样，疑惑起来，忍不住问道：“[①]我说，桑丘，什么喜事让你这么高兴啊？”

❶语言描写　桑丘的老婆对桑丘的表现感到不解。

桑丘解释说：“泰瑞萨，如果上帝乐意，我倒是宁愿不像现在这么高兴。你知道吗？我主人唐·吉诃德又要第三次出去探奇冒险了，这次我还是要跟着去。花完了一百个金币，说不定又能找一百个回来。这两天你帮我把灰毛驴喂好，漫游世界可不是闹着玩的，要和妖魔打交道。”

泰瑞萨说：“这游侠骑士的饭是不好吃的，我在祷告上帝，保佑你尽快脱离苦海。[②]听说你想做什么总督，其实做不做总督一样吃饭，一样进坟墓。不过，假如你哪一天真的做了什么总督，可别忘了你的老婆孩子。小桑丘已经十五岁了，倘若不是他那当修道院院长的舅舅一定要让他在教堂里混事儿，早该进学校了。还有你的女儿玛丽·桑茄，

❷语言描写　泰瑞萨是一个想法简单的底层人民的典型代表。

读书笔记

到了该成家的年龄了。”

“老伴儿，我记着呢！如果上帝让我做总督，我一定要让玛丽·桑茄嫁给大贵人，做个贵夫人。”

泰瑞萨却不同意桑丘的话，她认为还是门当户对的好，儿孙和和睦睦，常在眼前，不然会出丑受累。桑丘认为，玛丽真嫁个贵人，不下两三年，一切都会习惯，不会遭人作践，老太婆也可跟在后面享受荣华富贵，人家会称堂娜·泰瑞萨·潘沙。听到这里泰瑞萨更不同意了，说：“我受洗礼的时候取名泰瑞萨，多干净利索，不拖泥带水的，你给我安上什么堂娜的帽子我承担不起，我不想人家背后议论：‘瞧这个喂猪的婆娘，昨天还忙着纺麻线，今天倒出来摆阔。’我发誓，我和女儿决不离开家乡，你去碰你的好运，我们和坏运混日子算了。父母祖宗都没有‘堂娜’的名号。”

读书笔记

桑丘一听有点急了，说：“老太婆，你这个死心眼，我们看到谁穿着华丽的衣服，仆人前呼后拥，还不是不由自主地就毕恭毕敬了，他以前贫贱时的光景我们也是一清二楚的呀！让我弄一个可以使咱们脱离苦海的有油水的官儿当当，让玛丽·桑茄嫁给我挑选的女婿，而你呢，人家会口口声声地叫你堂娜·泰瑞萨·潘沙，往那教堂里有地毯、靠垫、幔帐的座位上那么一坐，气得那些土财主的太太小姐们干瞪眼。你说，这有什么不好？所以，泰瑞萨，你记好，世人不会记得谁过去的卑贱，只会看重当前的为人。”

读书笔记

泰瑞萨说：“行了，别咬文嚼字了。假如你一定要做总督，那么带着小桑丘一起去吧，可以教他怎么做总督。老子的职务，儿子要继承学习，女儿哪天做了伯爵夫人，我就当她死了，埋了。不说了，你爱怎么办就怎么办吧，我们做女人的只能嫁鸡随鸡，嫁狗随狗了。”

[1] 说完泰瑞萨就哭了起来，哭得那么情真意切，好像女儿真的被埋了似的。

再说唐·吉诃德。就在桑丘与他老婆对冒险的前景争论不休的时候，唐·吉诃德的外甥女和女管家也没闲着，她们通过无数迹象分明看出自己的舅舅和主人又想第三次离家出走去当他认定的游侠骑士。所以唐·吉诃德的外甥女和女管家正在竭尽全力，试图阻止这第三次冒险行动。

女管家对主人说：“我的先生，您老人家若是不老老实实地待在家里，还要像个冤魂似的山上山下乱跑，去找什么所谓的建功机遇，在我看来，这不是探奇冒险，而是自找晦气。您再这样下去我真要让上帝和国王来管着您了。其实国王陛下的朝廷上也有骑士呀，您干吗不安安稳稳地在朝廷上为万岁爷出力呢？”

唐·吉诃德说：“大娘，这你就不懂了。上帝会怎么回答你，我不知道；陛下会怎么回答你，我也不知道。我只知道，世界上有各种各样的骑士，只有像我们这样风里来雨里去、日晒夜露、跋山涉水的才是货真价实的游侠骑士。再多困难，再大的巨人也吓不倒我们。这才是第一等的骑士，理应受到国王的礼遇。”

这时候，外甥女插嘴道：“舅舅！那些游侠骑士的故事都是胡说八道、伤风败俗的东西。您年老体衰，却硬以骑士自诩，让人相信您老而骁勇、病而力大，虽然年迈却能降妖伏魔，去为人家申冤叫屈，能做得到吗？您并没有钱，只是个穷绅士呀！”

❶叙述 说明泰瑞萨哭得很伤心。

读书笔记

读书笔记

唐·吉诃德说："你一个小姑娘家，怎么可以口出狂言，批评起骑士来。

"你要知道，骑士可不是个个温文尔雅，自称骑士的未必都能经受得住考验。出身卑贱的，努力要强就上去了；出身高贵的，甘心堕落就被淘汰了。所以品性恶劣的贵人就是大贱人，穷绅士只能靠好品德，才能显得自己家世好。就像我这种有德之士，陌生人也能一眼瞧出好出身。[①]跟你们说吧，一个人要致富成名，有两条路，一条文的，一条武的，我拿枪杆子比拿笔杆子顺手，所以我可以说是不由自主。不管哪个反对，这条路多么艰难，我是走定了，你们不要再白费口舌了。我做游侠骑士虽有无穷的艰险辛苦，可也有无限的乐趣和好处。这样说吧，美德的路窄而险，罪恶的路宽而平，可是两条路的方向和终点截然不同：前一条是永生，后一条是送死。西班牙有个大诗人说得好：

'只有这崎岖小道，
通向不死的天庭，
其他路却达不到。'"

外甥女惊叹道："啊呀，了不得，舅舅还懂诗，真是无所不知、无所不能。我敢打赌，您要是做瓦工，盖房子也会像做鸟笼一样容易。"

[②]"这倒是真的，要不是把全部精力放在游侠事业上，我哪一样都能做得很好，尤其擅长做鸟笼和牙签。"

这时忽听得有人敲门，一问，是桑丘。唐·吉诃德很高兴见到桑丘，女管家却恨透了他，不想同他照面，于是

❶语言描写

这番话显得强词夺理，这也是他执迷不悟的体现。

❷铺垫作用

为后文唐·吉诃德被打败后准备改行做铺垫。

立刻躲了出去。

读书笔记

女管家见主人迎进桑丘后，关上了大门，料想到他们是在商量着第三次冒险。于是披上衣服忧心忡忡地去找参孙学士。她算计着参孙学士会说话，又是主人的新朋友，说不定他能打消主人出行的荒唐念头。

参孙学士正在自家院子里散步，听了女管家的请求，便让她先回家，做点热乎乎的早饭，他随后就到。女管家走了，参孙立即去找神父商量。

再说唐·吉诃德关上门，桑丘就迫不及待地告诉主人，他已经把老婆说服了。主人问桑丘，泰瑞萨是怎么说的。桑丘道："泰瑞萨说，'我对您得指头并拢，不要漏缝'，'白纸黑字，永无争执'，'条件讲好，不用争吵'，'许你两件，不如给你一件'。我说：'女人的主意，没多大道理'，可是'不听妇人话，男人是傻瓜。'"

读书笔记

唐·吉诃德说："桑丘朋友，你继续讲。今天你好像句句珠玑。"

桑丘说："反正您也知道，我们都是有今天却不一定有明天的人。人活在世上，只有上帝给的那一点寿命，不免一死。因为死神是聋子，她来叫门的时候总是火急火燎，求也不行，抗也没用，官也躲不过，僧也逃不了。人人都这么说，大家也这么讲。"

唐·吉诃德疑惑起来，说道："这些话都对，但你是什么用意呢？"

读书笔记

桑丘支吾了半天，终于说："是这么个意思，我想知道，我伺候您，每月多少钱？我不想要那个赏赐，什么海岛呀，总督呀！太远了，我就不指望了。"

“桑丘，你听着，[①]假如我在哪一本游侠骑士的传记上找到这样的例子，我倒可以跟你讲定工钱。可是就我所看到的资料，没有哪个游侠骑士与侍从讲工钱，做侍从只图个犒赏。主人忽而交了好运，给些海岛、爵位之类的报酬总是有的。跟你明说吧，你如还能照以前那样伺候我，再好不过，如不愿单靠赏赐跟我出去，那就请便，骑士道的规矩可不能破。”

❶语言描写

唐·吉诃德行事均以骑士小说为凭据。

读书笔记

桑丘没想到主人的态度这么斩钉截铁，一下子不知所措，心凉了半截。正在发呆，参孙学士来了，他一进门就抱住唐·吉诃德，对其第三次出门的行动大加赞赏，还说伟大的骑士如能收下他这个侍从，他将不胜荣幸。他真是滑头至极。

唐·吉诃德听了，对桑丘说：“你看，桑丘朋友，侍从多的是，参孙这样一个学士，一个人才，也要来做我的侍从了。不过我不能为了自己而委屈了他，我随便找个人就行了，反正你是不想跟我走了。”

[②]桑丘竟被感动了，噙着泪水说：“我的先生，不能让人说我‘肚子填饱，掉头就跑’。我可不是那种忘恩负义的人。谁都知道，特别是在这个村子里，我们潘沙家祖祖辈辈都是什么样的人。从您老人家的种种善举和诱人的许诺里，我已经明白了您有意提携我的盛情。我愿意跟您走的，愿意跟您走的，古往今来一切游侠骑士的侍从都好不过我。”

❷细节描写

表现出桑丘内心的感动，他也是个有情有义的人。

最后主仆两人拥抱在一起，重归于好，决定三天后动身。参孙答应送唐·吉诃德一只头盔。女管家和外甥女在旁看到这一切，心里把参孙恨透了，对他破口大骂。[③]她

❸行为描写

女管家和外甥女对唐·吉诃德满心担忧，但又无力阻止他出门，所以绝望万分。

们觉得，主人出远门，就是去送死，所以又是揪头发，又是抓脸，呼天喊地哀号起来，就好像唐·吉诃德已经死了似的。其实，参孙劝唐·吉诃德出门是按计行事。

精华赏析

本章主要讲述了桑丘想要为家人挣得地位与财富，但他老婆只想踏踏实实过日子；唐·吉诃德准备第三次出门冒险，他的外甥女和管家竭力劝阻，还请参孙学士来劝唐·吉诃德，结果却适得其反。本章中人物对话非常多，但最重要也最精彩的莫过于桑丘对老婆所说的话和唐·吉诃德对外甥女所说的那段话，看似简单浅显，但其中蕴含的意义非常深刻，发人深省，同时也批判了当时的社会现状。

延伸思考

唐·吉诃德斩钉截铁地拒绝了桑丘拿工钱的要求，为什么桑丘还愿意追随于他？

相关链接

在前文中桑丘总是反复提起那个总督梦，想要靠唐·吉诃德的赏赐一步登天，从此享尽荣华富贵，为此他吃了再多苦头却也不曾退缩，让人以为他只是个贪图荣华富贵的愚蠢之徒。但在本章的对话中可以看出他不仅仅是为了自己，更是为了妻子儿女，为了自己的家庭想要挣得那些地位和财富，尽管他生活在社会底层，也想给家人最好的生活。唐·吉诃德的生活比较富足，他不必为生活顾虑太多，所以他不考虑现实，一心只想追求理想。

第二十六章　杜尔西娜娅小姐

名师导读

唐·吉诃德和桑丘又开始了新一轮的历险，唐·吉诃德见到他日思夜想的杜尔西娜娅小姐了吗？

读书笔记

唐·吉诃德和桑丘在那三天里，办齐了他们认为必备的物品，第四天的傍晚出门往托波索去了。除了参孙学士，其他人都没有看见他们出门。参孙送了他们半哩瓦路，最后拥抱了唐·吉诃德，嘱咐他不管顺与不顺，都务必及时捎信给他，作为朋友，以便能够同他共喜同忧。唐·吉诃德一口答应，主仆两人，一个骑着驯良的驽马难得，一个骑着老灰驴，直奔托波索而去。

❶伏笔铺垫　为后文桑丘的一系列行为做铺垫。

[1] 天渐渐黑了下来。唐·吉诃德兴致勃勃地诉说着对心上人杜尔西娜娅小姐的相思。桑丘则有点忧心忡忡，因为主人马上就要让他带路，到杜尔西娜娅家去，其实他和主人一样从没见过这位小姐。主仆两人一个为了要见她，一个为了主人让他去他却没去见她，都心神不定。这样走了一天一夜，一路没有碰到什么大事，唐·吉诃德已经有点不耐烦了。第二天傍晚，托波索村出现在视野之中，

唐·吉诃德决计到天黑了再进村，于是两人拐进了村外的一片橡树林，等着天黑。

读书笔记

唐·吉诃德和桑丘走出树林，进到托波索时已是半夜时分，村里静悄悄的，四周一片漆黑。偶尔传来几声骡叫，几声狗吠猫叫。唐·吉诃德要桑丘领他去杜尔西娜娅的宫殿。桑丘哪里晓得，暗暗叫苦不迭，推托说只来过一次，这会儿也找不着道，不能怪他，让主人唐·吉诃德自己去找。唐·吉诃德听了，发起火来，说道："你这个混蛋！你败坏我的名声，我告诉你，我可从来没有见过这位绝代佳人，甚至没有跨进过她宫殿的门槛。我只是因为听到了她美丽而聪慧的名声而爱上她的，我不是都跟你说过一千遍了吗？"

读书笔记

桑丘一听，忙说自己也一样从来没有见过她，唐·吉诃德不相信，因为桑丘说他看过小姐在簸麦子。两人正争论着，来了一个下地干活的农夫，唐·吉诃德便上前打听公主的宫殿地址。农夫说他是外乡人，来富农家帮工，人地生疏，没听说镇上有什么公主，只知道有许多贵夫人小姐。要想找人，到教堂管事那儿去问便可知晓。说完就下地去了。

桑丘对垂头丧气的主人说：[1]"太阳就要出来了，咱们还在街上转悠不好，不如还先回到树林里，等天亮后，我先来打探，一个犄角旮旯也不落地跑遍这个地方，去找我那女主人的住处、城堡或宫殿。若是再找不到，算我倒霉；找到了呢，我就跟她搭上话，告诉她，先生您在什么地方等着她做出安排，使您能在无损她的清白与名声的前提下见她一面。"

❶语言描写

桑丘一席话既宽慰了主人，又为其赢得了圆谎的机会，可见其也有机敏的一面。

读书笔记

唐·吉诃德一听很高兴，认为桑丘是在全心全意为主人着想。其实，桑丘急着要鼓动他主人离村，是怕主人发现他上次未到托波索，未见到杜尔西娜娅。

安顿好主人，桑丘就转身骑着他的灰驴跑了。唐·吉诃德叮嘱了一番，心里还是不踏实，骑在鞍上，靠着长枪休息。就让唐·吉诃德先在那儿倒腾他那哀戚而纷繁的思绪吧。

却说桑丘也一样心神不宁。出了树林，看不见主人了，就下驴坐在一棵树下自问自答寻思起来，如果真到村里去找，搞不好要被人家当成勾引良家妇女的坏蛋痛打一顿。如何是好？起初，桑丘也跟留在那儿的主人一样心乱如麻。过了半晌，他心里突然来了主意：主人既然是这样一个疯子，我不如就来个指鹿为马，随便碰到个乡下姑娘就哄他说是杜尔西娜娅小姐。他不信，我就发誓，反正一口咬定，气势高过他一头，也许他就信了呢？①或许就以为是魔法师跟他捣乱，把杜尔西娜娅变了样子。

❶心理描写　看出桑丘已逐渐摸准了唐·吉诃德的心思。

桑丘打定了主意以后，心里踏实起来，并且自认为差事已经圆满完成。他坐在树下，一直休息到下午，这样好让主人以为他是到托波索走了一遭。说来也巧，他刚起身上驴，就见从托波索出来三个乡下女人，骑着三头驴子。桑丘赶忙回去找主人。主人正在那里长吁短叹，悱恻缠绵地诉说衷肠。桑丘说：

读书笔记

“先生，我给您带来喜讯了。杜尔西娜娅小姐带着两名侍女瞧您来了。您跑出树林就可以看见她。”

“神圣的上帝！桑丘朋友，你在说什么？你这不是在宽慰我吧！你犯不着用假喜讯来抚慰我的真相思。”

“哄你对我有什么好处呢？您马上就能知道我的话句句是事实了。快整整衣服。咱们的公主可漂亮了，黄灿灿金光一片，浑身珍珠宝石，绫罗绸缎。她们骑着三匹花点子小驴马，简直迷得人头晕眼花。”

“你说的是小女马吧？桑丘。”

桑丘道：“小驴马、小女马没多少区别，您赶快走吧！”

唐·吉诃德说：“多谢你带来的喜讯！我一定给你最好的奖赏。如果你不满意战利品，我家三匹母马正等着下驹子，生下的小驹子全归你。”

桑丘道：①“当然要驹子，下一回冒险的战利品还不知是什么东西。先生，快点儿睁大眼睛来迎接您朝思暮想的美人吧，她已经到了您的跟前了。”

他们一边说着，一边跑出了树林。唐·吉诃德朝托波索的大道上放眼望去，只见三个村姑，不禁疑惑起来，问桑丘是否把杜尔西娜娅小姐丢在城外了。

桑丘答道：“什么城外啊！她们不正跑过来了吗？身上珠光宝气，金光灿灿，您难道看不见吗？”

“我只看见三个乡下女人，骑着三头驴。”

“天呀！救救我的主人吧！难道这三匹雪白雪白的母马，在您眼里只是三头驴吗？”

②“千真万确，就像你是桑丘一样，就是三头驴，至少，看上去像驴。”

“先生，快别乱说了，您看仔细了，您的心上人就到跟前了，快去向她致敬吧！”桑丘一面说着，一面就抢着迎上去，扯住三个村姑中的一个人的驴头，跪下双膝说：

读书笔记

❶语言描写

桑丘始终都是个重物质的人。

❷语言描写

唐·吉诃德本还有一丝清醒，但很快就被桑丘三言两语糊弄过去了。

“美丽的公主、王后和公爵小姐啊，请您赏脸见一见您俘虏的苦脸骑士吧。他在您面前已慌做一团，面对您的玉容，他变得如同木偶石雕一般，头发昏，心不跳，不辨东西南北。我是他的侍从桑丘。”

这时唐·吉诃德已经跪在了桑丘旁边，瞪着一对眼珠子，将信将疑地打量着被桑丘称为王后和公主的那个女人。这个乡下姑娘，①相貌也不好，大扁脸，塌鼻子。唐·吉诃德满腹惊奇，却不敢开口。

①外貌描写　与唐·吉诃德想象的意中人形象形成鲜明落差。

被挡住的村姑不懂桑丘说了些什么，就不客气也不耐烦地发话道：“两个倒霉鬼！快走开，让我们过去，我们有要紧事呢！”

桑丘说：“哎呀！公主啊，我尊敬的女主人啊！您看到这么顶尖的骑士跪在您面前，您那宽宏的心就不能发发慈悲吗？”

谁知另一个乡下女人听了，叫道：“你们这些臭绅士，倒会拿我们乡下女人寻开心！快让开路，别自讨没趣！”

唐·吉诃德忙对桑丘说：“桑丘，起来吧。我知道，我的厄运还没有到头，恶魔让我眼生云翳，别人看见的是小姐的芳容，而我的眼里却是个乡下女人。”说着又转向被桑丘指为杜尔西娜娅的姑娘，说：“尽管看不到你的美貌，我还是拜倒在你的脚下，你就用温柔的眼光启动恻隐与爱怜之心。看看我吧！你一定会透过我面对你那已经改观了的容颜仍然谦卑长跪的痴心，看到我真心崇拜你的赤诚。”

那姑娘答道：“快走开吧，让我们过去，就多谢你了。”

桑丘让开路，那村姑一高兴，朝驴屁股上拍了一棍子，想快点赶路。谁知下手太重，驴儿痛得厉害，猛然往

读书笔记

前一个腾跳，把村姑重重地摔在了地上。唐·吉诃德见状忙上前搀扶，桑丘也赶过去拦住驴，把驴鞍扶正。他们正想把姑娘扶上驴，不想，姑娘一骨碌自己爬了起来。只见她后退几步，然后几个踮步上前，[1]双手往小驴臀部一撑，双腿一蹬，纵身一跃，便像个大老爷们似的稳稳地坐在了驴鞍上。动作之矫捷，引得桑丘失声惊叹。

❶动作描写 一连串动作形象生动地刻画出乡下姑娘豪放、矫健的身姿，对比唐·吉诃德心中的公主形象，让人忍俊不禁。

跟在旁边的两个女人，看见“杜尔西娜娅”上了驴，就赶起小驴快步飞跑着跟了上去。唐·吉诃德目送着她们，直到看不见了，才转身对桑丘说：

“桑丘，我是世上最倒霉的人。我多招魔法师们的嫉恨啊！你瞧他们对我坏和狠到了什么地步，居然改变了我意中人的本相，而且变成这么个又蠢又丑的乡下姑娘。甚至连贵小姐身上的龙涎香、花香都改变了。她身上一股生蒜味，熏得我直恶心。”

读书笔记

桑丘忙嚷道：“这些混蛋魔法师，真是坏心眼儿，说实话，我一点儿也看不见她丑，她右边嘴唇上有颗痣，痣上还长着几根金黄色的毛，挺顺眼。”

“桑丘啊，这些我一样都没有看见，我还是那句话，我是世界上最倒霉的人。”

唐·吉诃德乖乖地上了钩。听着他这些死心眼儿的话，桑丘险些忍不住笑出来。两人又骑上牲口，取道往萨拉果萨而去。他们想赶上那里每年一度的庆典。

读书笔记

唐·吉诃德一路走着，一路上心烦意乱、魂不守舍，气呼呼地想着魔法师的恶作剧有无破解之法。想了一会儿，他对桑丘说：“桑丘，那些吃了败仗前去拜见杜尔西娜娅的人和骑士可能不会受魔法障眼法的摆布，会见到小姐本相。我以后要把打败的俘虏送一两个去拜见杜尔西娜娅，叫他们事后向我汇报，这样试验一下。”

桑丘道：“先生此话有理。通过这个办法咱们就能了解到想要知道的情况了。如果她只是不能被您看见，倒霉的是您而不是她。只要杜尔西娜娅小姐健康愉快，咱们只顾冒险，慢慢自有办法。”

❶情景描写 桑丘被奇怪的人物吓坏了，这是些什么人呢？设置悬念。

①唐·吉诃德正想说什么，忽见大路上穿过一辆板车，车上人物奇形怪状，骷髅、天使、皇帝、魔鬼，无奇不有。桑丘早就吓坏了。唐·吉诃德以为又是奇遇，这么一想，兴致勃发，上前一把拦住大车，喝道：“快快招来，你们是何许人也，前往何方？”

魔鬼般的车夫停住车，和和气气地说：“早上在山后的村子演了一场，下午还得赶到山前的村子演出，为了节省时间，就穿着戏装上路了。”

唐·吉诃德说：“原来是这样，你们走吧，不过我从小就喜欢看戏。有什么要帮忙的，我很愿意效劳。”

❷外观描写 细致地写出了丑角的外观，铺垫后文。

正说着，②戏班子里扮丑角的赶了上来。他身上挂着许多小铃铛，头上系着大花球，手里挥着彩棍，蹦蹦跳跳，震得浑身铃铛“叮当”响。驽马难得可从未见过这架势，被吓破了胆，拼命向前蹿去。唐·吉诃德措手不及，被颠到地上，驽马难得也被主人手上的僵绳带倒在地。

❸动作、语言描写 从中可以看出桑丘对主人的忠诚和他善良的品质。

桑丘撇下灰驴去救主人，那个丑角却乘机跳上灰驴。灰驴也没见过这等怪物，又听背上铃铛乱响，便没命地朝山前的村子飞跑。③桑丘不知管哪一头才是，但他毕竟是个好侍从，最后顾不得驴子，赶到主人身边，把主人重新扶上马，说："先生，鬼把我的驴子抢走了。"

唐·吉诃德一听来劲了，他骑上马，对桑丘说："即使那个鬼带着你的驴子躲到地狱里，我也要把它追回来。"

这时，那个丑角跟唐·吉诃德和驽马难得一样，也从驴子上摔了下来，驴子又回到了桑丘身边。

唐·吉诃德还是想去教训一下那丑角，桑丘忙拦住主人道：

"主人，受了欺侮就想报复是不对的，更何况我们是骑士，怎么能和没有骑士封号的人交手呢？"

唐·吉诃德听后觉得很有道理，说道：[1]"好心的桑丘，精明的桑丘，善良的桑丘，坦荡的桑丘啊，咱们就放过这些鬼怪到别处去找更好、更值的机会吧。我看这片土地上应该有许多奇妙的机遇在等着咱们。"唐·吉诃德说完就骑着马和桑丘一起上了路。死神及其漂泊不定的同伙也回到了车上去继续自己的行程了。感谢桑丘·潘沙对其主人的一番通情达理的规劝，死神之车的可怕遭遇总算有了一个完满结局。

读书笔记

❶排比

唐·吉诃德对桑丘的赞扬，表现了他对桑丘的肯定与欣赏。

唐·吉诃德带着桑丘去寻找他心中的杜尔西娜娅小姐，但由于他们俩都没见过她，桑丘就随便找了三个女人哄骗唐·吉诃德，而唐·吉诃德只以为是魔鬼的障眼法蒙蔽了自己的眼睛，让自己看不清心上人的真实面容。唐·吉诃德在冒险时为自己设定了一个高贵美丽的公主形象作

为心上人，前文中处处做铺垫，到本章中才终于要让“杜尔西娜娅小姐”出场。但经过这样一系列的折腾，“杜尔西娜娅小姐”仍然未能在读者面前显露真容，这让读者不免有些遗憾。但作者这种巧妙的构思，给这种“遗憾”留下了想象的空间，因为我们其实可以想象得到，真正的“杜尔西娜娅小姐”其实也只是个普普通通的村姑罢了。文中唐·吉诃德原本不相信桑丘的谎话，却在桑丘反复的哄骗中转疑为信的过程十分精彩，读之令人忍俊不禁。

延伸思考

唐·吉诃德为什么说他是世界上最倒霉的人？

相关链接

桑丘轻而易举地让唐·吉诃德相信了路上遇见的村姑是杜尔西娜娅小姐，可见桑丘对唐·吉诃德的心理已经非常了解。但即使明知唐·吉诃德这样疯癫，他却仍然追随着唐·吉诃德，在心爱的驴子被人夺走之时还顾不得驴子，把唐·吉诃德放在了第一位。桑丘哄骗唐·吉诃德，却又帮助扶持他，明知道他是疯子，却还忠心耿耿，对他深信不疑。桑丘这个角色在故事中越来越丰满，越来越复杂，他已经不是最开始那个头脑简单、贪心愚蠢的人物了。

第二十七章 另一位骑士

名师导读

唐·吉诃德在树林中遇到的骑士究竟是什么人？他们两人决斗的结局如何？

遇到死神的当天晚上，唐·吉诃德和桑丘来到一片浓荫密布的大树林里，他们俩都累了，吃了些干粮，就在绿荫重重的几棵大树底下休息。

两人一边休息，一边聊起刚才碰到死神战车的事。

唐·吉诃德又发表起自己的高见：

① “戏剧是人生的镜子。编剧和演戏的人把这面镜子随时供我们照鉴，这对国家大有好处。所以我希望你不要瞧不起戏剧，要尊重编剧和演戏的人。

“人生的舞台也是如此，有人做皇帝，有人做教皇，有人做无赖，有人做骗子，反正戏里的角色样样都有。他们活了一辈子，演完了这出戏，死神剥掉各种角色的戏装，大家在坟墓里也都是一样的了。”

听了唐·吉诃德的高见，桑丘说：

“这个比喻好，可是不新鲜，我已经听过多次了。

❶语言描写 人生如戏，戏如人生。唐·吉诃德对此看得很透彻。

读书笔记

这就像一局棋的比喻，下棋的时候，每个棋子都有它的用处，下完棋，所有的棋子都混在一起，装在一个口袋里，好比人活了一辈子，最后都要埋进坟墓一样。”

唐·吉诃德听了，称赞道：“桑丘，你挺有长进嘛，呆气越来越少，灵气越来越多了。”

桑丘说：“贫瘠的土地浇了粪便，翻耕一下就会长出好庄稼来。我原来的脑子是贫瘠的土地，您对我讲的话是浇在上面的粪便，我侍候和跟随您的这段日子就好比是耕耘，我指望自己能够有个好收成，也就是不再离开和摆脱老爷您好不容易才把我这个笨人引上的文明之道。”

①唐·吉诃德听了桑丘这通咬文嚼字的议论，不禁高兴得笑起来。

❶神情描写 唐·吉诃德为桑丘的言论感到由衷的高兴。

两人谈了好长时间，直到半夜，桑丘的眼皮撑不住了，不一会儿就进入了梦乡。唐·吉诃德也在一棵大树下睡着了。②过了一会儿，一阵响声把唐·吉诃德吵醒了，他看到不远处有两个人骑着马跑来，其中一个骑士模样的人对另外一个人说：

❷设置悬念 来的人也是骑士？这是个什么样的骑士？

“我们休息一下，在这幽静的地方，正好让我想念一下情人。”

唐·吉诃德赶紧把熟睡的桑丘叫醒，兴奋地说：

“快醒醒，我们有奇遇了。”

桑丘揉揉眼睛问道：“奇遇在哪儿啊？”

唐·吉诃德用手指了指前面，那儿有个骑士，躺在地上，正在唱着情歌：

注释

贫瘠：（土地）薄；不肥沃。

读书笔记

小姐，请你凭自己的意愿，
指引我一条追随的道路，
我紧紧跟随，决不越出一步，
不论你叫我怎样我都心甘。
…………

那骑士最后以一声发自肺腑的长叹结束了自己的哀歌，过了一会儿，又以悲怆凄切的语气说道：

①“啊！贞洁的卡西尔德雅·台·万达莉亚，世界上最漂亮、最冷酷的小姐，你怎么忍心，叫你的骑士流浪吃苦，拒绝他的爱。我已经叫所有的骑士，包括唐·吉诃德都承认你是天下第一美人。”

①设置悬念

这名骑士为什么要说谎？

唐·吉诃德听了很生气地说：

“没有的事，我从来没有承认过。我的杜尔西娜娅才是天下第一美人。”那位骑士听了唐·吉诃德的话，客客气气地问道：“你是谁啊？是称心如意的人还是个伤心的人啊？”

唐·吉诃德答道：“也是个伤心的人。”

唐·吉诃德和桑丘走到那位骑士面前。唐·吉诃德和那位骑士一见如故，坐在地上很投机地谈了起来。如果说主人们的谈话偏于严肃，两位侍从的对答可就有趣多了。

树林里的骑士问唐·吉诃德：“先生，你大概在恋爱吧？”

读书笔记

“正在恋爱。”唐·吉诃德回答说，“爱情尽管苦恼，可也是苦中有乐啊！”

桑丘听着他们的谈话，忍不住插了一句。树林里的骑

读书笔记

士很生气，把桑丘和自己的侍从赶到另外一片树林里。

桑丘和那个侍从来到一棵大树下，一边吃着东西，一边海阔天空地聊了起来。

那位侍从对桑丘说："咱们指望着恩赐，吃点苦也就算了，游侠骑士如果不是倒霉透顶，他的侍从至少可以当一个海岛总督。"

桑丘也很高兴地回答道："我也愿意当海岛总督，我的主人已经答应我好多次了。"

两人讲得高兴，那个侍从拿出了一个皮酒袋，他俩喝起酒来，一直喝到醉眼迷蒙。正当两个侍从昏昏欲睡的时候，就听到唐·吉诃德和另一个骑士吵了起来，两人赶紧跑了过去。

读书笔记

原来，那骑士越谈越高兴，最后竟信口开河吹起牛来。他对唐·吉诃德说：

"我奉命走遍了大半个西班牙，降伏了许多胆敢和我作对的骑士，不过我最得意的是和大名鼎鼎的唐·吉诃德决斗，并把他打败了。我单靠这场胜利，就可算是降伏了世界上所有的骑士，因为唐·吉诃德打败过许多骑士，而我又把唐·吉诃德打败了。"

唐·吉诃德听了树林里骑士的话，又惊又气，对他说：

①"骑士先生，唐·吉诃德是我生平最好的朋友，我把他当作自己本人一样，可你现在却污辱唐·吉诃德。现在，我要和你决斗，随你步战、马战或什么战都行。"

①语言描写 唐·吉诃德没有表明自己的身份，而以朋友自称，刻画出他的虚荣心。

那骑士回答说：

"骑士决不能像盗匪一样在黑夜里格斗，我们还是等到天亮后再决斗吧。不过有个条件，输家要听赢家的发落。"

“这条件太好了。”唐·吉诃德完全同意。

唐·吉诃德和那骑士分别叫自己的侍从鞴好马匹，等天亮以后，两个骑士要来一场你死我活的决斗。[1]桑丘听后，暗暗为自己的主人捏把汗，因为他已经从那位侍从的嘴里得知，树林里的骑士本领不小。

过了一会儿，天亮了，决斗开始了。

桑丘这才看清了侍从的面容，这侍从的鼻子大得出奇，脸奇丑无比。那树林里的骑士戴着头盔，个子不是很高，但身体十分结实，铠甲外面披着一件罩袍，他的枪又粗又长，钢打的枪头有一拃宽。

唐·吉诃德看看骑士的外表，断定他一定力气很大，不过他并不害怕。他对骑士说：

“骑士先生，假如你不是只顾决斗而不顾礼貌，请你把面甲抬一抬，让我瞧瞧你的脸。”

那骑士说道：“骑士先生，等决斗以后，不论是胜是负，那时我会让你知道我是谁的。”

两人不再说话，各自上马。唐·吉诃德骑上马往后退，他要退远一段路以便往前冲，那骑士也往后退去。唐·吉诃德往后退了约有二十步，就听见骑士喊道：

“骑士先生，别忘了我刚才说的决斗条件，输家得听赢家发落。”

唐·吉诃德答道：[2]“我知道了，不过勒令输家做的事不能违反骑士道的规则。”

唐·吉诃德用马刺狠狠地扎了一下马肚子，受到这一刺激，那马痛得直向对面的骑士冲去。与此同时，那位骑士也用脚猛踢马肚子，可那马却站着一动不动。唐·吉诃德真是交上了好运，对手的麻烦还不只是马不听使唤，不

①叙述

树林里的骑士究竟是什么人呢？设置悬念。

读书笔记

②语言描写

作为骑士，唐·吉诃德具有无畏的精神，而且恪守原则。

知道是因为手笨还是由于匆忙，那长枪也不顺手。唐·吉诃德勇猛地冲上去，力量之大，把对手一下子撞倒在地。那骑士摔得很重，直挺挺地躺在地上，好像是死了。

唐·吉诃德得意地跳下马，替他解下头盔。一揭开头盔，唐·吉诃德吃了一惊，这骑士原来是参孙学士。唐·吉诃德大声喊道：

❶语言描写……… 写出了唐·吉诃德的惊讶。

①“桑丘，你快过来，你亲眼看见了也不会相信的。”

桑丘走过来，一看参孙的脸，也大吃一惊。他立即就连连画起十字，不住声地祷告起来。这时，那骑士的侍从已经把他的大丑鼻子摘掉，赶过来大声叫道：

“唐·吉诃德先生，这位骑士正是你的朋友参孙先生，我是他的侍从。”

桑丘见了那侍从，更加吃惊地叫道：

“圣母玛利亚保佑我吧，你不是我街坊上的老朋友托美·塞西阿尔吗？”

那个脱掉了大鼻子的侍从答道：“我就是托美·塞西阿尔，快去告诉唐·吉诃德先生，这位骑士确确实实是咱们村上的冒失鬼——参孙学士。”

❷解释说明……… 交代了参孙学士扮作骑士的原因。

②原来，参孙和神父、理发师都劝唐·吉诃德安安静静地躺在家里，可唐·吉诃德怎么也不愿意。后来，参孙学士和神父、理发师决定让唐·吉诃德出门，因为不让他出门看来是办不到的。于是参孙学士撺掇唐·吉诃德重操被荒废了的游侠事业，然后参孙就扮作游侠骑士在半路上拦住他，找个借口和他决斗，并且和唐·吉诃德讲好，输家要听赢家发落，如果参孙赢了，就叫唐·吉诃德回家，在家里规规矩矩、安安静静地待上两年，这样就有足够的时间来治好唐·吉诃德的病。结果是大家一致同意了这个

提议，因为他们相信参孙一定能打败唐·吉诃德。没想到，唐·吉诃德居然打赢了。[1]参孙没办法，只好灰溜溜地离开了，而且还被迫答应唐·吉诃德，前去拜访杜尔西娜娅小姐。

❶细节描写
决战的结果与参孙的预期相反，让唐·吉诃德回家的计划落空。

精华赏析

唐·吉诃德意外遇到了一个与他情况相似的骑士，两人在聊天中起了争执，最后决定来一场决斗，并约定输的一方要听从胜利者的指挥，唐·吉诃德打败了这个骑士之后才发现他就是参孙学士。原来这一切都是参孙学士为了阻拦唐·吉诃德外出冒险而想出的计策。唐·吉诃德的疯癫原本是绝无仅有的，没想到中途能出现另一个与他一样的骑士，这个人物的出现不禁令读者万分好奇，到最后结局急转直下，出人意料，却又与前文相照应，显得妙趣横生。

延伸思考

当唐·吉诃德看到有骑士出现时，他是怎样的心情？通读本章，试着想一想，如果树林里的骑士战胜唐·吉诃德，可能会是什么结果？

相关链接

唐·吉诃德一直是一个矛盾的人物，虽然他被骑士精神洗脑，但这并不妨碍他对人生有一个理性的认识。在他说出“大家在坟墓里也都是一样的”这句话时，读者可以感受到这是一个早已看透世事的人。而从桑丘的回答中，读者更能感觉到桑丘的变化，这也进一步说明了主人对他的影响。

第二十八章　骑士与诗人

名师导读

唐·吉诃德与狮子搏斗，是为了证明什么？他是怎么鼓励有才华的年轻诗人的？

读书笔记

唐·吉诃德忘乎所以、喜不自胜、得意扬扬地朝前走。由于刚刚打了这一场胜仗而自以为算是当代最英勇的游侠骑士了，他已不再把法术和法师们放在眼里，不再记得自己在以往历次行侠过程中所挨过的那无数棍棒，不再记得自己曾被石块砸掉了多少牙齿和苦役犯们的忘恩负义。可以说他把自己当游侠骑士以来碰到的许许多多的倒霉事，统统忘得一干二净，他甚至觉得，以后不管做什么事，都会马到成功了。最后，他心里琢磨道：如果能够找到为他那杜尔西娜娅小姐解除魔法的诀窍、方式或办法，真的就不用再羡慕历代最为走运的游侠骑士所得到的最大幸福。

❶行为描写

一个许诺，一个吹捧，两人各得所需，忘乎所以。

①一路上，唐·吉诃德向桑丘不停地炫耀自己，他还答应给桑丘一个伯爵封号。桑丘也很高兴，更加肉麻地吹捧唐·吉诃德，此时的唐·吉诃德已经完全得意忘形了。

这时，有个旅客骑着一匹很漂亮的灰褐色母马，从后面赶了上来。唐·吉诃德正在高兴的时候，忙客气地对那旅客说：

“绅士先生，我十分希望能和你结伴同行。”

那位旅客勒住马，仔细地打量着唐·吉诃德。他觉得唐·吉诃德长得稀奇古怪，脖子那么长，身材那么高，面黄肌瘦。唐·吉诃德也在目不转睛地看着对方，这人年纪五十岁上下，鹰嘴鼻，看起来和善而又不失庄重，他的衣服很华丽，看样子是个有身份的人。

唐·吉诃德见那人有些疑惑，忙对他说：“我这副模样很新奇别致，你看了可能会感到惊讶。我告诉你，我是一位游侠骑士，大名鼎鼎的唐·吉诃德骑士。我要重整已经衰亡了的骑士道，我奉行游侠骑士的职务，援助孤儿寡妇，保护已婚、未婚的女人和孩子。”

听着唐·吉诃德滔滔不绝的讲话，那位旅客直发愣，一句话也插不上来。过了一会儿，那位旅客才对唐·吉诃德说：

“骑士先生，听了你的话，我感到惊奇。现在世界上还有游侠骑士吗？我不敢设想，现在还有谁会去保护孤儿寡妇。要不是亲眼看见你，我实在是不敢相信。”

[1]唐·吉诃德讲完了自己的生平，要求旅客也讲讲自己的生平。那位旅客对唐·吉诃德说：

“我是名绅士，就住在前面的村子里。我叫堂狄艾果·台·米朗达，家里很富裕，守着老婆孩子和几个朋友过日子，每天无非是打猎钓鱼、望弥撒，时常捐出一定的家产救济穷人。我做了好事从不自吹自卖。我如果知道谁

读书笔记

读书笔记

❶叙述

唐·吉诃德希望知道旅客的生平。

读书笔记

和谁不和，一定会设法调解。”

桑丘对那位绅士关于自己的生活起居及消遣乐趣的叙述听得极为入神，觉得这位心肠好又虔信上帝的人，一定会给他带来好运。他忙跳下灰驴，迫不及待地跑过去揪住他右侧的马镫，满怀诚心、眼含热泪地连连亲吻那位绅士的脚。绅士见桑丘这样子，忙问道：

“老弟，你行这样的大礼干什么啊？”

“让我吻你的脚吧，我觉得你是我这辈子见到过的头一位骑马的圣人。”桑丘十分真诚地回答说。

米朗达十分热情地邀请唐·吉诃德和桑丘到他家里去做客，唐·吉诃德和桑丘答应了。

他们慢慢往米朗达家走去。[①]在路上，米朗达告诉唐·吉诃德，他有个儿子，在大学攻读拉丁文和希腊文，他不钻研学问，却喜欢诗歌。米朗达有些无奈地说：

①叙述

在路上米朗达对唐·吉诃德说了自己儿子的事情，表现出他对儿子的选择很不满意。

“诗，怎么能算是一门学问呢？”

唐·吉诃德听了，对米朗达说：

“先生，孩子是父母身子里掏出来的心肝。父母有责任从小教导他们学好样，识大体。至于攻读哪一门学科，我认为不宜勉强。不妨随他爱学什么就学什么。大作家的诗好比无价的精金，你儿子想必很好学，而且对希腊文和拉丁文已经打下基础。有这样的底子，再加把力，说不定可以在文学上登峰造极。品行纯洁的诗人，写出来的诗也一定纯洁。”

读书笔记

米朗达听了他的这番议论，对唐·吉诃德可以说是钦佩之至。桑丘不耐烦听唐·吉诃德和米朗达的谈话，看见附近有几个牧羊人在挤羊奶，就跑去向牧羊人买羊奶。

唐·吉诃德正和米朗达说着话，一抬头，看见路上来了一辆大车，车上插满了国旗，他以为又出了什么奇事，大声喊桑丘拿头盔给他。桑丘刚向牧羊人买了些奶酪，忙把奶酪装在头盔里，急急忙忙跑了回来，把头盔递给了唐·吉诃德。

读书笔记

唐·吉诃德接过头盔，就往头上一戴，奶酪一经挤压，浆汁沿着他的脸和胡子往下淌。唐·吉诃德大吃一惊，忙问道：

“桑丘，这是怎么回事，是不是我的脑袋烂了。也许是汗，快帮我擦擦。”

桑丘松了口气，幸好唐·吉诃德没察觉是奶酪，忙递了一块布给唐·吉诃德。唐·吉诃德擦干净脸和胡子，又把头盔戴上，握紧长枪，喊道：“来吧，我是勇敢的唐·吉诃德，即使是头号的魔鬼来和我交手，我也不怕。”

读书笔记

这时，那辆大车已经来到面前，车上没几个人，只有几头骡子拉车，唐·吉诃德拦着车问道：

“这车上装的是什么？往哪儿去？”

“车上拉的是两头狮子，是奥兰总督给皇上的礼物。”车夫回答说。

唐·吉诃德要车夫把笼门打开，他要和狮子决斗。

①那位绅士一听，脑袋一下子涨大了。他暗想：“这位骑士准是给奶酪沤软了他的脑壳，捂烂了他的脑子。”

❶心理描写

表现了绅士对于唐·吉诃德的行为难以理解。

桑丘也急了，连忙对绅士说：

“先生，请你看在上帝的分上，想个办法别叫我主人和狮子决战。”

绅士说：“我去劝劝他。”

读书笔记

唐·吉诃德正在催管狮子的赶快打开笼子，绅士赶到他面前，对他说：

“这两头狮子没有惹我们，况且那是献给皇上的礼物，就让它们走吧。”

唐·吉诃德不同意，他转身对管狮子的人说：“要是你不马上打开笼子，我就用长枪刺你。”

赶车的人见唐·吉诃德这样子，害怕地哀求道：“先生，请你行个方便，让我先把这几头骡子牵走，这是我唯一的家产。”

唐·吉诃德同意了，赶车人把骡子牵到远远的地方，然后回来准备打开笼子。

①细节描写

从唐·吉诃德的行为可以预知，他越疯癫给自己造成的灾难就越大。

[1] 米朗达和桑丘都极力劝说唐·吉诃德，可唐·吉诃德根本听不进去，他们见劝说无用，就各自催动自己的牲口，逃得越远越好。

赶车人又一次劝告唐·吉诃德，可唐·吉诃德还是不听，赶车人没办法，只好打开笼子，然后往树林里跑去。

笼门打开了，唐·吉诃德在考虑用步战还是马战，最后他决定用步战，因为他怕自己的马见了狮子害怕。唐·吉诃德跳下马，抛开长枪，抽出佩剑，提上盾牌，先是祈求上帝保佑，后又托庇于心上人杜尔西娜娅，接着以惊人的果敢与无畏一步一步向大车走去。

读书笔记

唐·吉诃德来到笼子前，目不转睛地盯着狮子。这两头狮子真是大得吓人，它们见了唐·吉诃德，从容地打了一个哈欠，然后又懒洋洋、慢吞吞地躺下了，用屁股对着唐·吉诃德。唐·吉诃德见狮子这样子，就叫管狮子的打它们几棍，好惹火了狮子让它们发怒。

管狮子的人说："骑士先生，你刚才的行为真是勇敢，你的盖世神威大家已经有目共睹了。依我说，决斗的人有勇气挑战，有勇气出场等待交手，就是勇敢者，对方不出场，那是对方出丑，胜利的桂冠应该属于那个等待交手的人。"

唐·吉诃德一听，十分高兴。他对管狮子的人说："朋友，你这话说得不错，把笼门关上吧。①我还要请求你一件事，把我刚才所做的一切，尽力向大家证实一番。现在你把笼门关上，我去招呼逃走的人。"

❶语言描写

唐·吉诃德觉得这是一件值得向世人夸耀的功绩。

唐·吉诃德将用以擦去脸上的奶酪汤水的手巾系在枪头上，招呼逃跑的人回来。米朗达、桑丘和赶车的人还在逃跑，见了白布的信号，他们的恐惧之情渐渐消除了一些，而且也清楚地听到了唐·吉诃德的喊声。桑丘对大家说：

②"我的主人一定是降伏了那两头狮子。他正在招呼我们回去呢。"

❷语言描写

表现了桑丘对主人的信任。

他们转过身，慢慢地，小心翼翼地往回走。当他们看见笼门已经关上，这才心有余悸地回到大车边。

唐·吉诃德的脸上全是笑容，他对赶车人说：

"老兄，你驾上骡子，继续走你的路吧。桑丘，拿两个金艾斯吉多给他们，我耽误了他们，算是赔偿。"

赶车人和管狮子的人每人拿了一个金艾斯吉多。管狮子的吻了一下唐·吉诃德的手表示感谢，还答应等见了皇上，一定把唐·吉诃德的英勇事迹禀告皇上。

唐·吉诃德得意极了，他决定称自己为"狮子骑士"。

他们目送大车走远后，才催动坐骑前行，午后两点

读书笔记

读书笔记

钟，他们来到了米朗达的庄上。

米朗达的庄院很大，四周堆放着许多酒坛子，这酒坛子是托波索的特产。唐·吉诃德睹物思人，又想起了那中了魔法、变了模样的杜尔西娜娅，于是他长叹一声，情不自禁地高声吟道：

“曾使我赏心悦意的东西，
如今看了只能追忆伤心！”

米朗达的妻子和儿子堂洛兰索正好出来迎接，他那爱好诗歌的儿子听到唐·吉诃德在吟咏诗歌，不禁对唐·吉诃德肃然起敬，决定和唐·吉诃德好好聊聊。

唐·吉诃德和堂洛兰索闲聊了一会儿，唐·吉诃德对他说：

“令尊大人米朗达对我说，你才情不凡，而且是个了不起的大诗人。”

堂洛兰索说：“我对诗的确很喜爱，也喜欢读好诗，也许算得上诗人，要说是大诗人，那可不敢当。”

①唐·吉诃德说：“你这样谦虚我很欣赏，因为写诗的没有一个不骄傲。”

①侧面描写 用唐·吉诃德的话，从侧面对当代诗人进行了讽刺。

堂洛兰索和唐·吉诃德越谈越投机。最后，堂洛兰索对唐·吉诃德说：“现在我念一首诗给你听。

如能把我的过去转为现在，
而时光从此就静止不变，
或者未来马上在眼前实现——

那可望而不可即的未来……”

唐·吉诃德听堂洛兰索念完这首诗，起身拉着堂洛兰索的手嚷道：

“我真要颂赞上天，伟大的少年啊，全世界的诗人该数你第一，你应该戴上桂冠。先生，你的诗才真了不起。”

①堂洛兰索听了唐·吉诃德的恭维话，心里有些飘飘然。恭维真是无往不利、无人不爱的东西啊！

❶议论 唐·吉诃德的恭维让堂洛兰索很受用，恭维话谁不爱听呢？

唐·吉诃德在米朗达家受到了很隆重的款待，一连舒舒服服地住了四天。到了第四天头上，唐·吉诃德向主人告辞说：“谢谢盛情款待，可游侠骑士常闲着享福是不行的。”其实他急着要继续去探奇冒险了。他准备去参加萨拉果萨的比武，然后再去寻找通称“七湖”（如伊台拉湖）的发源地。

读书笔记

米朗达父子称赞他这个想法，又说，他们家有什么他喜欢的，他们都愿奉送，对他这样人品高贵、职业高贵的骑士理应如此。

和唐·吉诃德相反，桑丘实在不愿意离开米朗达家，他在这里吃得饱，喝得好，愉快得很，比在荒野挨饥受冻不知要强多少倍。不过他没有办法，只好把一些自己认为必需的东西尽量塞满粮袋。

唐·吉诃德和桑丘要走啦，临走时，唐·吉诃德还不忘恭维和鼓励堂洛兰索几句：“我不记得是否对阁下说过了，如果说过，那就再重复一遍。阁下若是想要找到通向那高不可攀的荣耀殿堂之巅的捷径，其实不难，只要舍弃那已经相当狭窄的诗歌之途，改走更为崎岖的游侠骑士之路，你转眼之间就能君临天下了。”

读书笔记

精华赏析

本章主要讲述了唐·吉诃德在路上结识了善良的米朗达先生，途中他想要与狮子搏斗被人委婉地劝阻，随后在米朗达家中受到隆重款待。在本章中唐·吉诃德关于诗人的见解是值得好好揣摩的部分，他虽然迷失在游侠骑士的世界中，但对于其他方面，很多时候他都有着极为高明的见解，不失为一个智者。在米朗达先生看来，自己的儿子对诗歌的追求是“不学无术”，但唐·吉诃德却认为应该鼓励孩子选择自己喜欢的方向，只要肯用功钻研也一定能够有所成就。有这样的见解也让人对唐·吉诃德心生敬意。

延伸思考

唐·吉诃德为什么放弃了挑战狮子还一副志得意满的样子？他为什么能在米朗达家受到贵宾般的礼遇？

相关链接

唐·吉诃德的行为虽然疯狂，但他心中秉持的信念始终是高尚而纯粹的，他向往勇敢，面对狮子也毫无畏惧；他向往忠贞的爱情，对自己心中的幻想坚贞不渝；他赞美内心的纯洁，认为内心肮脏的人身份再高贵也不配做骑士，身份低贱的人如果有一颗纯粹的骑士之心就能成为英雄。他是疯狂的，但也是清醒的，在整个社会都已经背弃了骑士精神的时候，只有他还在用自己的痴念和妄想坚持着骑士道。随着故事一步步开展，这个人物也越来越丰满真实，有血有肉。

第二十九章 聪明的巴西琉

名师导读

巴西琉是谁？他施了什么妙计？唐·吉诃德又会在接下来的路途中遭遇什么？桑丘又会怎么对待他的主人？一路上他们会擦出什么样的火花？

唐·吉诃德离开米朗达家，走出村子没多远就碰到两个大学生装束的人和两个老乡，四个人都骑着驴。[①]一个大学生带着个绿麻布包袱充提包，里面裹着一件白色毛料的衣服，另一个大学生只拿着两把簇新的击剑用的黑剑，而那两个老乡却是大包小裹，像是刚从城里采购归来。

①叙述

介绍了唐·吉诃德遇到的四个人身上的装束。

唐·吉诃德主动同他们打招呼，不等人家问，就忙着报出了自己的职业，他还特别申明，自己是“狮子骑士”。两个大学生觉得唐·吉诃德挺有意思，就邀请唐·吉诃德结伴同行。两个大学生对唐·吉诃德说：

“我们是去吃喜酒的，那家的喜事办得阔绰极了，你会看到一场拉曼查乃至方圆多少哩瓦以内至今从未有过的盛大婚礼。骑士先生，你不妨去开开眼界。”

唐·吉诃德问是哪位王子的婚礼。大学生回答说：

读书笔记

“不是什么王子的婚礼，只是乡下小伙子娶乡下姑娘。新郎是本地首富，叫卡麻丘，是个财主，新娘很美，叫季德丽亚。新郎不但喜酒办得很丰盛，还请了许多人来跳舞。在这婚礼上，说不定那个伤心人巴西琉会来闹事。[1]巴西琉和季德丽亚是邻居，他们两小无猜，心心相印，可长大后，季德丽亚的父亲不许季德丽亚和巴西琉来往，嫌巴西琉家穷。后来，就把季德丽亚许配给了卡麻丘财主。不过，说句良心话，巴西琉除了穷一点之外，其他各方面都是非常不错的，他掷铁棍是能手，又是球场上的健将。”

❶**概述说明**　交代巴西琉的一些情况，为故事的发展做铺垫。

唐·吉诃德听了，非常同情巴西琉，他说：

“我觉得巴西琉不错，但愿他能娶到季德丽亚姑娘。女儿长大后，挑选丈夫只能随女儿的心愿。聪明的人出远门，预先要找一个靠得住、合得来的伴儿同行，人生的道路要走到死才完，也要找这样一个伙伴。不知硕士先生以为如何？”

那个被唐·吉诃德称为硕士的大学生回答说：

“我没有什么好说的。只知道自从季德丽亚和卡麻丘财主定了亲，巴西琉的脸上就再也没有了笑容，[2]他老是忧忧郁郁、自言自语，也很少吃东西，有时呆呆的像一尊披着衣服的雕像。总之，种种迹象让人觉得他心里很不平静。我们这些了解他的人都很担心，明天美丽的季德丽亚的那一声‘愿意’就将是他的死刑判决。总之一句话，他分明是伤透心了。”

❷**神态描写**　用比喻的修辞手法将巴西琉的痛苦描写得生动细致。

桑丘也很同情巴西琉，他对硕士大学生说：

“‘事还未来，谁也难猜’，我想季德丽亚一定喜欢巴西琉，我愿意送一袋子好运气给巴西琉。”

直到天快黑时，他们才赶到季德丽亚的村庄上。

他们在村子外，就远远地看到了村里的灯火像天上的繁星，同时又隐约听到了各种乐器的合奏，其中有笛子、小鼓、弦子、双管。

唐·吉诃德他们走进村里，一队队的人在那里聚成了许多团伙，有的跳舞，有的唱歌，有的奏乐。唐·吉诃德被当作贵宾，新郎邀请他住到最好的房子里，可唐·吉诃德不肯，他说游侠骑士的规矩是在旷野与山林而不是在村镇——哪怕是金屋里面过夜，向来在郊野露宿。桑丘没办法，只好跟唐·吉诃德到树林里住宿。

太阳刚出来，唐·吉诃德就醒了，他望着直打鼾的桑丘，赞叹说：

“桑丘啊，你真是世界上最有福气的人！你不忌妒人，人家也不忌妒你。你不为爱情吃醋而失眠，也不用为债务或一家人的生计操心。”

唐·吉诃德说完，用枪柄把桑丘敲醒。桑丘坐起来，看了看四周，说：

“凉棚那边飘来一阵香气，我敢担保，是烤腊肉的香味。以这种气味开始的婚宴，我估摸着，一定非常丰盛。”

唐·吉诃德对桑丘说：“你这馋嘴佬，快起来吧，我们去瞧瞧他们的婚礼，再看看巴西琉会干些什么！”

桑丘立即爬起来，随唐·吉诃德朝凉棚走去。

① 桑丘一眼就看见整个榆树做成的大木叉上烧烤着整头公牛，柴火的周围放着六只炖肉的砂锅，那不是普通的砂锅，而是有半截高的大酒坛似的砂锅。一只只整羊、兔

读书笔记

读书笔记

❶场面描写

通过对食物的描写，表现了婚礼场面的宏大。

读书笔记

子、母鸡挂在树上，等待着下锅，还有几十只大皮酒袋，里面装满了好酒。雪白的面包堆得跟场院上的麦囤似的，奶酪码在那里像是一堵墙垛，两把铁锹一般大的篱不歇气地从两口比染缸还大的油锅里捞出炸好的面点再折进旁边的另一口蜜锅里。这次的喜酒虽是乡下排场，却丰盛无比。

桑丘馋得口水直淌，他跑到一个厨师面前，说了一大堆好话。厨师很高兴地对桑丘说：

“老哥啊，得多谢卡麻丘财主，今天是谁都不会挨饿的好日子。”说完，他从锅里舀出三只鸡、两只鹅送给桑丘。

桑丘接过鸡和鹅，大口大口地吃起来。

这时，有十二个老乡穿着盛装，骑着马绕着草地跑了好几圈，一边跑，一边齐声欢呼：

“卡麻丘是大财主，季德丽亚是天下第一美人，郎才配女貌，祝他们白头偕老。”

唐·吉诃德看着这情景，不禁又想起了杜尔西娜娅，他暗暗想：

①“如果他们见到过杜尔西娜娅，那就不会这样称赞季德丽亚了。”

❶心理描写 可见杜尔西娜娅在唐·吉诃德心中的地位之崇高。

过了一会儿，又来了一队漂亮的姑娘，她们在短笛的伴奏下跳起了优美的舞蹈。最后，随着一片喧嚷之声，人们开始欢迎新娘新郎。

桑丘看到季德丽亚，赞叹道：

“啊！新娘一点也不像一位乡下姑娘，她像一位贵夫人呢！天啊，我怎么觉得她的胸锁成了华贵的珊珠串，身上的昆卡绿呢成了上好丝绒，而那白色镶边，我敢说，肯定是锦缎！瞧那双戴着乌玉指环的手吧，不对，别胡说，那是金戒指，绝对是金的，还镶着奶白色的大珍珠呢，每一颗都得值很多钱呢。噢！瞧那头发，我这辈子就没见过那么长、那么黄的头发！再瞧那神态，那身段吧，休想能够挑出毛病来，还真像一棵果满枝头的椰枣树呢，那头发上、脖子上的珠宝首饰不就像是一串串的椰枣吗？我敢发誓，她真是个不错的姑娘。”

马上就要举行婚礼啦！主持婚礼的神父也来了。正在这时，只听到背后有人大喊一声：

“你们真是只顾自己，这么着急，请等一等啊！”

大家听到喊声，回过头一看，①只见一个人穿一件黑外衣，衣服上镶着火红的边，头上戴一顶办丧事戴的柏枝冠，手里拿着手杖。

这人正是巴西琉。人们都提心吊胆，不知道他会做出什么事情来。

巴西琉跑得气喘吁吁，面无人色，他瞪着季德丽亚，用嘶哑的声音说：“负心的季德丽亚，你曾说过，要等我死后你才嫁人，我现在只有毁了自己，来成全你的幸福。我巴西琉是穷人，没办法追求幸福，我只有死路一条，并非我认为该当如此，这只是苍天的安排，我将亲手拆除妨害你们如意的壁垒与障碍，自行了断。只愿财主卡麻丘和无情无义的季德丽亚百年好合，现在就让我死吧！”

②巴西琉说完，从手杖里拔出一把长剑，把剑柄插定在地上，然后朝剑尖扑去。可怜的巴西琉立即倒在地上，浸在自己的鲜血里。

巴西琉的朋友见了这悲惨的景象，立即上前救护。唐·吉诃德也连忙走过去，把巴西琉抱在自己的怀里，发

读书笔记

①外貌描写

一个穿着不合时宜的人出现在婚礼上，他是何用意？

②行为描写

巴西琉为了爱情，决定自杀。他真的自杀了吗？

读书笔记

现巴西琉还没有咽气。

有人要拔掉他的剑，可在场的神父却主张先让巴西琉忏悔。巴西琉有气无力地说：

“狠心的季德丽亚，假如你肯在我临死前和我行了婚礼，我愿意忏悔。”

唐·吉诃德一听，觉得巴西琉的要求合情合理。这时卡麻丘急得不知怎么办才好。

巴西琉的朋友都求卡麻丘，让季德丽亚和巴西琉举行婚礼。卡麻丘动了恻隐之心，就说，只要季德丽亚愿意和巴西琉举行婚礼，他也赞成。

于是，巴西琉的朋友又都去求季德丽亚。①季德丽亚一开始就像石雕一般木然、塑像一样冷漠，仿佛不会，不能，也不想开口讲话似的。

❶比喻 “像石雕”可见季德丽亚的茫然不知所措。

这时，巴西琉已经气息奄奄，但他口中还在喊着季德丽亚的名字。

季德丽亚听了很激动，好像非常伤心悔恨的样子。她默默地走到巴西琉身边，握住巴西琉的右手，对他说：

②“我的心从来都没改变过，我毫无勉强，我愿意和你结婚。无论你是长命百岁，还是马上就被人从我的怀里夺走送进坟墓。”

❷语言描写 表现出季德丽亚对巴西琉的爱很深，愿意一直陪伴着他，不管生老病死。

巴西琉答道：“我愿意娶你，我是非常真诚的，既不仓促，也不糊涂，而是比任何时候都清醒，我愿意做你的丈夫。”

巴西琉和季德丽亚握手的时候，神父潸然泪下，他向新郎新娘祝福，还求上天让新郎安息。可就在这时，却发生了一件意想不到的事。

①巴西琉听了神父的祝福，立即一跃而起，拔掉了自己身上的剑，在场的人都愣住了，有几个人大声地嚷道：

“奇迹啊！真是奇迹。”

可是巴西琉却说：

“不是奇迹，是妙计！”

神父目瞪口呆，伸手去摸巴西琉的伤口，却发现那剑并没有刺透身体，只是刺破了绑在巴西琉身上的一个袋子，鲜血是从袋子里流出来的。

卡麻丘和在场的人这才知道受了捉弄，可新娘子上了当却不后悔，没等有人说婚礼因为有诈而无效，她抢先一步声明愿意和巴西琉结婚。

卡麻丘及其亲朋好友恼羞成怒，想要报仇，拔出剑要和巴西琉厮杀，可帮助巴西琉的人也很多。唐·吉诃德看到这种情景，立即站在中间说：

②“各位请住手，季德丽亚和巴西琉的姻缘是天意安排的。上帝配成对，世人拆不开，卡麻丘有的是钱，可以随时、随地、随心所欲地买到自己喜欢的东西。巴西琉只有这头羔羊，任何人，不管有多大的权势，都不能剥夺，谁想拆开他们，先得吃我手中的枪。”

唐·吉诃德一边说，一边把手中的长枪舞得神出鬼没，那些不认识他的人都被其娴熟的架势吓得胆战心惊。神父忙劝说卡麻丘。卡麻丘心想：季德丽亚这样深爱巴西琉，结婚后势必旧情难断，自己没娶季德丽亚，说不定是件好事。想到这里，卡麻丘的气也消了。

卡麻丘决定让喜庆继续下去，全当自己结婚一样。可巴西琉和季德丽亚不愿意凑那个热闹。所以他们一起径直

❶动作、语言描写

情节突然反转，引人入胜。

❷语言描写

唐·吉诃德始终是个正义之士，为了正义他挺身而出。

读书笔记

回巴西琉的村子去了。临走时，他们盛情邀请唐·吉诃德跟他们回村，因为他们觉得唐·吉诃德是个有胆量的正义之士。[①]可是，桑丘却因为错失了卡麻丘那一直热闹到天黑的酒宴而不高兴，只好舍弃那埃及的肉锅，仍然带在身边的所剩不多的美味时时都会使他想起那失去的盛宴该有多么鲜美与丰饶。就这样，他骑着灰驴跟着驽马难得，尽管肚子不饿，却还是闷闷不乐，心事重重的。

①叙述

详细描写了桑丘的心情，他因错过这次宴会而感到不开心。

精华赏析

本章主要讲的是巴西琉施用妙计，从婚礼上夺回了心爱的季德丽亚一事。故事情节设置跌宕起伏，扣人心弦，

延伸思考

从巴西琉的妙计中，可以看出他是一个怎样的人？

相关链接

从卡迪纽发疯的故事开始，我们已经见到了好几对有情人被拆散最后终成眷属的故事，本章中的巴西琉和季德丽亚也是如此。季德丽亚的父亲嫌贫爱富，不顾女儿的终身幸福强迫她嫁给有钱的卡麻丘，这只是现实社会的一个缩影，暗示着现实中那些重物质不重感情、嫌贫爱富的不良风气。但有情人终成眷属的结局也赞美了爱情的力量，纯洁的真爱是无敌的。

第三十章 傀儡戏

名师导读

傀儡戏师傅的猴子有什么惊人的本领？唐·吉诃德看了傀儡戏后有什么举动？

巴西琉夫妇热情而周到地款待了唐·吉诃德，感谢他的仗义庇护，把唐·吉诃德大大吹捧了一番，觉得他是一个称得上智勇双全的骑士。

唐·吉诃德喝了酒，对巴西琉滔滔不绝地讲了一大段话，其中只有一句话巴西琉的印象最深：好女人全世界只有一个。唐·吉诃德劝巴西琉，把自己的妻子当成全世界最好的女人。

第二天，唐·吉诃德一定要去探索神秘的蒙德西诺斯地洞。巴西琉有一位表亲主动要求给唐·吉诃德当向导，唐·吉诃德很高兴，带着桑丘和巴西琉的表亲一起上了路。

第一天晚上，他们宿在一个小村里，这儿离蒙德西诺斯地洞只有两哩瓦路了。[1]唐·吉诃德叫桑丘买了许多绳子，准备第二天去探洞。

第二天一早，他们就向蒙德西诺斯地洞出发了。不一

读书笔记

❶叙述　唐·吉诃德为探洞做了准备。

读书笔记

会儿，就来到了洞前。洞深不可测，也没有入口。唐·吉诃德拔出剑，把洞口的荆棘一阵乱砍，响声一起，惊动了洞里的乌鸦和蝙蝠，它们成群地从洞里飞了出来。撞得他一个跟头就栽到了地上。如果他相信兆头的话，一定会把那看成是不祥的预兆，并因此而远避那种地方。

再说桑丘和那位表亲用绳子捆着唐·吉诃德，然后小心翼翼地把唐·吉诃德放进洞口。下洞之前，桑丘为唐·吉诃德祝福，在他身上画了许多个十字，并且说道："游侠骑士的精华、荟萃与英杰啊，让上帝和法兰西山圣母以及加埃塔的圣父、圣子、圣灵一起保护你吧！快去吧，你这有着旷世之勇、志坚如钢、臂壮似铁的英雄！愿上帝再次为你引路并保佑你顺利、平安、无惊无险地回来再见这被你为了钻进黑洞之中而舍弃了的人世光明！"

读书笔记

就这样，唐·吉诃德非常勇敢地下了洞，他叫桑丘把绳子放了再放，五六十丈的绳子放完了，也听不到唐·吉诃德的声音了。他们想把唐·吉诃德吊上来，然而他们想了想，还是等了半个小时，才慢慢收回绳子。一开始，他们觉得一点分量也没有。桑丘想：唐·吉诃德一定还在洞里。[1]他痛哭着急忙把绳子往回收，收到最后，才看见唐·吉诃德。桑丘破涕为笑，大声嚷道：

❶神态描写 桑丘情感的变化表现了他的淳朴和对主人的关心。

"我的主人啊！欢迎您回来，我们还以为您要在洞里成家立业、传宗接代呢。"

可这时的唐·吉诃德却一言不发，两眼紧闭，好像熟睡一样。桑丘和那位表亲急了，他们把唐·吉诃德推搡了好一阵子，唐·吉诃德这才慢慢地醒来。唐·吉诃德睁开眼睛，深有感触地说：

“上帝饶恕你们吧！我正在过着人间所没有的美好日子，你们却把我拉了上来，我真是现在才知道，人生的快乐像梦幻泡影，一眨眼就过去。”

读书笔记

唐 · 吉诃德感叹了一番，觉得肚子饿了。那位表亲从褡裢袋里掏出干粮，三个人亲亲热热地坐在草地上，边吃边聊。

唐 · 吉诃德讲了进洞所看到的一切，讲得天花乱坠，桑丘没有心思听他胡吹，只管吃着可口的干粮。

正在这时，有个人走了过来，用棍子赶着一头骡子急急赶路。

唐 · 吉诃德见了，忙大声喊道：

读书笔记

“老兄，你走得太急了，只怕这头骡子吃不消。”

那人说：“先生，我不能歇，我今晚要赶到前面的客店，那儿有好玩的事。”

唐 · 吉诃德一听，坐不住了。他决定立即赶到客店去，看看到底有什么好玩的事。

唐 · 吉诃德和桑丘，还有那位表亲，骑着马和毛驴，急急忙忙往客店赶去。直到傍晚时分，他们才赶到客店。过了不久，那个用棍子赶骡子的人也到了。

① 唐 · 吉诃德忙催问那人，到底有什么好玩的事，那人说：“你不用急，好戏一会儿就要登场啦！”

❶语言描写 到底是什么好玩的事呢？显得很神秘，引起读者兴趣，引出下文。

正在这时，有个穿着一身兽皮的人来了。他大声问店主：“店主，有没有房间。”

店主见了那人，非常热情地说：“你贝德罗师傅要房间，即使阿尔巴公爵住的也要腾给你。你的猴子和道具呢，今晚店里有客人，你的戏和猴子准能赚钱。”

那人答道："那好极了。我去招呼拉猴子和道具的车赶快来。"他随即走了出去。

唐·吉诃德问店主："贝德罗师傅是谁？他演的是什么戏？那道具和猴子又是怎么回事？"

①店主告诉唐·吉诃德，贝德罗师傅是阿拉贡省的拉曼查这一带演傀儡戏的名家，演的是《鼎鼎大名的堂盖斐罗斯解救梅丽珊德拉》。店主还告诉唐·吉诃德，贝德罗师傅的那只猴子特别神，它能讲出过去的事，尽管不是句句都准，但大体上是不错的。

①叙述

借店主之口，交代了贝德罗师傅的身份及从事的职业。

正说着，贝德罗师傅回来了。那猴子很大，没有尾巴，屁股磨得光秃秃的，一根毛也不剩，脸倒还不算难看。

唐·吉诃德一见那猴子，就问它：

"未卜先知的先生，请问你，我们交的是什么运？"

贝德罗师傅用右手拍拍自己的左肩，那猴子马上跳到贝德罗的左肩上，对着贝德罗的耳朵叽叽咕咕地讲了一通。贝德罗听猴子讲完，急匆匆地跑到了唐·吉诃德的面前，抱着唐·吉诃德的双脚说：

"你是伟大的唐·吉诃德骑士，懦弱的人靠你壮胆，要跌倒的人靠你支持，躺下的人靠你扶起，一切不幸的人都靠你帮助和安慰！还有你，桑丘·潘沙！世界上最杰出的骑士的最杰出的侍从啊，你就放心好啦，你那贤惠的妻子，此时此刻正在梳麻，除此之外，她左手边还放着一个豁口坛子，里面装有不少好酒，一边忙活一边喝。"

讲得真准啊！唐·吉诃德怔住了，桑丘更是惊奇得傻了，店主也听得目瞪口呆。过了好一会儿，唐·吉诃德才叫桑丘拿出两个瑞尔，交给贝德罗师傅，作为对猴子的

读书笔记

读书笔记

奖励。

① 夜里，贝德罗师傅叫人搭好傀儡台，他要上演精彩的傀儡戏。这戏，唐·吉诃德可是不能不看的。

❶叙述说明 “不能不看”双重否定，表明唐·吉诃德对这场戏的好奇。

随着一声铜鼓喇叭声，傀儡戏开始了。一个男孩高声朗读道：

“现在要为诸位表演的是一件千真万确的事，是完全依照法兰西编年史和在西班牙妇孺皆知、流传乡里的民谣编排出来的。讲的是堂盖斐罗斯先生救回他夫人梅丽珊德拉的故事。

“梅丽珊德拉不幸落到了摩尔人手里，堂盖斐罗斯决定不惜牺牲生命前去解救自己的妻子。当梅丽珊德拉看见自己的丈夫时，她不顾一切地跑到丈夫身边。两人骑着马逃了出来，可被摩尔人发现了，摩尔国王立即下令，一定要活捉梅丽珊德拉。”

② 傀儡戏演到这里，唐·吉诃德情不自禁地激动起来。他觉得，自己应该帮助堂盖斐罗斯。

❷心理描写 “情不自禁”写出骑士深陷傀儡戏当中无法自拔。

于是，唐·吉诃德拔出剑，飞身一跃，跳到戏台旁边，然后就迅速地以从未有过的怒火狠狠地朝那些摩尔人挥剑乱砍，有些傀儡被砍倒，有些被砍掉了脑袋。

贝德罗师傅见了，急得大喊道：

“唐·吉诃德，你快住手！你砍杀的不是真的摩尔人，而是纸做的傀儡。这下可苦了我啦！把我的全部家当都断送了。”

③ 唐·吉诃德根本不听贝德罗师傅的话，他还是不断地挥剑砍啊，杀啊，劈啊！没一会儿工夫，一座戏台全被打塌了，道具和傀儡全被打得七零八落。连桑丘也被吓得

❸行为描写 表现了唐·吉诃德的愤怒与癫狂。

读书笔记

目瞪口呆。他事后发誓说，从来没有见过自己的主人这样发疯似的愤怒。戏箱彻底毁了之后，唐·吉诃德的气也消了一些。

望着这一堆乱七八糟的傀儡和道具，贝德罗师傅哭丧着脸站在那里。

桑丘觉得贝德罗师傅挺可怜的，就对他说：

“贝德罗师傅，你别难过了。别再哭了，弄得我心里不好受。[1]跟你说吧，我的主人是一点不马虎的真正的基督徒，他会赔你钱，而且不会让你吃亏的。”

❶语言描写　表现了桑丘是个富于同情心的人，他对唐·吉诃德也很了解。

最后，贝德罗师傅要唐·吉诃德赔他四十个瑞尔。唐·吉诃德很爽快地给了他四十二个瑞尔，另外两个瑞尔是作为贝德罗师傅寻找猴子的费用，因为猴子早就吓得跑掉了。

傀儡戏的风波总算这样了断了，大家和和气气地饱餐了一顿。唐·吉诃德很慷慨，这顿晚饭全由他出钱。

本章主要讲述了唐·吉诃德去地洞探险，之后在一家客店结识了贝德罗师傅和他的猴子，在观看贝德罗师傅的傀儡戏时，唐·吉诃德深陷其中无法自拔，还拔出剑来将傀儡和戏台全部破坏，最后慷慨地赔偿了贝德罗师傅。文中并未对贝德罗师傅的傀儡戏进行直接描写，而是巧妙地用别人对他的赞颂进行侧面烘托，为后文他的表演打下铺垫，而表演过程也并没有直接描写，只是通过唐·吉诃德的情不自禁来反映出贝德罗师傅的技艺

之高超。文中对贝德罗师傅的傀儡戏不着一言，却已经让读者充分感受到了傀儡戏的精彩。

延伸思考

在地洞上收回绳子时桑丘为什么哭，又为什么笑？贝德罗师傅因什么而出名？唐·吉诃德在看傀儡戏时为什么会愤怒地砍坏了傀儡还打坏了戏台？

相关链接

在本章中唐·吉诃德观看傀儡戏时入戏太深惹出乱子这一小段简直起到了点睛之笔的作用。他沉溺于傀儡戏之中，分不清戏与现实，这不仅强化了他“分不清故事与现实”和“有勇无谋”这两个特点，更加影射了他对骑士小说的沉迷。沉溺于傀儡戏的故事中，他尚且如此忘情，惹下乱子，沉溺于骑士小说中，他又将会落得怎样的结局呢？是否也会如这般惨淡收场，引人深思。

第三十一章　林中奇遇

名师导读

唐·吉诃德和桑丘从客店离开后又会经历些什么？他们在林中遇到的贵夫人会带给他们好运吗？

读书笔记

唐·吉诃德离开客店以后，他决定先到艾布罗河两岸附近地区看看，然后再去萨拉果萨，反正离比武的日子还有一段时间。

唐·吉诃德沿着河边一路走去，一边走一边欣赏风景。前两天，可以说是平安无事，没有遇到什么值得一提的事情。别说是唐·吉诃德，就连一般人也觉得有些乏味。

直到第三天，唐·吉诃德和桑丘登上一个山头，他们忽然听到震耳的鼓角声和枪声。[①]唐·吉诃德跑到山顶，往下一看，只见山下有几百个人，人人手拿武器，有长枪、大弓，还有长柄斧，原来是在打群架。

❶叙述　唐·吉诃德发现有人打群架，他会怎么做呢？引出后文。

唐·吉诃德走上前去，两边的人见来了个怪模怪样的人，都停了下来。乘着这个机会，唐·吉诃德高声地对大家说：

“各位先生们，本人是一个游侠骑士，耍枪杆子是我的职业，我们为了某些正当合理的事应该拔剑相斗，可对一些细事小节只会一笑置之，为一些小事动武就毫无意义了。所以，我劝各位先生都平心静气，不要冲动。”

桑丘听了唐·吉诃德的话，暗暗赞叹：“我的主人准是什么神学圣学者。”这时，①桑丘也想表现一下自己，他趁唐·吉诃德歇了口气的时候，自作聪明插嘴道：

“我主人唐·吉诃德以前称‘苦脸骑士’，现在称‘狮子骑士’，这位了不起的绅士一肚子学问，讲起拉丁语和西班牙语来简直就像个大学士，论事劝人一如了不起的武师，对有关所谓决斗的规矩和章程熟得不得了，所以，你们听他的话准没错。②我有个绝招让我们村里的几个头面人物忌妒，可是我满不在乎。不信，我可以当场表演一下。这绝招跟游泳差不多，学会了以后就永远都忘不了。”

桑丘说完，用一只手捂着鼻子，非常响亮地学了一声驴叫。

这打群架的一方是驴叫镇的，因为邻镇经常学驴叫来取笑驴叫镇的人，所以才会打架。桑丘的这一声驴叫，激怒了驴叫镇的人，有人举起棍子朝桑丘的背上狠狠地打了一下。桑丘一下从驴背上栽了下来。唐·吉诃德见了，挺枪想刺那人，可是，石子像雨点般地朝他砸来，数不清的大弓和火枪都瞄准了他。唐·吉诃德一看情况不妙，转身拼命逃跑。桑丘一见，也赶忙爬上驴背，追赶唐·吉诃德去了。

跑了好长一段路程，唐·吉诃德和桑丘见没人追来，这才停下来喘了口气。他们来到一片树林休息，一直到第二天天亮，他们才起身，沿着艾布罗河继续往前走。

艾布罗河两岸风光明媚，清澈的河水缓缓地流动着。③唐·吉诃德看得心旷神怡，欣喜若狂。放眼望去，映入

❶行为描写

“自作聪明”一词为后文埋下伏笔。

❷语言描写

桑丘有什么样的绝招？

读书笔记

❸环境描写

优美的环境衬托出唐·吉诃德的情绪、兴致很好。

读书笔记

眼帘的是秀丽两岸、粼粼河面、潺潺流水，这美丽的景色勾起了唐·吉诃德的无限情思。忽然，唐·吉诃德看见有一条小船拴在河边的树上，船上既没有人也没有桨。唐·吉诃德毫不犹豫地下了马，又叫桑丘赶快下驴，然后把马和驴子牢牢地拴在杨树上。桑丘不知道唐·吉诃德要干什么。唐·吉诃德对桑丘说：

“桑丘，我以骑士的名义告诉你，准有骑士或什么贵人落难了，情况危急，这只小船就是让我乘了去救援的。这种情况在骑士小说里经常可以见到，而且是那些书中的巫师们惯用的伎俩：某位骑士遇到了麻烦，没有另一位骑士帮忙就解决不了，而两位骑士又可能会相距两三千哩瓦甚至更远，这时候，巫师们就会用一片祥云或一只小船将那另外一位骑士接走，或凌空飞腾或漂洋过海，无须眨眼的工夫，就将他送到了想送或需要他出力的地方。所以，桑丘啊！这只小船正是为了这个目的而摆在这里的。这事儿肯定错不了，咱们必须听从上帝的召唤，谁也阻止不了我登船。”

①桑丘说：“我也不知道该不该说您又发疯了。不过，您要这么干，我也只好服从，老话说‘吃主人的饭，照他说的干’。”

①语言描写 唐·吉诃德又在发疯，桑丘知道劝说也没有用，所以只好顺从。

唐·吉诃德不再多说，带着桑丘上了船，割断船缆，那船就顺流而去。

过了十几分钟，前面的河面上出现了几座高大的水力磨坊。唐·吉诃德一见，忙对桑丘大喊道：

“朋友，你看见前面那座城堡了吗？不知是受困的骑士，还是落难的王后、公主被关在里面啦！”

桑丘说：“主人，那不是城堡，是几座水力磨坊。”

唐·吉诃德摇摇头说：[1]“尽管看上去是磨坊，但这肯定又是魔法师搞的鬼。”

这时，水流很急，已经到了河心的小船直向水力磨坊冲去。磨坊工人看见一只小船顺流而来，马上就要卷入水车轮子里，急了，忙拿出长竿长棍出来拦挡。磨坊工人的脸上、身上都沾满了白粉，形象可怕。他们大喊道：

“你们两个冒失鬼，不要命啦！”

唐·吉诃德对桑丘说：

“你看到了吧，这一群青面獠牙，张牙舞爪的妖怪，多可怕啊！”唐·吉诃德站起来，对磨坊工人厉声喝道：“你们这些没安好心、打错主意的混账东西，你们把谁关在牢里，马上给我放出来，还其自由，上帝派我来救人的。”

唐·吉诃德说完，挥剑朝磨坊工人又刺又砍。磨坊工人听不懂他的一派胡言，所以根本不理睬唐·吉诃德，只顾用长棍子去拦那只小船。磨坊工人的长棍终于挡住了小船，使磨坊免受损失，不过，小船却逃脱不了船底朝天的命运，要不是磨坊工人下河把两人拖上来，两人恐怕早就没命了。

这时，几个渔夫跑了过来，他们是小船的主人，他们见小船已经被水车的轮子撞得四分五裂，就揪住唐·吉诃德，要他赔钱。唐·吉诃德像是与己无关似的，心平气和地说：“船破了，钱照赔，可我要他们立即释放城堡里关着的人。”

渔夫望着唐·吉诃德，说：“你这疯子，说什么疯话。哪有你说的什么城堡和什么关着的人啊？难道你想抓走前来磨面的人不成？”说完，就要揍唐·吉诃德。

唐·吉诃德现在像个落汤鸡，他望着磨坊绝望地大喊道：

“关在牢房里的朋友们，我倒了霉，你们也只好认倒

1语言描写

唐·吉诃德又陷入自己的幻想中。

读书笔记

读书笔记

读书笔记

霉，我救不了你们，你们等待别的骑士吧！”

最后，唐·吉诃德和渔夫们达成了协议，付五十个瑞尔赔他们的船。桑丘付了钱，很不高兴地说：

“再这样乘两次船，我们的家底也就全都扔进河里去了！”

唐·吉诃德和桑丘面色阴沉，垂头丧气地回到他们的牲口那里，默默地骑上坐骑，漫无目的地朝前走去。一路上，唐·吉诃德只顾想念情人，桑丘却觉得前途渺茫，①他傻虽傻，却完全看出唐·吉诃德的行为全是疯疯癫癫，他想找机会回老家去过安稳日子，也不想当什么海岛总督了。

❶心理描写

桑丘看出了唐·吉诃德的本质，他该如何抉择呢？

主仆两人各怀心事，往前走去。他们刚走出树林，唐·吉诃德抬头望去，只见前面的一片绿草地上，有一群人正在放鹰打猎。其中有一位漂亮的贵夫人，乘一匹雪白的小马，打扮得非常华丽，连马鞍也是银子做的。

唐·吉诃德又想起了杜尔西娜娅小姐，他对桑丘说：“桑丘，你过去对那位夫人说，我狮子骑士向尊贵的美人行吻手礼，我愿意竭力伺候她，听她使唤。”

②桑丘对这样的事情还是十分乐意的，他把灰驴赶得飞快，跑到贵夫人面前说：

❷行为描写

没有危险的事桑丘还是愿意为唐·吉诃德效劳的。

“美丽的夫人啊，那边那位骑士是我的主人狮子骑士，我是他的侍从，叫桑丘。这位不久前还叫苦脸骑士的狮子骑士叫我前来向您禀告：他愿意一心一意伺候您这位尊贵美丽的夫人。据他的说法和我的猜测，也就是为至贵至美的您效力尽忠，如蒙慨允，他将会因为受宠而感到不胜荣幸和欢欣。”

那位夫人听了，问道：

“告诉我，桑丘，现在出版了一部《奇情异想的绅士唐·吉诃德·台·拉·曼却传》，书上讲的是不是你的主人？”

桑丘一听，连忙回答道：[1]“是的，是的，正是我的主人，书上一定会写到侍从桑丘·潘沙吧。”

❶语言描写 桑丘也有虚荣心。

尊贵的夫人对桑丘说：

“正是，桑丘老兄。你回去告诉你主人，公爵和我，我们夫妇欢迎唐·吉诃德狮子骑士到我们的别墅里来。真是没有比这更能令我高兴的事情了。”

桑丘连忙喜不自胜地带着这个让人兴奋的回答跑回去，向唐·吉诃德汇报。[2]唐·吉诃德听了，十分高兴，他骑着马来到贵夫人面前，因为激动，差一点从马上跌落下来。唐·吉诃德向夫人行了礼，那夫人说：

❷叙述说明 将唐·吉诃德的激动表现得淋漓尽致。

“非常欢迎你，唐·吉诃德先生，勇敢的狮子骑士，我和公爵一定按最高贵的游侠骑士的礼数来款待你。”

唐·吉诃德、桑丘在公爵夫人的陪同下，一起向公爵家的别墅走去。

公爵赶在大队人马之前回家，他要安排接待唐·吉诃德。唐·吉诃德一进大院，立即从里面走出两个漂亮的姑娘，拿出一件贵重的猩红大衣披在唐·吉诃德的肩上，转眼间大院四周的回廊里全都挤满了人，他们齐声高喊道：

“欢迎英勇的唐·吉诃德狮子骑士光临。”

即使不是所有的人也是大多数人拿着成瓶的香水向唐·吉诃德和公爵夫人身上洒去。这时的唐·吉诃德又惊又喜，他所受到的款待，和他在书上读到的古礼是一模一样的。[3]那一天，他头一次确确实实地感觉到并相信，自己是一个真正的而非假想的游侠骑士。

❸心理描写 骑士般的礼遇让唐·吉诃德觉得自己的骑士身份得到了认可。

精华赏析

唐·吉诃德和桑丘途中好心劝架未果反被揍，逃到河边之后，唐·吉诃德声称“城堡”里有正在受难的人等着他的搭救，于是和桑丘乘船前去磨坊却再次受挫。失望颓丧之时忽逢转机偶遇公爵夫人，唐·吉诃德终于受到了骑士应有的礼遇。本章的故事情节一波三折，跌宕起伏，先是接连受挫，最后却突然峰回路转留下悬念。

延伸思考

公爵夫人为什么要用游侠骑士的礼数款待唐·吉诃德？为什么唐·吉诃德在那一天才觉得自己是一个真正的骑士？

相关链接

唐·吉诃德秉承着骑士精神，以维护和平正义为己任，但是他只是按照自己心中的幻想一意孤行，没有考虑过别人的感受，也没有认清现实，为此他一再受到各种打击和挫折，挨打、受伤、被驱逐、被戏弄……但在本章之中，饱受创伤的唐·吉诃德终于遇到了一位与他心目中的贵妇形象相同的公爵夫人，受到了书上所写的骑士的礼遇，在经历过这么多挫折之后，他终于第一次感受到了自己是一个真正的游侠骑士。尽管他以骑士之心要求自己，号称自己是伟大的骑士，但却一直没有得到过别人的认可，而现在，他终于第一次确信了自己心中的信念，这样的心理更加令人心酸。

第三十二章　遭受戏弄

名师导读

公爵夫妇隆重而热情地款待了唐·吉诃德，但他们只把他当成又疯又傻的小丑，想从这个疯子身上找点乐子，为此他们特意排了一场好戏蒙骗唐·吉诃德，他是否会上当受骗呢？

唐·吉诃德和桑丘在公爵家受到了热情的款待。唐·吉诃德经常向公爵夫人讲述各种有趣的事情。经过两天的交谈，公爵夫妇获得了极大的乐趣。[①]公爵夫人觉得唐·吉诃德是个又疯又傻的人。她和女管家悄悄商量好，要拿他开点儿像是冒险奇遇一般的玩笑，好好捉弄一下唐·吉诃德。

①设置悬念

公爵夫人会怎样戏弄唐·吉诃德呢？设置悬念。

这天，唐·吉诃德又对公爵夫人讲起了杜尔西娜娅。公爵夫人对唐·吉诃德说：

“杜尔西娜娅一定是着了魔，这都是迫害唐·吉诃德先生的那些魔法师设下的圈套。我们一定要破掉这些魔法师的魔咒，帮杜尔西娜娅小姐解脱魔法。”

读书笔记

第二天，公爵夫人很高兴地告诉唐·吉诃德说：“今天晚上，有一群魔法师会押着杜尔西娜娅经过一座森

读书笔记

林，我们去等着，然后逼魔法师为杜尔西娜娅小姐解除魔法。”

唐·吉诃德听后一口答应，立即披上盔甲，桑丘也穿了猎装，骑上灰毛驴。公爵和公爵夫人打扮得很漂亮，骑着马，带着仆人和一大群猎狗，和唐·吉诃德、桑丘一起来到两座大山中间的树林里。选好了埋伏与堵截的位置，猎手们分散开来，相互之间只能听到狗吠与号角的声音。

❶神态描写 各种乐器的巧妙配合，连知道内情的人都感到害怕，表明了表演十分逼真。

过了不一会儿，[1]树林里传来一片喧闹声，喇叭声、号角声、鼓声接连不断，公爵惊愕，公爵夫人显得神色不安，桑丘更是吓得瑟瑟发抖，就连那些深知内情的人们也都哑然失惊。正在大家胆战心惊时，周围忽然变得寂静无声。又过了一会儿，一个像魔鬼似的信使吹着号角骑马而来，那号角是空心的牛角做的，大得出奇，发出的声音阴森恐怖。

公爵走上前问道："报信的老兄，你是谁？要到哪里去？"

那信使大声地说道：

"我是魔鬼，来找唐·吉诃德，前面来的是六队魔法师，带着一辆凯旋车，车上是天下第一美人杜尔西娜娅。她中了魔法。法兰西勇士蒙德西诺斯要我来通知唐·吉诃德，叫唐·吉诃德在这里等他，他会告诉唐·吉诃德，怎样解除杜尔西娜娅的魔法。"

读书笔记

那信使说完，拿起牛角吹了一声号，转身走了。

公爵问唐·吉诃德：

"唐·吉诃德先生，你打算在这儿等吗？"

唐·吉诃德答道："为什么不等！即使地狱里所有的魔鬼都来缠着我，我也要在这儿等。"

夜色一片漆黑，树林中隐隐约约可以看到一点点的星火，犹如一颗颗漂浮的星星。这情景实在让人感到恐惧。

[1]过了好长时间，树林里突然传来了号角声、喇叭声、鼓声、炮声、枪声，再加上可怕的车轮声，唐·吉诃德鼓起勇气才挺住，可桑丘却被吓得晕了过去，倒在公爵夫人的长裙边。公爵夫人忙叫人在他脸上洒了些水，桑丘这才醒了过来。

1 侧面烘托 桑丘的胆小衬托了唐·吉诃德的勇敢、无畏。

这时，一辆牛车驶来了。四头笨牛拉着车，牛身上的披盖全是黑色，牛角上各缚着一支大蜡烛，车上有个座位，坐着一位老者，他胡子雪白，一直垂到腰带下，赶车的是两个丑鬼，也穿着黑布衣服，模样狰狞可怕。牛车慢慢从他们面前驶过，牛车上的老者起身大声说：

读书笔记

"我是李冈斗法师！"

老者没再说别的，牛车继续朝前走去。过了一会儿，又来了一辆牛车，车上也坐着一位老者。那牛车来到唐·吉诃德面前，那老者也高声对唐·吉诃德说：

"我是阿尔基菲法师。"

读书笔记

老者一边说，一边驾着牛车往前去了。一会儿，又来了一辆牛车，和前面两辆牛车一样，不过车上坐的不是老者，而是个面貌狰狞的壮汉。

三辆牛车在前面不远的地方停了下来，这时，刺耳的

注释

狰狞：（面目）凶恶。

读书笔记

车轮声停了，却传来了一阵和谐悦耳的音乐声。

桑丘听到音乐声，立刻高兴起来，认为是好兆头，并把自己的想法告诉了片刻寸步未离其身边的公爵夫人。他对公爵夫人说：

“夫人，那边有音乐，就不会有坏事。”

公爵夫人也说道：“正好那里有光亮，就不会有坏事。”

唐·吉诃德听了他们的话，就说道：“这还得瞧瞧再说。”

随着悦耳的音乐，人们看到远方开来了一辆凯旋车。①拉车的六头骡子却身披白纱，每头骡子的背上都坐着一个穿着白色衣服的赎罪之人，拿着蜡烛在忏悔，车上有一位美人高高坐在中间，她的身上披着一层层银纱，让人觉得，即使不算华丽至少也是具有奇异的光辉；一方薄得透明的纱巾罩在她的头上，不仅没能掩住她的容颜，反而更加显示了她那少女的娇艳。透明的烛光在展示她的玉容的同时，也让人们看到她的芳龄大不过二十岁，小不过十六岁。在少女的身旁，坐着一个身披长袍、头盖黑纱的人物。

①场面描写 壮丽的场面使唐·吉诃德和桑丘更加信服，为后文做铺垫。

凯旋车开到唐·吉诃德和公爵夫妇面前，先是笛管戛然而止，跟着琴瑟也悄然息声，在少女身旁的人掀起长袍，揭去面纱，露出一具可怕的骷髅。这个活死神居然站了起来，对唐·吉诃德说道：

读书笔记

“如果要让美人杜尔西娜娅脱离魔法，只有你的仆人桑丘狠狠地鞭打自己三千三百下。”

桑丘一听忙说：“如果要这样才能解救杜尔西娜娅，那就只好让她带着魔法进坟墓了。”

[1]唐·吉诃德一听，忙大骂桑丘，并要桑丘狠狠鞭打自己，可桑丘就是不答应。

这时，那活死神又对桑丘说：

“现在你把挨鞭子的事情答应了吧。这件事对你的灵魂和肉体都有好处，仁爱的心对灵魂有益。”

经过死神的一番开导，最后桑丘只好硬着头皮答应了。[2]因为公爵答应桑丘，他准备派桑丘到一个海岛上去做总督，这对桑丘来说实在是太有吸引力了。而且，死神还答应桑丘，三千三百鞭子不用一下子打完，可以每天打五鞭子。

见桑丘答应了，凯旋车立即又吹起号角，往前驶去。唐·吉诃德高兴地抱住桑丘的脖子，在他的额上和脸上吻个不停。车子开过公爵夫妇面前时，那少女对公爵夫妇行了个屈膝礼。

其实，这场戏全是公爵夫妇一手导演的。车上的那些人全是公爵家的仆人。

公爵夫妇观看了这场戏的全过程，非常高兴，带着唐·吉诃德和桑丘回家去了。

第二天，桑丘要到海岛上去做总督，临走前，他给自己的妻子写了封信，信是这样写的：

泰瑞萨：

我现在是总督大人了，虽然我要赔上三千三百鞭子。从现在起，你出门要乘马车，因为你是总督夫人了。

我做总督，其实只是想弄钱，据说新总督上任都

❶细节描写

骑士为了挽救自己的意中人，什么也不顾了。

❷解释说明

桑丘为了能实现当总督的愿望，受酷刑也在所不惜。

读书笔记

读书笔记

读书笔记

是这样。

求上帝多多保佑我们。

你的夫君桑丘·潘沙总督

1614年7月于公爵府

第二天，公爵就通知桑丘收拾行装，准备上任。

公爵对桑丘说："我给你的那个海岛疆界分明而且山水相宜，尤其是土地肥沃，物产丰富。如果你善于经营，完全可以用地上的出产换得天上的享受。我相信，你会走好运的。"

桑丘恭恭敬敬地答道："我一定会尽力做个好总督。"

这时，唐·吉诃德也来了，他对桑丘说："桑丘朋友，你先交上好运了。有些人起早贪黑地争夺，还是一场空。"唐·吉诃德又告诫桑丘，做官要公正，待人要宽厚。桑丘听着唐·吉诃德的教诲，觉得他讲得很有道理。[1]确实，唐·吉诃德只有涉及骑士道时会发疯，议论别的事时他不但神志清醒，而且显得见识高明，志趣高雅。

①解释说明 唐·吉诃德其实并不疯癫，只是骑士道对他的毒害太深。

中午，公爵夫妇为桑丘设宴送行。下午，桑丘在许多人的簇拥之下，骑着他的灰驴上海岛当总督去了。那海岛实际上是公爵领地里的一个小镇。公爵派总管跟着桑丘，负责照顾和协助桑丘。

读书笔记

桑丘临行时，吻了公爵夫妇的手，又领受了公爵夫妇的祝福。唐·吉诃德含着眼泪和桑丘告别，桑丘看着唐·吉诃德，鼻子一酸，差点落下眼泪，似乎还有些依依不舍。

精华赏析

本章主要讲的是公爵夫妇戏弄唐·吉诃德和桑丘而引发的一系列故事。两人的心愿在这场闹剧中都得到了满足，文中对人物神态及心理变化过程的描写都十分到位。

延伸思考

桑丘为什么甘愿忍受三千三百鞭？唐·吉诃德含着泪与桑丘告别表现出他怎样的心情？

相关链接

身为一个骑士，与邪恶的魔法师做斗争，解救自己心爱的美人儿，为自己的侍从赢得地位和财富，这些都是骑士小说中常见的桥段，也正是唐·吉诃德梦寐以求的骑士之道，是他为之疯狂的梦想，他愿意为此付出一切。而这一切却只是公爵夫妇安排的一场戏，唐·吉诃德和桑丘的梦想对他们来说只是无聊生活中的一点笑料。唐·吉诃德的骑士梦在此得以实现，却也在此被践踏，这样的故事怎能不令人唏嘘？

第三十三章　桑丘圆梦

名师导读

桑丘忍受皮肉之苦后，终于如愿以偿当上了总督。桑丘当总督过程中又发生了哪些趣事？

桑丘带着随从来到了一个小镇，它的名字叫“巴拉它了”。那是公爵最好的领地之一。桑丘到了城门口，满城官员、居民都倾巢迎接，居民们也面带欣喜的表情，夹道欢迎桑丘，他们把桑丘送到大教堂去向上帝谢恩，然后又装模作样地举行了敬献城门钥匙的仪式，表示永远奉他为本岛的总督。

第二天，[1]桑丘就碰上了一件让人哭笑不得的案件。有两个人来到公堂告状，其中有一个是裁缝，而另一个是农夫打扮。

❶设置悬念 到底是什么案件让人哭笑不得呢？设置悬念，引出下文。

那个裁缝对桑丘说道：

“总督大人，我跟这位农夫来找大人评评理。我是个裁缝。昨天，这位老乡到我店里来，拿出一块布，问我那块布能不能做一顶帽子，我说可以。后来，他又要做两顶帽子，最后他竟然要我做五顶帽子，我说可以。今天，他来取帽子，我把帽子交给他，他不但不付工钱，还要我赔他的布钱。”

读书笔记

桑丘听了裁缝的话，就问那位老乡：“老哥，有这么回事吗？”

那老乡回答说：“是的，总督，可你叫他把那五顶帽子拿出来看看。”

那裁缝答应一声，从口袋里把右手伸出来，只见右手的五个指头上各戴着一顶小帽子。

看到这些小帽子，大家哄堂大笑。桑丘想了想说：

①“大家听我判决：裁缝赔掉工钱，老乡赔掉布，帽子没收，送给牢里的犯人。结案。”

①语言描写 面对荒唐案子，桑丘索性也来个滑稽的判决。

大家听了桑丘的判决，都觉得匪夷所思，可总督的命令还是要执行的。

桑丘刚判完这件案子，又来了一男一女。那女的指着男的，对桑丘说：

“总督大人，这个坏家伙在野地里抓住我，把我强奸了，请总督大人还我一个公道。”

桑丘见那个男的又瘦又小，就问道：“你是不是占了这女人的便宜？”

那男的脸红红的，答道：“总督先生，今天早上我出城卖掉四头猪，在回家的路上碰到这位大娘。专爱捣乱的魔鬼把我们配成了对，我没有少给她钱，可她贪心不足，抓住我不放，把我直揪到这儿，说我强奸了她。”

读书笔记

桑丘听后，问他身上有没有带钱，那人掏出钱包，钱包里有二十杜加。桑丘拿了钱包，交给了那女的。那女的十

注释

哄堂大笑：形容全屋子的人同时大笑。

分感谢总督，向他深深地鞠了几个躬，然后拿着钱包走了。

那女的刚走出门，桑丘就对那个男的说：

❶语言描写 桑丘为什么让男人这么做呢？设置悬念。

① “快去，不管她怎么反抗都把她的钱包抢下来。然后带她来见我。”

那男的一愣，立即奔出门去。不一会儿，那男的追上了那女的，要夺她的钱包，可怎么也夺不下来。

两人又吵着闹着来到桑丘面前，那女的对桑丘说：

“天地公道啊！总督老爷，大人您快瞧瞧，这不要脸的混蛋，多无耻，多大胆，在闹市上，竟想夺你判给我的钱包。”

桑丘问道：“他夺到了吗？”

❷语言描写 女人的话为桑丘断案提供了线索。

② 那女的回答说：“让他抢走，先要了我的命再说吧，这脓包，要对付我啊，叫他休想。”

那男的说：“她说得不错，我实在没有那么大力气夺下她的钱包。”

桑丘听了，对那女人说：“你真是又有力气，又有志气！把钱包给我。”

那女人把钱包交给桑丘。桑丘把钱包还给那男的，然后说道：

“大姐啊，如果你用保护钱包的一半力气来保护你的身体，那么就是大力士赫尔克利斯也不能把你怎么样！走吧，这座海岛周围六哩瓦内不许你露面，再来就抽你两百鞭子。”

❸场景描写 桑丘明辨是非、机智果断，令人刮目相看。

③ 在场的人觉得这位新总督明鉴黑白，都对这位新总督断案的方式赞叹不已，非常钦佩。书记员赶紧将这一切过程全都记录了下来，这是公爵大人急着要看的。

桑丘退了堂，侍卫们把他护送到官邸。饭厅里已经摆了一桌饭菜。桑丘觉得有些饿了，就坐上餐桌，准备用餐。

桑丘用餐时，旁边站了一个医师，手里拿着一根鲸鱼骨。伺候的人掀开洁白的桌布，下面是各种水果和丰盛的菜肴。

桑丘见桌上有盘烤竹鸡，正想吃，那医师用鲸鱼骨敲了一下桌子，伺候的人立即把烤竹鸡撤了下去。那医师对桑丘说：

①“我是医师，头一件事就是要负责总督的饮食，总督的健康重于我本人的身体，为此，我日夜钻研和琢磨总督的体质，以便当您染疾的时候能够正确施治。刚才那盘烤竹鸡，吃了对脾脏有伤害，所以总督大人不能吃这盘鸡。”

❶语言描写

医师表面上关心桑丘的健康，实则是虚情假意。

桑丘只好看着侍从把香喷喷的烤竹鸡撤下。他看到有盘红烧兔子肉，就想吃，那医师又敲了下鲸鱼骨说：

“总督大人，这盘兔子肉您不能吃，兔子是细毛动物，兔子肉是最不容易消化的。”

桑丘没办法，只好放下来。他看了看餐桌，对医师说：

读书笔记

“这热气腾腾的大盘子是砂锅杂烩，里面杂七杂八的，总该可以找到一两样既对口味又能滋补的东西吧？”

那医师听了，连忙说：“赶快打消那个可恶的念头吧，砂锅杂烩最不补人，只有那些乡巴佬才会吃，总督怎么能吃这种菜。”医师又敲了一下鲸鱼骨，侍从又把砂锅杂烩撤走了。最后，餐桌上只剩下几个薄面卷儿和几片木瓜，这是桑丘最不愿意吃的。那医师说：

“总督大人，无论什么地方和什么人，无不认为单味的药品要比合剂好，因为单味药品不会出错，至于合剂，一旦改变了成分的计量，就可能出岔子。据我看，如果总督先生想要身体健康，吃几个薄面卷儿，再加两片木瓜。木瓜能调理脾胃，帮助消化。”

读书笔记

桑丘气得往椅子上一靠，大声骂道：

❶正面描写

直言直语表现了桑丘对医师的厌恶，这是作者借桑丘之口在讽刺庸医。

①“你这魔鬼似的医师，快给我滚。从现在起我要把岛上所有的医师都赶走。坏医师是屠杀公众的刽子手，杀了是替天行道。现在快给我饭吃，没有饭吃的总督，做它干吗？”

正在这时，街上传来了一阵号角声。有个人急急忙忙地冲了进来，送给桑丘一封信。这封信是公爵送来的。秘书拆了信，看了看，对桑丘说：

“总督大人，这封信很重要。”

桑丘只好叫其他人都退出去，然后叫秘书把信念给他听。信上是这样写的：

读书笔记

> 堂桑丘·潘沙先生，听说我的仇人要侵犯海岛，你务必日夜警备。另外，听说已有四个刺客潜入海岛，准备刺杀你，你一定要小心提防。还有一点很重要，你千万别吃人家送的东西，防止有人下毒。
>
> 你的朋友　公爵
>
> 8月16日凌晨

桑丘听秘书念完信，叫秘书立即写封回信给公爵，请公爵放心，又叫大家提高警惕，做好防护，防止敌人前来侵犯海岛。

桑丘刚忙完，恰在这时，又有人前来求见总督。那人是为了他女儿的婚事，请总督做主的。桑丘一直忙到晚上，在医师的同意下，才吃了一片面包，还有一盘凉拌葱头牛肉。

读书笔记

刚吃过晚饭，按规定，总督又要出去巡街。桑丘没办法，只好带了一队公差，拿了执法杖前去巡街。等到巡街回来，桑丘把执法杖一甩，叹了口气说：

“看来，我这个总督是当不长了。”

① 桑丘做了七天总督，整天审案件、下指示、立法令、出告示，忙得他够呛。这天晚上，桑丘正准备睡觉，忽然听到外面一阵吵闹声，原来是公爵的仇人前来攻打海岛了。

❶叙述说明 反映出桑丘做事认真、勤恳。

有几个卫士跑进来，对桑丘说：

“总督大人，准备战斗。不知有多少敌人来到了岛上，施展您本领的时候到了，请带领我们战斗，否则我们全都要完蛋。”

士兵们说完，七手八脚地为桑丘脱去外衣，拿来两个椭圆形的盾牌，一前一后地扣在他的衬衣外面，接着将他的两只胳膊从事先挖好的窟窿里伸了出来，然后用绳子把两块盾牌牢牢地捆住，使他成了硬木板中的肉馅，像个纺锤似的直挺挺地待在那儿，膝不能弯，脚不能动，拄着人家递到他手里的一根长矛才勉强没有跌倒。

读书笔记

桑丘拿了长枪，刚抬脚就“砰”的一声倒在地上，一动也不动了。那些恶作剧的士兵见桑丘倒在地上，暗暗发笑，不但毫无怜悯之心，还在桑丘的身上踩来踩去，甚至有的人还拿剑在桑丘的身上乱刺。这位可怜的总督大人，如果不是他把脑袋缩进盾牌里，恐怕早就没命了。

就这样过了好一会儿，那些士兵才高声喊道：“胜利啦！胜利啦！总督大人，起来庆祝吧！”

桑丘浑身疼痛，呻吟着说：“扶我起来吧。”

士兵们扶起桑丘，又给他解开了两块盾牌，然后给他擦了汗，又让他喝了点儿酒。桑丘刚一坐到床上就由于又惊又怕加上所受的折磨，一下子晕倒了。这下，那几个恶作剧的士兵有些后悔了，他们觉得做得有些过分了。

读书笔记

过了好一会儿，桑丘才苏醒过来。他一言不发，默默地穿好衣服，然后慢慢地一步一拐地走到马房。那些士兵

读书笔记

紧紧地跟在他的后面。桑丘来到毛驴旁，抱着毛驴的脖子含泪说道：

“我的伙伴，我的朋友，咱俩是有苦同吃，有难同当。我和你在一起，只要喂饱你的肚子，就没有别的心事，一年到头都是很快乐的。我攀了高枝，当了总督，原以为春风得意，谁知却无端增添了一千种苦恼、一千种麻烦、四千桩心事。”

桑丘一边说，一边给毛驴套上驮鞍，然后忍痛跨上毛驴，对总管、秘书和士兵等人说：

“各位先生，请让开一条路，让我回去仍然过我逍遥自在的生活。我拿着镰刀比拿总督的执法杖顺手，无官一身轻。请告诉公爵大人，① 我光着身子出世，如今还是光着身子，我没吃亏，也没占便宜。换句话说，我上任没带来一文钱，卸任也没带走一文钱，这和别的总督不一样。”

❶引用 桑丘嘴上说当总督是为了捞点钱，但真当上总督时却是公正、清廉。

大家这才发觉这桑丘总督不错，极力挽留他。② 可不管别人怎么说，桑丘坚决要走，最后大家终于一致同意让他离去并表示要送他一程。人们问他路上会有些什么需要，他说只想带点儿喂驴的大麦和自己吃的半个面包、半块奶酪，反正路途不远，无须准备太多太好的干粮。众人拥抱了他，他也热泪盈眶地回抱了大家。人们对他最后说出的言语和果断而明智的决定颇为赞叹。

❷叙述 桑丘不顾大家的挽留，执意要走。

精华赏析

本章主要讲述了桑丘得偿所愿当上了海岛的总督，但是总督的生活与他所想的完全不同，他不仅没有尝到当总督的好处，反而平添了许多烦恼和痛苦，最后他只做了短短几天总督就主动卸任离去了。本章中最值得一读的就是桑丘断案的部分，桑丘原本只是个没文化没见识的普通农夫，但他断案的方式却出人意料，不仅公平公正，而且机智诙谐，读起来颇有趣味。

延伸思考

桑丘当总督之后，如何赢得了众人的尊敬？最后他又为什么坚决地离开了呢？

相关链接

一直以来，桑丘跟着唐·吉诃德就是为了得到他曾许诺过的海岛总督的职位，但是他心心念念的只是借总督之便捞钱，从来没有想过身为总督的责任和烦恼。从前没有当上总督的时候，天天梦想着当上总督之后的好日子；现在真的当上了总督，却又觉得还是从前无忧无虑的日子更好，人心总是这样企盼着自己未曾得到的东西，而忽略了当下已有的东西。最终桑丘选择了放弃总督之位，回归原本贫寒却快乐的生活，这也表明他内心的觉悟更上一层。

桑丘离去的时候众人对他的挽留其实也是大家对他作为总督的认可，桑丘曾多次说过自己一定能够胜任总督之位，反正总督不过就是享福捞钱而已，一方面让读者嘲笑桑丘的不自量力，一方面又影射了当时贪官污吏横行的社会现实。然而在这里，桑丘真的尽职尽责，成了一个不错的总督，这样的结果不禁让人在惊叹之余更添赞赏。

第三十四章 骑士之死

名师导读

唐·吉诃德在一场骑士的决斗中输得一败涂地，应约卸甲回家待上一年，但随后的一场大病夺去了他的生命。临终之时他留下了令人意想不到的遗言……

---

❶心理描写

桑丘此时的心情与之前想当总督的心情截然不同。

[①] 桑丘觉得不当总督的日子真是无忧无虑且轻松自在，他现在非常想念家乡及亲人们。

可没想到，命运又给他开了个小小的玩笑。这一天，他同毛驴一不小心跌进了一个黑咕隆咚的深坑里。真是叫天天不应，叫地地不灵。可是，无巧不成书，他偏偏遇到了唐·吉诃德，于是桑丘得救了。二人相见，十分高兴，相互诉说着各自的经历……

❷叙述

有一位骑士来到唐·吉诃德身边，他要做什么呢？

那日，唐·吉诃德骑着马，全身披挂地来到海边散步。[②] 忽然，有一位骑士迎面走来，那位骑士同样全副武装，手持绘有一轮皓月的盾牌朝自己所在的方向走了过来。那骑士见了唐·吉诃德，高声说道：

“大名鼎鼎的唐·吉诃德骑士，在下白月骑士，我和你一样，有着惊人的功绩。今天，我为了自己的情人，特地来和你决斗。你不要问我的情人是谁，反正比你的杜尔西娜娅要漂亮十倍，如果你承认这句话，我就不和你决斗，否则就只好和你决斗了。如果决斗我赢了，你要听我的话，放下你的武器，回老家安安静静地待一年。”

读书笔记

唐·吉诃德生气地望着白月骑士，他不敢相信，白月骑士居然敢向自己挑战，还污蔑杜尔西娜娅，他怒不可遏地说：

“我接受你的挑战，现在就动手吧。”

唐·吉诃德和往常一样，虔诚地祷告上帝，祈求他的杜尔西娜娅保佑，然后掉转马头往回跑，白月骑士也和唐·吉诃德一样，掉转马头往回跑，跑了一会儿，唐·吉诃德和白月骑士同时掉转马头，冲向对方。白月骑士的马跑得快，由于冲力过大而一下把唐·吉诃德和他的马撞倒了。唐·吉诃德狠狠地摔在地上，白月骑士用枪头指着唐·吉诃德说：

读书笔记

“唐·吉诃德骑士，你输了。如不履行已经讲好的条件，我就要了你的命。”

唐·吉诃德摔得浑身疼痛，他没有掀开面盔，有气无力地说：

“杜尔西娜娅是天下第一美人，而我是世界上最倒霉的骑士，我不能因为自己无能而抹杀了真理，骑士啊，你一枪杀了我吧。①你既然已使我失去了尊严，那就连这性命也一起拿去吧。”

①语言描写 唐·吉诃德将尊严看得比生命更为重要。

注释

履行：实践（自己答应做的或应该做的事）。

读书笔记

白月骑士说："这事我决不会干的，杜尔西娜娅仍然可以保全她美人的名声，我只要伟大的唐·吉诃德实现决斗前的诺言，回家安安静静地待上一年。"

唐·吉诃德没办法，只好答应白月骑士。唐·吉诃德和桑丘一起，灰溜溜地骑着马和毛驴往家里走去。

这位白月骑士到底是谁呢？原来，他就是唐·吉诃德的街坊朋友，那位有名的参孙学士。

参孙学士三个月前扮成树林里的骑士，和唐·吉诃德决斗，结果被唐·吉诃德打败了，可参孙学士不甘心。前几天，他从桑丘给老婆的信中知道，唐·吉诃德住在公爵家，所以又打扮成白月骑士，前来找唐·吉诃德。这次，参孙学士终于如愿以偿，打败了唐·吉诃德。

唐·吉诃德和桑丘一边走一边交谈。唐·吉诃德对桑丘说：

❶语言描写 这次决斗失败让唐·吉诃德倍受打击。

①"特洛亚就此灭亡了！我不是没有勇气，只是碰上晦气，把我一生的英名全断送在这里了。我这次倒了霉，没指望再转运了。"

桑丘听后很伤感，他安慰唐·吉诃德说：

"我的主人啊！抬起头来，尽可能地宽宽心吧，您应该感谢苍天，您虽然被打倒在地了，却没有摔断肋骨。您应该知道英雄好汉得意时当然高兴，失意时也要能沉得住气。因为我听说命运女神是个喝醉了酒的婆娘，喜怒无常，推翻谁，扶起谁，连她自己也不知道。"

❷语言描写 唐·吉诃德仍旧不愿放弃理想。

唐·吉诃德听后摇摇头说：

②"世界上并没有侥幸的事，我的命运由我做主。桑丘朋友，我们回乡过一年苦修期，在家养精蓄锐，我将重

操这一光荣的事业，怎么也能挣来一片江山并赏给你一个爵位。”而桑丘也无话可说了。

接下来的日子里，两人在路上又碰到了不少有趣的事。几天后，唐·吉诃德和桑丘走上一个山头，望见了家乡。桑丘望着家乡，双膝跪下说道：

“我念念不忘的家乡啊，快瞧瞧，你的儿子桑丘回来了！他虽然没有发财，却挨足了鞭子。你的儿子唐·吉诃德也回来了，张臂迎接他吧！他虽然败在了别人手里，却战胜了自己。”

① 唐·吉诃德这时却显得特别冷静，他对桑丘说：“别疯疯癫癫地在那儿说蠢话了，到家后，我们该想一想，规划一下以后怎么过牧羊生活。”

唐·吉诃德和桑丘走进村，神父和参孙学士正在念经呢。看见唐·吉诃德和桑丘，他们高兴地张开双臂，和他们紧紧拥抱。这时，村里许多人都跑来了。桑丘的老婆听说桑丘回来了，立即拉着女儿前来看望。她认为当总督应该很有派头，却见桑丘一副狼狈样，就说：

“我的丈夫，你怎么这个德行，哪像什么总督，简直像个难民，一副倒霉相。”

桑丘也不解释，拉着老婆孩子回家去了。

唐·吉诃德把参孙学士和神父拉到自己家。告诉他们，自己打了败仗，必须在家待一年，在这一年中，他打算改行做个牧羊人。神父和参孙学士听了都很震惊，也很高兴。不过，为了防止他再次出去行侠，让他能在这一年的时间里得以康复，他们只得支持他新的想法并答应陪他一起上山去放羊。

读书笔记

❶语言描写　唐·吉诃德并没有完全地清醒过来，他只是遵守骑士道的约定，不得不回家休整一年。

读书笔记

可是唐·吉诃德回家不久，就生起病来，一连发了六天高烧，也许是打了败仗，气出来的病，也许是命该如此。①神父、学士还有理发师都很焦急，经常前去看望他。唐·吉诃德的侍从桑丘也经常守在他的床边。

❶叙述说明
表现了朋友们对唐·吉诃德的关心。

神父和学士请了一位大夫来给唐·吉诃德看病。那位大夫把了把脉，对神父和学士说："唐·吉诃德的身体保不住了，救他的灵魂要紧。"

唐·吉诃德听了这话很镇静，可女管家、外甥女和侍从桑丘却伤心得放声大哭。

读书笔记

一日，唐·吉诃德对外甥女说：

"我从前成天读那些骑士小说，读得神魂颠倒，现在才知道那些书上都是胡说八道。我觉得自己快要死了，我尽管发过疯，却不愿意一疯到死。孩子，我要忏悔，还要立遗嘱，你快去把神父、学士、理发师等几位朋友请来。"

正在这时，神父、学士和理发师走进屋来。唐·吉诃德见了他们，对他们说：

"我现在不是唐·吉诃德·台·拉·曼却了，我是为人善良、号称'善人'的阿隆索·吉哈纳。②我现在觉得读骑士小说是最无聊、最有害的事。感谢上帝慈悲，在身受其苦之后，我如今对那类东西深恶痛绝。"

❷语言描写
从这句话中可以看到唐·吉诃德终于清醒过来，认识到了骑士小说的危害。

③神父、学士和理发师听了，都面面相觑，他们见唐·吉诃德忽然头脑这样清醒，猜想一定是临死前的回光返照。神父叫大家走开，他一个人听唐·吉诃德忏悔。唐·吉诃德忏悔以后，又叫学士找来一个公证人。公证人跟着大伙一起走进房间，先把遗嘱开头的程式写好，

❸神情描写
唐·吉诃德的突然清醒使朋友们很吃惊。

唐·吉诃德按照基督徒的规矩，求上帝保佑他的灵魂，然后开始立遗嘱：

一、我发疯的时候，桑丘·潘沙充任我的侍从，受我委托代为保管着部分现金，那笔钱剩下的全归他所有，但愿他拿了大有用处。我发疯时曾答应让他做海岛总督，我现在神志清楚，如有可能真希望叫他做一国之王，因为他生性质朴、为人忠诚，接受这样的待遇当之无愧。

①二、我的全部家产，全归外甥女安东尼娅·吉哈纳所有。我外甥女如要结婚，必须嫁一个从未读过骑士小说的人。如果她嫁给读过骑士小说的人，那么，她必须放弃我的财产，由执行人捐赠给慈善机构。

遗嘱口授完，唐·吉诃德就昏了过去，直挺挺地僵在了那里。三天以后，立过遗嘱的唐·吉诃德便真的结束了他的生命。亲戚朋友埋葬了唐·吉诃德，参孙学士为他写了一阕铭文：

不畏强暴，
不恤丧身，
谁谓痴愚，
震世六勋。
慷慨豪侠，
超凡绝尘，
一生惑幻，
临殁见真。

读书笔记

❶叙述

唐·吉诃德对自己过去的行为忏悔，表现了他对骑士小说的厌恶。这也是作者的观点。

读书笔记

精华赏析

本章是这个故事的最后一章，讲述了唐·吉诃德由于决斗失败不得不回到家乡，临终前他终于清醒，忏悔自己的过错，表明观点，深化主旨。作者对骑士小说进行了强有力的批判，发人深省。

延伸思考

唐·吉诃德被打败后，他是怎样的心情？清醒后他是怎样看待骑士小说的？

相关链接

本章是整本书的点睛之笔，作者运用了大量的语言描写，将一个清醒后的骑士形象展现在读者眼前。临终前的唐·吉诃德幡然悔悟，痛斥骑士小说的危害。最终他决定舍弃唐·吉诃德这个称号，这也直接表明他已明白骑士精神的腐朽。而作者在情节安排上让骑士死亡，这也寓意腐朽的思想最终是会被社会所淘汰的。

阅读总结

名家心得

《唐·吉诃德》是一个令人伤感的故事，它越是令人发笑，则越使人感到难过。这位英雄是主持正义的，制伏坏人是他的唯一宗旨。正是那些美德使他发了疯。

——拜　伦

人生在世，如果有什么必读的作品，那就是《唐·吉诃德》。

——尼日利亚著名作家　奥克斯

读者感悟

《唐·吉诃德》的主人公原名吉哈纳，是一个乡绅，他读骑士小说入了迷，自己也想仿效骑士外出行侠仗义。他从家传的古物中，找出一副破烂不堪的盔甲，给自己取名为唐·吉诃德·台·拉·曼却，将家中的瘦马作为他的坐骑，又找了桑丘做仆人，并将邻村一个姑娘取名杜尔西娜娅，作为自己终生为之效劳的意中人。

他沉浸于游侠骑士的幻想中，把风车看作巨人，把羊群当作敌军，把苦役犯当作受害的骑士，把酒囊当作巨人……他做了许多荒唐可笑的事情，自己也吃了不少苦头。最后他回到家中卧床不起，临终才明白过来。他立下遗嘱，唯一的继承人外甥女如果嫁给一个读过骑士小说的人，就取消其继承权。

初看《唐·吉诃德》，我以为它只是一部滑稽可笑的作品，主人公神经质的“骑士精神”在书中表现得淋漓尽致，让人越看越觉得他无可救药。但是细细品味，又觉得书中蕴含了一种道理，人们为了自己的理想可以付出一切，在实现理想的过程中，那位瘦骨嶙峋的游侠骑士，那位奇想联翩的绅士，时刻体现出他正直、善良的本性，这是人类最崇高的精神。

塞万提斯在《唐·吉诃德》中一方面揭露、批判了社会的丑恶现象，一方面又赞扬了除暴安良、惩恶扬善、扶贫济弱等优良品德，歌颂了文艺复兴时期的社会理想目标。所有这些，都是人类共同的感情。它可以穿越时空，对每个时代、每个民族，都具有现实意义。

阅读拓展

《唐·吉诃德》书中写的人物有七百多个，是欧洲最早的长篇现实主义小说之一，是国际声望最高、影响最大的西班牙文学巨著。《唐·吉诃德》描绘了16世纪末、17世纪初，西班牙社会广阔的生活画面，揭露了封建统治的黑暗和腐朽，具有鲜明的人文主义倾向，表现了强烈的人道主义精神。作品出版后，上至宫廷，下至市井，到处传诵。如今已用一百多种文字译成数百种译本。

真题演练

一、填空题

1.《唐·吉诃德》的作者是________（国籍）作家______________。

2. 唐·吉诃德本来是一个＿＿＿＿＿＿＿＿＿＿＿，他酷爱＿＿＿＿＿＿＿＿＿＿＿，决心去做一个＿＿＿＿＿＿＿＿＿＿＿。

3. 唐·吉诃德的家乡是＿＿＿＿＿＿＿＿＿＿＿，他的战马名叫＿＿＿＿＿＿＿＿＿＿＿，他心目中的恋人名叫＿＿＿＿＿＿＿＿＿＿＿。

4. 唐·吉诃德的两个朋友＿＿＿＿＿＿＿＿＿＿＿和＿＿＿＿＿＿＿＿＿＿＿，一直想方设法劝他回家乡治病。

5.《唐·吉诃德》中唐·吉诃德的仆人是＿＿＿＿＿＿＿＿＿＿＿。

6.《唐·吉诃德》问世的时期是＿＿＿＿＿＿＿＿＿＿＿。

二、判断题

1.《唐·吉诃德》的体裁是人物传记。（　）

2.《唐·吉诃德》是骑士小说。（　）

3.《唐·吉诃德》是国际声望最高、影响最大的西班牙文学巨著，也是世界文学宝库中最为璀璨的瑰宝之一。它以犀利的讽刺笔触和夸张的艺术手法在世界文学史上占据着无可撼动的地位，被誉为“世界大同之作”和“人性《圣经》”。（　）

4.《唐·吉诃德》描绘了17世纪末、18世纪初，西班牙社会广阔的生活画面。（　）

5. 唐·吉诃德沉迷于骑士小说，并且信以为真，成天幻想着小说中那些荒诞无稽的故事。（　）

三、问答题

1. 唐·吉诃德曾经执着地投入行侠仗义的行动中，梦醒后发觉一切都是空，对骑士文学深恶痛绝。那么，他以前的种种行为还有价值吗？为什么？

2. 桑丘·潘沙是一个什么样的形象？

答案

一、填空题

1. 西班牙，塞万提斯　2. 穷乡绅，骑士小说，游侠骑士

3. 台·拉·曼却，驽马难得，杜尔西娜娅·台尔·托波索

4. 神父，理发师　5. 桑丘　6. 文艺复兴时期

二、判断题

1. ×　2. √　3. √　4. ×　5. √

三、问答题

1. 有价值。虽然唐·吉诃德做了许多荒唐可笑的蠢事，但大多出自善良的动机——为了解救人类的苦难。他是一个为了维护正义，拯救世人，甘愿牺牲生命的无畏勇士，是理想主义的化身。只不过他选错了方式，他以为骑士道能替人消灾解难，却不知道骑士道不切实际，借助它根本不能实现理想。

2. 桑丘·潘沙是一个典型的文艺复兴时期西班牙的淳朴劳动人民。一方面，他具有劳动人民朴实、善良的品质和乐观主义精神；另一方面，他又有封建制度下小私有者目光短浅、狭隘自私和贪图小利的特点。他当骑士侍从是为了摆脱贫困，求得温饱。桑丘的形象反映了农民的困苦处境和变革现实的要求。

爱阅读课程化丛书 / 快乐读书吧

外国经典文学馆					
序号	作品	序号	作品	序号	作品
1	七色花	31	格列佛游记	61	好兵帅克历险记
2	愿望的实现	32	我是猫	62	吹牛大王历险记
3	格林童话	33	父与子	63	哈克贝利·费恩历险记
4	安徒生童话	34	地球的故事	64	苦儿流浪记
5	伊索寓言	35	森林报	65	青　鸟
6	克雷洛夫寓言	36	骑鹅旅行记	66	柳林风声
7	拉封丹寓言	37	老人与海	67	百万英镑
8	十万个为什么（伊林版）	38	八十天环游地球	68	马克·吐温短篇小说选
9	希腊神话	39	西顿动物故事集	69	欧·亨利短篇小说选
10	世界经典神话与传说	40	假如给我三天光明	70	莫泊桑短篇小说选
11	非洲民间故事	41	在人间	71	培根随笔
12	欧洲民间故事	42	我的大学	72	唐·吉诃德
13	一千零一夜	43	草原上的小木屋	73	哈姆莱特
14	列那狐的故事	44	福尔摩斯探案集	74	双城记
15	爱的教育	45	绿山墙的安妮	75	大卫·科波菲尔
16	童　年	46	格兰特船长的儿女	76	母　亲
17	汤姆·索亚历险记	47	汤姆叔叔的小屋	77	茶花女
18	鲁滨逊漂流记	48	少年维特之烦恼	78	雾都孤儿
19	尼尔斯骑鹅旅行记	49	小王子	79	世界上下五千年
20	爱丽丝漫游奇境记	50	小鹿斑比	80	神秘岛
21	海底两万里	51	彼得·潘	81	金银岛
22	猎人笔记	52	最后一课	82	野性的呼唤
23	昆虫记	53	365 夜故事	83	狼孩传奇
24	寂静的春天	54	天方夜谭	84	人类群星闪耀时
25	钢铁是怎样炼成的	55	绿野仙踪	85	动物素描
26	名人传	56	王尔德童话	86	人类的故事
27	简·爱	57	捣蛋鬼日记	87	新月集
28	契诃夫短篇小说选	58	巨人的花园	88	飞鸟集
29	居里夫人传	59	木偶奇遇记	89	海的女儿
30	泰戈尔诗选	60	王子与贫儿		**陆续出版中……**

中国古典文学馆					
序号	作品	序号	作品	序号	作品
1	红楼梦	12	镜花缘	23	中华上下五千年
2	水浒传	13	儒林外史	24	二十四节气故事
3	三国演义	14	世说新语	25	中国历史人物故事
4	西游记	15	聊斋志异	26	苏东坡传
5	中国古代寓言故事	16	唐诗三百首	27	史　记
6	中国古代神话故事	17	小学生必背古诗词 70+80 首	28	中国通史

7	中国民间故事	18	初中生必背古诗文	29	资治通鉴
8	中国民俗故事	19	论 语	30	孙子兵法
9	中国历史故事	20	庄 子	31	三十六计
10	中国传统节日故事	21	孟 子		**陆续出版中……**
11	山海经	22	成语故事		

中国现当代文学馆

序号	作品	序号	作品	序号	作品
1	一只想飞的猫	36	高士其童话故事精选	71	大奖章
2	小狗的小房子	37	雷锋的故事	72	半半的半个童话
3	“歪脑袋”木头桩	38	中外名人故事	73	会走路的大树
4	神笔马良	39	科学家的故事	74	秃秃大王
5	小鲤鱼跳龙门	40	数学家的故事	75	罗文应的故事
6	稻草人	41	从文自传	76	小溪流的歌
7	中国的十万个为什么	42	小贝流浪记	77	南南和胡子伯伯
8	人类起源的演化过程	43	谈美书简	78	寒假的一天
9	看看我们的地球	44	女 神	79	古代英雄的石像
10	灰尘的旅行	45	陶奇的暑期日记	80	东郭先生和狼
11	小英雄雨来	46	长 河	81	红鬼脸壳
12	朝花夕拾	47	丁丁的一次奇怪旅行	82	赤色小子
13	骆驼祥子	48	小仆人	83	阿 Q 正传
14	湘行散记	49	旅 伴	84	故 乡
15	给青年的十二封信	50	王子和渔夫的故事	85	孔乙己
16	艾青诗选集	51	新同学	86	故事新编
17	狐狸打猎人	52	野葡萄	87	狂人日记
18	大林和小林	53	会唱歌的画像	88	彷 徨
19	宝葫芦的秘密	54	鸟孩儿	89	野 草
20	朝花夕拾·呐喊	55	云中奇梦	90	祝 福
21	小布头奇遇记	56	中华名言警句	91	北京的春节
22	“下次开船”港	57	中国古今寓言	92	济南的冬天
23	呼兰河传	58	雷锋日记	93	草 原
24	子 夜	59	革命烈士诗抄	94	母 鸡
25	茶 馆	60	小坡的生日	95	猫
26	城南旧事	61	汉字故事	96	匆 匆
27	鲁迅杂文集	62	中华智慧故事	97	落花生
28	边 城	63	严文井童话故事精选	98	少年中国说
29	小桔灯	64	仰望第一面五星红旗升起	99	可爱的中国
30	寄小读者	65	徐志摩诗歌	100	经典常谈
31	繁星·春水	66	徐志摩散文集	101	谁是最可爱的人
32	爷爷的爷爷哪里来	67	四世同堂	102	祖父的园子
33	细菌世界历险记	68	怪老头		**陆续出版中……**
34	荷塘月色	69	从百草园到三味书屋		
35	中国兔子德国草	70	背 影		